O Príncipe Gato

1ª reimpressão / julho 2014

Bento de Luca

O Príncipe Gato

e a Ampulheta do Tempo

Livro 1

2ª edição

novo século®

São Paulo 2013

Coordenadora Editorial	Leticia Teófilo
Ilustrações	Celtic Botan
Diagramação	Project Nine
Composição de capa	Novo Século
Revisão	Thiago Fraga

Texto de adequado às normas do Novo Acordo Ortográfico da Língua Portuguesa (Decreto Legislativo nº 54, de 1995)

Dados Internacionais de Catalogação na Publicação (CIP)
(Câmara Brasileira do Livro, SP, Brasil)

Luca, Bento de
O príncipe gato e a ampulheta do tempo, livro 1 / Bento de Luca – 2. ed. – Barueri, SP: Novo Século Editora, 2013.

1. Ficção brasileira I. Título.

13-04392 CDD–869.93

Índices para catálogo sistemático:
1. Ficção : Literatura brasileira 869.93

2013
IMPRESSO NO BRASIL
PRINTED IN BRAZIL
DIREITOS CEDIDOS PARA ESTA EDIÇÃO À
NOVO SÉCULO EDITORA LTDA.
CEA - Centro Empresarial Araguaia II
Alameda Araguaia, 2190 – 11º andar
Bloco A - Conjunto 1111
CEP 06455-000 - Alphaville Industrial - SP
Tel. (11) 3699-7107 - Fax (11) 3699-7323
www.novoseculo.com.br
atendimento@novoseculo.com.br

“Em memória de Fabiana Siqueira,
e seu leão alado!”

Agradecimentos

A vontade de escrever o *O Príncipe Gato e a Ampulheta do Tempo* veio de forma natural, despreocupada, sem grandes pretensões, no final de 2009. Estávamos andando aqui em São Paulo, em uma livraria na Avenida Paulista, provavelmente sem nada para fazer, e resolvemos criar uma estória para passar o tempo. Quando nos demos conta, as ideias eram tantas e ficamos tão empolgados com aquilo que logo vimos que seria definitivamente impossível colocar tudo em um único livro; assim nasceu a ideia da trilogia.

Naquela época ainda não tínhamos muita noção do quanto teríamos de lutar para atingir nossos objetivos, do quanto precisaríamos buscar e insistir para de fato colocar nosso trabalho em todas as livrarias do país. Não contaremos aqui toda a nossa jornada pessoal que, a propósito, ainda está sendo escrita.

Gostaríamos, portanto, de agradecer a alguns nomes que contribuíram para que nosso sonho se tornasse realidade. Mas faremos isso individualmente, quero dizer, não como "Bento de Luca", o pseudônimo que adotamos, mas sim como Marcelo e Gustavo...

"Meus sinceros agradecimentos à minha companheira, Laura Liu, que além de ser nossa quadrinista e fotógrafa oficial, alimenta minha imaginação e meu coração e me dá forças para seguir na literatura. Minha irmã, Fabiana, que foi uma das primeiras a ouvir esta estória e que, agora, acompanha o restante dessa jornada do outro lado da vida, ou como dizem em Marshmallow, na Crista-do-Galo. Minha sorridente irmã, Maria Fernanda, que sempre me mimou e investiu de olhos fechados em minhas ideias mirabolantes. Minha mãe, Maria Luiza, que, enquanto eu escrevia, preparava muitas comidas gostosas para que meu estômago ficasse cheio e feliz. Minha avó, Maria Lydia, que sem saber colaborou com alguns trechos deste livro. Meus tios e primos que orientaram e contribuíram em todo o processo. Minha amiga, Miriam, que além de adorar esta estória, serviu de inspiração para a criação de um dos personagens. A Elisabeth, José Roberto e Simone, que incentivaram e ajudaram na divulgação. Aos editores, Letícia Teófilo e Daniel Lameira, e a toda a equipe da Editora Novo Século, que acreditaram e apostaram no nosso trabalho. E por fim, mas não menos importante, muito pelo contrário, meus agradecimentos ao meu primo e parceiro literário, Gustavo Almeida, uma das 'metades' de Bento de Luca, que aguentou toda a minha ansiedade e empolgação, quando minha mente só conseguia pensar no universo do Príncipe Gato."

Marcelo Siqueira

"Registro aqui meus agradecimentos aos meus pais, por toda dedicação e zelo durante longos anos e por aguentar minha personalidade forte e independente, que se manifestou desde cedo. Aos meus irmãos, pelas brincadeiras de criança, pois a infância, em muito, determina o futuro caráter de um adulto. Agradecimento especial à Letícia e Márcia, primeiras leitoras e revisoras, que muito facilitaram o trabalho da editora, por meio de suas valiosas opiniões. À Novo Século, por acreditar neste projeto e por abrir as portas de sua 'casa', em especial à Letícia Teófilo e a todos aqueles que diretamente trabalham com nosso livro. À Celtic Botan, habilidosa ilustradora, que ajudou a dar mais vida aos personagens com suas incríveis ilustrações. Ao Max, por toda a cantoria de U2 nas noites e seus conselhos jurídicos. Aos blogueiros e a todos aqueles que nos acompanham, em eventos ou internet, e que desde cedo receberam nosso trabalho com grande receptividade e críticas bastante positivas. A todas as pessoas que passaram ou ainda permanecem em minha vida, pois somos, dentre outros fatores, o resultado da troca diária de experiências dos mais diversos tipos. E por fim ao Marcelo Siqueira, com quem iniciei no universo da literatura há anos, e que controlou de certa forma sua ansiedade; afinal, devido à minha rotina corrida de trabalho, restam apenas poucas horas para mergulhar nesse universo fantástico."

Gustavo Almeida

Sumário

Alucinação

Hugo

A calçada estava quase seca; algumas pequenas poças se escondiam pelos cantos – a terra úmida, a modernidade clara. Não poderia ser diferente, São Paulo era conhecida como a "terra da garoa", mas eu diria que o concreto já havia absorvido grande parte da umidade. A poluição esquentava a cidade. As pessoas irritadas no trânsito, o som de buzinas desnecessárias – a ignorância desenfreada – eram quase incessantes.

Podia observar as quatro estações em apenas um dia. Um belo sol veio pela manhã, pela tarde choveu, depois algumas luzes mancharam novamente o topo dos prédios com raios bem fortes, e era comum a temperatura cair mais tarde, pela madrugada.

Caminhava pela Avenida Paulista, um dos principais centros financeiros da cidade. Existia algo nela que me atraía, não sabia exatamente o quê. Na realidade nem fazia tanta diferença saber; simplesmente gostava de andar por lá, olhar o movimento – fazia isso sempre. Colocava fones no ouvido e saía curtindo um som. Para refletir era ótimo, estava numa fase em que isso era necessário. Há algum tempo me sentia estranho; o fato de morar sozinho e não ter ao menos um animal de estimação talvez tenha agravado a situação. Mas a real causa para todo aquele vazio que sentia por dentro, eu bem sabia que tinha outra explicação: mulheres. Sim, em especial apenas uma. Não quero falar sobre isso, pois sinto uma dor no peito só de lembrar...

Acabei entrando em uma livraria; não estava buscando nenhum livro específico, mas a ideia de me distrair e procurar algo interessante, adicionada à possibilidade de camuflar meus pensamentos – que geravam emoções tão fortes –, era empolgante.

Sim, era isso que fazia a maior parte do tempo: fugir. Não existia outra opção, não havia nada que mudasse o passado, e, acreditem, não quero arrastá-lo para a luz. Eu o aceito não o aceitando; sinceramente não sei o que isso quer dizer. Ficava horas e mais horas rolando no tapete do meu quarto, em completa nostalgia. Pensando sobre o tempo, digo, sobre a vida, ou o que restava da minha. O pouco de líquido que tomava costumava ser groselha; às vezes preferia alguma bebida mais refinada, como licor francês de creme de cassis. Não para brindar, mesmo porque não tinha amigos ou os poucos que tinha tomaram outros caminhos. Posso dizer que meus pais possuíam uma boa fortuna; minha parte eu guardava em uma conta no banco. Eram extremamente ausentes, talvez eu os visse uma ou duas vezes por ano, talvez menos... Viviam viajando ao redor do mundo, ou seria o mundo que viajava ao redor deles? Sinceramente, já pensei muito sobre isso.

A quantidade de novos títulos que surgia nas prateleiras era impressionante, livros e mais livros... As folhas corriam pelos meus dedos numa velocidade incalculável; demoraria séculos para consumir tanta informação.

A livraria estava bem movimentada; alguns funcionários com seus aventais verdes caminhavam com pilhas de livros nos braços, arrumando-os em seus devidos lugares, por gênero e ordem alfabética – como deveria ser. Outros ainda ajudavam aqueles que, assim como eu, costumavam ficar um pouco perdidos na hora de buscar algum título. Mas não era o meu caso naquele dia. Como havia falado, não estava atrás de algo especial; eu diria que o que estava buscando era mais amplo... Talvez nem soubesse o quão amplo poderia ser.

Um café não cairia mal; na verdade, muito pelo contrário. O clima, diferente do que imaginava, começava a esquentar ainda mais à medida que a tarde se despedia. Mesmo com a ausência do sol, aquela noite foi impregnada por um bafo quente, um vapor, que trouxera aqueles malditos e vigaristas pernilongos. Como eu detesto essas criaturas!

– Por favor, um café gelado – pedi para uma moça com um chapeuzinho, certamente um uniforme obrigatório; ninguém usaria aquilo por conta própria.

Gostava da livraria por isso, podia tomar café, comer um salgado e me perder nos livros; essas pequenas coisas faziam toda a diferença.

– Este pão de queijo está quente? – perguntei apontando para uma vitrine.

– Está, sim – disse a moça com um tom alegre demais para a pergunta. Não queria ser chato, mas...

– Tem algum mais frio?

A moça ergueu uma das sobrancelhas. Com razão, eu sabia que meu pedido era um tanto "não corriqueiro", mas nem era tão esquisito assim, vai... Apenas estava com calor e não gostaria de comer algo muito quente. Repeti essas palavras para a atendente.

Logo recebi meu café gelado e meu pão de queijo morno. Paguei a bagatela de R$ 4,70 e me sentei por um momento, só para comer. Fiquei admirando o movimento da livraria. Reparei em uma garota bem atraente que procurava algo na seção de Literatura Estrangeira. Se eu tivesse mais coragem – ou nem diria isso, talvez fosse algo mais ligado à comunicação ou ser mais "solto", mais "cara de pau", menos tímido – chegaria ali perto dela e teria puxado conversa; não via muito sentido em fazer aquilo, instinto era uma coisa, os sentimentos que eu guardava por outra pessoa nada tinham a ver com a situação. De qualquer forma, digo apenas como uma desculpa, quero deixar claro.

Terminei de comer, amassei o guardanapo e o joguei numa lixeira próxima. Ainda com o café nas mãos passei a caminhar pela livraria. Subi uma escada em espiral e mais estantes lotadas de livros surgiram na minha frente. Esporte e Lazer – parei um tempo nessa seção. Era incrível como o número de livros sobre futebol era superior a qualquer outro esporte. Prefiro não falar nada sobre esse fato. Passei um tempo também olhando a seção de Terapias Naturais, algo que me atrai de alguma forma. Os remédios alopáticos acabam, de certo modo, aprisionando a pessoa, não lidam com a causa em si, camuflam, não curam exatamente – essa é a minha opinião. Por isso, sempre preferia olhar para meu corpo como um todo e buscar algo mais natural antes de me drogar.

Subi mais um lance de escadas. Sendo sincero, jamais reparei que havia tantos andares na livraria. Para minha surpresa, não parava por aí. Avancei os últimos degraus de uma nova escadaria em espiral, que parecia ser finalmente a última. Não havia nenhum cliente nem funcionário por lá. Mais livros e livros para olhar. Existia uma porta de canto, onde uma pequena placa dizia:

Livros raros

Óbvio que isso chamou minha atenção, e acredito que chamaria a de qualquer pessoa. Aproximei-me da porta, encostei os dedos na maçaneta gelada e virei lentamente, sentindo como se eu estivesse violando alguma lei, fazendo algo que não deveria. Era no mínimo estranho... Minha mente me reportou a uns sete anos atrás, quando invadira uma casa abandonada no sítio de um velho tio. Estava com meu primo, tinha por volta de 10 anos, ele 11, e adorávamos sentir a adrenalina no corpo, mas, afinal, quem com essa idade não gostava? Andávamos de bicicleta a tarde inteira; percorríamos quatro quilômetros de nossa casa até um laguinho local e mais quatro para voltar, e, acreditem, fazíamos isso umas cinco ou seis vezes sem parar. O trajeto era sinuoso e o sol costumava bater forte. O cheiro da Mata Atlântica era o melhor; tudo valia a pena. Era uma das poucas lembranças de minha infância que guardava alegremente. Para alguns, simples, porém, para mim, era especial.

Assim que girei aquela maçaneta – da porta intitulada *Livros raros* –, a primeira imagem que tive do aposento me fez acreditar que estava ficando velho, possivelmente esquizofrênico, sofrendo de algum mal há muito soterrado em meu corpo, mente e espírito. Não quero parecer louco, mas a cena que vi me fez, por um impulso, fechar a porta automaticamente. Senti um forte frio na espinha. Esfreguei os olhos com o dorso das mãos. Respirei profunda, porém, rapidamente. Meu coração disparou. Fiquei imóvel ainda por segundos.

Vou lhes dizer o que vi. Havia nada mais nada menos do que um gato grande, de pelagem clara, que talvez estivesse um pouco sujo apenas, mas a tonalidade de seus pelos puxava mais para o branco, meio tigrado até. Ele estava sentado de um jeito não habitual – digo, para um gato comum –, levava uma das mãos ao queixo, ou melhor, uma das patas, e folheava um grande livro ao chão. Sim, folheava um livro... Parecia resmungar algo; não que eu tenha entendido alguma palavra, mas aparentava falar sozinho. Sim, ele falava.

Abri a porta novamente – desta vez de forma mais brusca, como aqueles ímpetos de coragem que temos de vez em quando – e vi que o gato não estava mais ali. Cauteloso, olhei à minha volta. Minha boca estava seca, passei a língua nos lábios. O punho fechado. Sentia que a qualquer momento poderia ser surpreendido pelo felino voando na minha direção com as garras afiadas, porém nada aconteceu. O livro que ele lia estava aberto no carpete marrom da livraria. Olhei para todos os cantos ainda em busca do animal; havia uma janela pequena e semiaberta... Dei uma olhada para fora e, na verdade, não me parecia possível uma fuga por ali, não daquela altura, mas estamos falando de um felino com uma "super" agilidade sobre-humana. Pensando dessa maneira, satisfeito com a conclusão sobre a rota de fuga, voltei a atenção para o livro. Peguei-o nas mãos e li o título:

Certo, um gato lendo sobre catedrais... Estava na hora de voltar para casa. Fato. Mas eu deveria informar ao gerente da livraria sobre o ocorrido? Dizer:

"– Senhor, por favor, queria relatar um acontecimento estranho em sua loja: um gato de mais ou menos um metro, talvez mais, estava na seção de *livros raros*. Tinha pelagem clara e podia jurar que vestia algo como um cinto ou uma pochete. Ah, e também estava folheando um livro."

Ele me diria:

"– Supercomum, meu filho. Nesta livraria é permitida a entrada de animais. Não se preocupe. É normal vermos gatos procurando por nossos livros. Eles adoram a seção de Gastronomia, em especial a culinária japonesa."

Não, creio que não seria essa a conversa. É mais provável que ele me dissesse:

"– Um gato lendo um livro? Isso é impossível, meu caro. Quer tomar um copo com água e açúcar? Deseja fazer alguma ligação? Ou ainda que chamemos uma ambulância? Acho que tenho o telefone de um hospício próximo. Sua mãe sabe que usa drogas?"

Pois é, isso me parece mais plausível. Mas a verdade é que eu já havia deixado de tomar remédios há anos. Tinha jurado não colocar nem ao menos um analgésico na boca, mesmo porque sou alérgico ao *ácido acetilsalicílico*. Mas, voltando ao assunto, havia algo de muito errado em toda aquela história. Decidi que não falaria com o gerente sobre o gato leitor, pois meu relato não seria bem recebido.

A cena de uma foto ampliada do gato, espalhada por todos os cantos da cidade – só de frente, com uma faixa embaixo dizendo: *Procura-se. Recompensa: R$ 500 mil*, como aquelas de filmes de faroeste –, mergulhou na minha mente de modo repentino. Não posso negar que esbocei um sorriso. Mas a preocupação de que eu estava ficando mal da cabeça me aterrorizou. Realmente era hora de voltar para casa.

Remetente oculto

Hugo

O céu começava a perder lentamente o brilho. O sol, outrora a pino e dominante, cedia espaço aos tons avermelhados, alaranjados e arroxeados.

Não, não estava enlouquecendo... Devia ser o sol forte de verão. Só nós, paulistanos, sabemos como a Avenida Paulista sem árvores, sem sombra, pode fazer mal à cabeça em um dia quente daqueles. Ou talvez fosse o estresse... É, a agitação dessa cidade é capaz de estressar qualquer um. Talvez fosse isso. Fora apenas um pequeno delírio, nada preocupante. Ok, então eu estava bem. *Acho que vou para casa tomar um banho frio; é o melhor que posso fazer. Certamente irá ajudar a esfriar a cabeça. Será prudente voltar a pé? Melhor não, vai que as alucinações se acentuam. Vou chamar um táxi* – pensei.

Logo avistei um Meriva se aproximando com o farol aceso. Fiz sinal e... O taxista simplesmente me ignorou e seguiu adiante em alta velocidade.

– Mas que droga! Maldição!

Alguns olhares surgiram, de pessoas que passavam por ali. *O que estavam olhando? Se fosse com eles fariam diferente? Sorririam e agradeceriam ao taxista? Ah, claro! Hunf!*

– Obrigado, meu caríssimo senhor, por me ignorar! Vá com Deus!

Quer saber? Fui a pé mesmo! Afinal, com o que me preocupava? Não estava louco... Somos todos loucos! Eu sou é muito normal!

A caminhada de volta para casa ocorreu sem grandes problemas. Apenas o costumeiro barulho do trânsito, um acidente de esquina com dois carros amassados e seus donos discutindo loucamente e uma senhora, humilde e simpática, pedindo esmola. Durante toda a minha trajetória, no entanto, algo me incomodava profundamente, uma sensação estranha. Sentia-me perseguido, vigiado. Devia ser alguma criança de rua. Poderia estar querendo me assaltar. Seria melhor entrar em algum lugar movimentado? Não... Estava quase chegando em casa.

De fato, os últimos quarteirões foram percorridos sem grandes problemas. Provavelmente não passava de exagero meu, coisa da minha cabeça... Precisava maneirar com aquela neura.

Morava no décimo quarto andar de um prédio residencial; morava sozinho, há poucos meses, na verdade... É que meu tio-avô vivia comigo, mas ele precisou se ausentar por motivos que desconheço. Por um lado era horrível ficar solitário, mas por outro era excitante fazer o que eu bem entendesse. Antes de partir ele disse: "Logo fará 18 anos e então atingirá a maioridade, sendo assim, legalmente falando, poderá ser dono deste apartamento. Converse com seus pais depois a respeito... Se precisar de algo me ligue! Preciso partir realmente. O tempo urge! Cuide-se!".

Assim que entrei tive ainda mais certeza de algo que vinha desconfiando: não era meu dia de sorte – compreendi perfeitamente ao atravessar a portaria e receber uma desagradável notícia.

– Boa noite! – cumprimentei o porteiro.

– Noite, Seu Hugo... Ah, lamento – acrescentou, assim que me viu apertando o painel na parede –, mas os moradores estão tendo que usar as escadas; o elevador está quebrado.

– Mas eu moro no décimo quarto! – retruquei indignado. Era um absurdo o descaso com as pessoas.

– Sinto muito. A senhora Alice, de 70 anos, acaba de reclamar também, mas teve que subir ao décimo sexto pelas escadas. Não há nada que eu possa fazer.

[Silêncio em que conto até dez.]

– Há ao menos alguma previsão para o conserto?

– A equipe virá dentro de dois dias.

– Dois dias??? Ah, quer saber? Obrigado, e tenha um bom dia.

Comecei a subir as escadas, louco para chegar ao meu apartamento e tomar um banho bem fresco.

[Terceiro andar]

– Haja paciência... E joelhos também...

[Sétimo andar]

– Ah, isso não vai ficar assim... Não mesmo!

[Décimo andar]

– Inferno... – [Ofegante] – Mas que inferno...

[Décimo terceiro]

Nesse andar, como sempre, senti um calafrio intenso. Era sinistro observá-lo. Apenas duas lâmpadas velhas na parede, sempre acesas, iluminavam o local. Era todo fechado, ninguém morava ali, aliás, acho que ninguém nunca morou. Paredes toscas de concreto, sem acabamento, impediam o acesso de qualquer um ao andar. Até mesmo o elevador não tinha o botão de número treze no painel. Diversas vezes questionei o síndico a respeito, porém sem sucesso.

[Décimo quarto]

– Cheguei! Ufa! Agora, vejamos, onde deixei a chave... Hum... Ah, aqui está.

Abri a porta e senti uma sensação de alívio, de relaxamento, de abandono do caos lá de fora.

– Lar doce lar!

Bom, estava certo de que não era tão doce assim, mas para mim estava ótimo. Minhas meias continuavam na cabeceira do sofá, algum resto de comida do McDonald´s na mesa redonda onde costumava comer; tinha um pouco de roupa espalhada e faltava tirar pó de alguns objetos – digamos que há alguns meses já –, mas aquela era minha casa. Lá me sentia à vontade. Não era nenhum palacete, mas estava do meu agrado.

Tranquei a porta. Arranquei o tênis e o deixei largado em um canto. Tirei a camisa e a arremessei em um cesto de roupas para lavar – que por sinal estava lotado faz tempo.

– Bom, vou para o meu merecido banho.

Larguei minha calça e cueca no quarto, em cima da cama, e me dirigi ao banheiro. Posicionei o seletor do chuveiro para o mais frio possível e abri a torneira ao máximo.

– Ah, que delícia! Isso deve esfriar minha cabeça o suficiente.

Após um longo e bem tomado banho, em que minha pele começava a enrugar nas mãos, enxuguei-me demoradamente.

– Para completar e relaxar totalmente, seria bem-vinda uma pizza de cinco queijos e um bom filme na TV. Será que dou sorte de encontrar algo que valha a pena nas centenas de canais?

Enrolei-me na toalha e dirigi-me à cozinha à procura do telefone da pizzaria. Após muita luta para encontrar o folheto em uma gaveta extremamente bagunçada, com telefones de inúmeros restaurantes e afins, fui ao telefone.

Algo estava errado.

– Mas que vento é esse?

Logo notei o motivo: a janela estava escancarada. Mas tinha certeza de que a havia fechado! Que estranho... Fechei-a ainda absorto.

– Ei, mas o que é isso?!

A porta também estava aberta. De toalha mesmo corri até ela e olhei em todas as direções do lado de fora, mas não localizei ninguém. Procurei dentro do apartamento e nada.

– Quem está aí?! Apareça!

[Silêncio.]

Fechei a porta, tranquei, acionei as duas travas adicionais e sentei-me no sofá.

Tinha certeza de que havia trancado a porta ao entrar. Era estranho, porque todos os meus pertences ainda estavam lá. Ninguém levou minha TV, nem meu aparelho de som, muito menos a comida da geladeira.

– Mas que diabos!

Sem encontrar solução e ainda indignado, vesti-me e pedi minha pizza. Após vinte minutos soou o interfone – tempo suficiente para achar um filme razoável para assistir.

– Seu Hugo, pediu alguma coisa? É entrega de comida! – avisou o porteiro.

– Estou descendo!

Saí do apartamento, tomando o cuidado de checar as janelas e a porta mais uma vez, e apertei o botão para chamar o elevador.

– Arg! Esqueci dessa porcaria! Dê-me forças...

Desci os quatorze andares – até então tudo bem, tudo fácil. Paguei a pizza, ofereci uma caixinha ao entregador, lancei um olhar sutil, porém alucinado ao porteiro, e iniciei minha jornada de subida – essa sim desgastante. Entrei no apartamento e atirei-me no sofá, devorando minha pizza com as mãos mesmo – comer com talher a torna menos gostosa. Metade da pizza depois e um filme não muito emocionante, mas razoável para distrair, resolvi ir ao quarto me deitar. A preguiça apertou e o peso no estômago era grande. Deitei-me e quando fui pegar meu livro no criado-mudo – *O Morro dos Ventos Uivantes* – é que descobri que alguém realmente havia estado no apartamento. Havia um bilhete pregado ao móvel por uma pequena faca. Meu coração disparou assustado. Alguém perigoso invadira meu apartamento enquanto tomava meu banho. Removi a arma com cuidado e tomei o bilhete para ler.

"Tenho algo que lhe pertence. Algo de valor. Se quiser recuperar encontre-me às 23h45 no Parque do Trianon, ao lado da fonte. Não chame a atenção de ninguém, muito menos avise onde estará. Cuidado ao tomar suas decisões. Podem ser fatais."

– Mas que m... é essa?

Logo uma luz veio à minha cabeça e rapidamente vasculhei minha gaveta. Revirei-a inteiramente; meus pertences estavam todos ao chão. Porém, algo faltava; algo realmente valioso. Corri até o interfone e chamei o porteiro:

– Jorge, alguém diferente esteve no prédio?

– Como assim, Seu Hugo?

– Apenas me responda, diabos!

– Nossa, mas que mau humor, viu! Sempre estressado! Não, não senhor, não entrou ninguém diferente no prédio. Apenas os mesmos moradores mal-educados.

– Obrigado, passar bem!

Ninguém diferente... Então só podia ter sido algum morador do prédio! Ou então o porteiro poderia ser cúmplice de algum delinquente... Eram várias opções.

[Silêncio.]

O bilhete exigia que ninguém fosse acionado. Preferi agir dessa forma, não iria arriscar. Se existia alguém perigoso me vigiando, então era melhor cooperar. Eram 22h14 – tinha que me apressar. Vesti-me rapidamente e bastante apreensivo; nunca tinha passado por uma situação daquelas. *Devia levar algo a mais?* Peguei minha carteira com um pouco de dinheiro, não muito, mas o suficiente para oferecer em troca de meu pertence, e resolvi também levar um canivete que possuía. Passaram-se trinta minutos; estava pronto. Saí para a movimentada noite paulistana, porém, com propósitos diferentes da grande maioria das pessoas, que a uma hora daquelas buscava diversão e entretenimento. Saí sem saber se teria chance de retornar.

Encontro impossível

Hugo

Estava um pouco atrasado, em cima da hora, era melhor não arriscar ir a pé; não sabia com quem estava lidando. Chamei um táxi, desta vez com sucesso.

– Preciso ir à Gazeta, por favor – pedi ao motorista. Preferia não parar exatamente em frente ao parque. Caminharia um pouco a pé até o Trianon.

Avançamos poucas quadras e adentramos na Avenida Paulista. Logo percebi ter cometido um grande engano.

– Mas que maldição! – exclamei. – Esse povo não tem mais nada o que fazer da vida?!

A avenida estava simplesmente parada. Milhares de carros atravessavam as largas ruas planas. Turistas e moradores de diversos pontos da cidade tiravam fotos dos enfeites natalinos e visitavam os bancos, que nessa época pareciam se envolver em uma espécie de competição de beleza.

– Era só o que me faltava... Motorista, por favor, encoste por aqui mesmo, vou a pé.

– O senhor tem certeza? O trânsito já deve melhorar.

– Ah, sim, claro. Não, muito obrigado, tenho um compromisso e não posso me atrasar um minuto sequer; preciso ir andando.

Na primeira oportunidade o taxista encostou o carro. Não foi uma tarefa fácil.

– Desculpe-me o incômodo. Pode ficar com o troco – falei entregando uma nota de dez reais.

Ainda estava no cruzamento da Avenida Brigadeiro; havia um longo caminho a ser percorrido. Corri. O desespero e a ansiedade começaram a bater em meu peito. Era difícil avançar com velocidade com tantas pessoas no meu caminho. Perdi a conta de quantos encontrões ocorreram e quantos xingamentos eu levei. Contudo, naquele momento, aquilo pouco me importava; ao menos avançava com velocidade rumo a meu destino.

Estava passando em frente à Gazeta, dando largas passadas, quando algo me chamou a atenção. Não sei por que, mas, em meio à adrenalina e à excitação, algo tão pequeno gritou aos meus olhos e vi tudo em câmera lenta. Parei imediatamente de correr. Um senhor de cabelos bem ralos e brancos entrava em um táxi e uma carteira caiu de seu bolso, alojando-se na divisa da rua com a calçada. Rapidamente, apanhei seu pertence, antes que qualquer pessoa mal-intencionada o fizesse, e procurei gritar e acenar para o carro, porém foi em vão. O homem já havia desviado do trânsito pela Alameda Campinas; não havia como alcançá-lo. Abri a carteira procurando por algum telefone. Havia uma quantia considerável de dinheiro, cerca de quinhentos reais. Logo localizei o que procurava: alguns cartões de visita indicavam um local no centro de São Paulo, na região do Brás.

Alfaiataria Cloud Segati
Roupas sob medida

A julgar pela quantidade de cópias do cartão, devia pertencer de fato ao homem que acabara de ver. Guardei a carteira em meu bolso; não havia tempo para pensar naquilo, teria de me preocupar outra hora.

Pouco mais de dois quarteirões depois, lá estava eu diante do Parque do Trianon. O movimento ainda era grande. Logo notei algo com o qual não estava contando: o parque, a uma hora daquelas, já estava fechado. Como não havia pensado naquilo antes? Fui realmente burro. Seria uma gozação então? Apenas para me fazer ir até lá? Não, o bilhete era sério, não teria como ter parado em meu quarto se fosse uma brincadeira. E realmente algo muito valioso me foi tirado. Mas como o ladrão esperava me encontrar no Trianon? Não poderia estar querendo que eu invadisse o parque! Resolvi circular pelos quarteirões à volta, procurando achar uma solução. Bom, se quisesse recuperar o que tanto prezava, que tanto significava em minha vida, teria de me arriscar.

Passei em frente à entrada, onde uma grande estátua chamava a atenção:

O Anhanguera – Diabo Velho

Havia ainda uma inscrição quase ilegível nessa estátua. Aproximei-me na tentativa de ler o que estava escrito. A fraca iluminação de uma árvore enfeitada ao lado me ajudou.

"Acharei o que procuro ou morrerei na empresa."

– Hum, bastante inspirador neste momento.

Desci pela Alameda Casa Branca e logo minhas esperanças de entrar pela Alameda Santos – certamente o ponto mais fácil – foram descartadas, pois um acidente envolvendo um motoqueiro havia trazido a Companhia de Engenharia de Tráfego (CET) para a rua que dividia as duas partes do parque. Continuei minha descida, mas minha expectativa de pular a grade na Alameda Jaú também falhou; havia uma viatura da polícia parada ali. Ao que me parecia, restava ainda uma possibilidade: teria de invadir pela Peixoto Gomide, o que não era a coisa mais inteligente a fazer, tendo em vista os prédios do outro lado da rua – que significavam diversos olhares em minha direção. Bem, não me restavam muitas alternativas; pela movimentada Avenida Paulista não seria a melhor das ideias.

Procurei não chamar muito a atenção. Fui paciente – dentro do possível para um momento tão tenso. Esperei pelo melhor instante, quando a rua estivesse menos agitada. Após alguns minutos, encontrei a ocasião mais adequada: embalei e pulei as grades verdes – que limitavam o perímetro do parque. Caí do outro lado, meu coração estava disparado. A adrenalina era bombeada com furor por minhas artérias. Estava entre alguns ferros amarelos de formato circular. Olhei para frente e para os lados; ninguém à vista. Tomava o cuidado de me manter agachado. Não podia demorar. Duvidava que não tivesse sido visto por algum porteiro dos prédios próximos; era questão de minutos para que um deles acionasse a polícia. Estava com uma jaqueta de capuz, o que me ajudava a não ser identificado. Avistei um caminho próximo; era estreito e bem escondido, o que me protegeria mais do que as vias principais.

Postes de aparência clássica iluminavam fracamente o interior do parque; teria que tomar muito cuidado. Algumas árvores estavam enfeitadas. Corri para uma pequena via, que fez uma curva acentuada à direita. Passei por debaixo de uma árvore ligeiramente tombada, culminando em uma ruela principal. Até então tudo bem, mas teria que passar por um cruzamento de vias, o que me deixaria muito exposto. Uma mesa e três cadeiras – entalhadas rusticamente a partir de alguns troncos – estavam no centro do cruzamento. Dirigindo-me até elas, me escondi perto da mesa.

Mais à frente, logo à minha direita, havia uma casa bem enfeitada. Segui adiante; já podia avistar a ponte. Foi quando notei um policial atravessando-a em minha direção. Tive sorte; ele estava distraído com o acidente de moto abaixo da passarela. Escondi-me rapidamente. O guarda utilizava um boné preto, camisa de manga curta azul-clara, calça preta e portava um cassetete do lado esquerdo da cinta. O sujeito passou devagar, observando atentamente para todos os lados, o que aumentava minha tensão. Estava bem escondido, mas ainda assim eu me arriscava como nunca. O guarda passou e se distanciou. Ainda havia um grande problema: como atravessaria a passarela sem ser visto? Logo passou pela minha cabeça uma ideia maluca, digna de filmes: atacar o policial e utilizar suas vestimentas. Ri gostosamente comigo mesmo; estava ficando louco. Teria que atravessá-la de outra forma.

A ponte estava enfeitada com adereços natalinos, o que talvez me ocultasse enquanto passasse. Respirei fundo, saí de meu esconderijo, olhei para trás, para me certificar da ausência do guarda noturno, e corri para a ponte. Atravessei de uma vez, sem pensar duas vezes – tomando o cuidado de me agachar para chamar menos atenção. Se fui visto, agora não importava mais; não havia outra forma e estava decidido a reencontrar meu precioso bem.

Logo do outro lado, avistei a fonte ao centro de um espaço aberto em formato circular. Havia quatro bancos – obviamente vazios no momento – e dois postes iluminando o interior da clareira. Aproximei-me da fonte. Era feita de pedra e um belo tronco retorcido. Não havia peixes no local. De repente uma voz soou às minhas costas:

– É, também me decepcionei quando descobri que nesta fonte não havia peixes; foi angustiante.

Virei-me rapidamente e deparei-me com o dono da voz, porém o que vi nem de longe se assemelhava com qualquer pessoa que imaginava encontrar. Tive que me segurar para não soltar um grito de susto, uma exclamação ou qualquer barulho que chamasse a atenção. Parecendo perceber minha hesitação, aquele ladrãozinho de pertences alheios pulou em minha direção, tapando minha boca; ambos caímos – eu de costas no chão.

– Calado! Não ouse emitir um som sequer! – sussurrou para mim com seus olhos bem arregalados. Assustei-me ainda mais ao notar a cor deles: um verde e outro castanho, porém em lados opostos aos meus. Após recuperar o fôlego, concordei com a cabeça. Ele saiu de cima de mim. Foi um alívio, pois suas patas estavam apertando minha bexiga. Isso mesmo, patas! Não podia acreditar no que estava vendo, mas bem diante de mim havia um gato, que acabara de me mandar calar a boca. O animal tinha altura para alcançar minha cintura; acredito que tinha cerca de um metro, e andava sob as patas traseiras; era bípede. Sua pelagem era esbranquiçada e tinha uma razoável pança. Havia um cinto amarrado à sua cintura. Conhecia aquele animal. Então não estava ficando louco: era o gato que tinha visto na livraria.

– Espero que você tenha tido ao menos o cuidado de se preocupar com as câmeras. Embora saiba que, pelo pouco que tenho observado, não posso esperar muita coisa de você.

– Ora, quem é você e como ousa me insultar assim? – exclamei irritado, avançando em sua direção.

– Alto lá! Quietinho! Para trás, seu pilantra! – o gato exclamou, tirando uma estranha arma vermelha e apontando em minha direção. Recuei. A arma parecia de brinquedo, era bem pequena, mas resolvi não arriscar.

– Ok, ok, vamos com calma! Abaixe essa arma. Já me afastei.

– Hunf, se eu fosse você tomava mais cuidado; está desafiando o Príncipe de Marshmallow, o Príncipe Gato em carne e osso!

Não consegui me conter: caí na gargalhada, era demais para mim. O que será que estavam colocando nos meus lanches de fast-food? Um gato falante, príncipe de um reino chamado Marshmallow?

– Do que você pensa que está rindo? – o gato indagou irritado.

– De você, de quem mais? É a coisa mais ridícula que já ouvi em toda minha vida! – expliquei em meio a gargalhadas silenciosas e soluços.

O que aconteceu a seguir eu não sei descrever, pois foi rápido demais. Não tive como reagir em meio a tantas risadas abafadas. O que sei é que no segundo seguinte minha cabeça estava debaixo d'água e o gato me segurava pelo colarinho. Estava ficando sem ar; então me joguei para trás. Eu era mais forte do que ele; apenas tinha sido pego de surpresa.

– O que você pensa que está fazendo?

– Ensinando-lhe a ter mais respeito.

– Quer saber? – respondi já impaciente. – Estou cheio de você e dessa loucura toda. Devolva o que me pertence!

– Ótimo, vamos direto ao assunto, então, pois logo o guarda retornará para vigiar estes lados.

– O que você quer de mim? Quanto quer pelo que é meu?

– Quanto? Não tenho interesse em dinheiro. Em minha terra seu dinheiro não vale nada! Mas tenho interesse em outra coisa... Preciso da sua ajuda.

– Minha ajuda? O que pode querer que eu faça?

– Acredite, passei muito tempo tentando compreender o que um humano seria capaz de fazer. Acontece que você me viu na livraria, e isso não devia ter acontecido. Logo decidi que teria de matá-lo, para resguardar minha identidade neste mundo. Contudo, há males que vêm para o bem, ou assim espero, e decidi que era possível usá-lo em meu benefício.

– Usar-me? Nossa, que interessante – ironizei.

– Humano, você não é capaz de compreender a importância dos fatos que estão para acontecer! Vão muito além da sua visão limitada deste mundo.

– Do que você está falando, gato? Aliás, já que você precisa da minha ajuda, vamos começar do início... Quem é você? Aliás, o que é você? E como é possível você existir?

– Já lhe disse, sou o Príncipe Gato, do Reino de Marshmallow.

– Que reino de Marshmallow, está de gozação comigo? Onde fica isso, na Ásia? Ou na Oceania?

– O que é Ásia, e o que é Oceania? – o gato perguntou intrigado.

– Ah, deixe para lá! Onde fica Marshmallow?

– Fica exatamente aqui.

– Aqui, onde estamos neste momento? – perguntei. Aquela história ficava a cada instante mais absurda. – Como pode estar aqui se não vejo nada de diferente?

– Habitamos em uma dimensão similar à sua, porém sobreposta. Diria que estamos em frequências diferentes.

– Ok, farei de conta que compreendi. Mas diga-me, como veio parar em meu mundo?

– Vim através de um Buraco de Minhoca.

– Hahaha! – gargalhei sem me conter. Acho que ri alto demais até; tinha que tomar cuidado para não chamar a atenção do guarda. – Você veio para cá por um buraco de minhoca? Tem certeza? Pois acho que essa pancinha não passaria pelo buraco, não. Hahaha!

O gato emitiu um som ameaçador. Não tinha gostado nem um pouco da brincadeira. Notei seus pequenos dedos acariciando perigosamente a pistola em seu cinto.

– Não seja estúpido! Não é um buraco qualquer. Trata-se de um túnel dimensional. Somente através dele é possível migrar entre nossos mundos.

– Hum, interessante. Então quer dizer que posso viajar para Marshmallow?

– Deve-se tomar muito cuidado com os Buracos de Minhoca! São perigosos! Não é um brinquedo qualquer. Você pode perder sua vida de um jeito mais trágico do que pode supor, caso não saiba exatamente o que está fazendo.

– Hoje já não acho que isso seria algo tão ruim...

– Além do mais – o gato continuou parecendo ignorar minhas palavras –, mesmo que não morra, a viagem pode lhe trazer sequelas às vezes irreparáveis; minha barriga que o diga.

– O que há com sua barriga?

– Deixa para lá! Não temos muito tempo.

– Tudo bem, então por que você se arriscou vindo até aqui?

– Marshmallow depende de mim.

– O que há com Marshmallow?

– Não podemos nos estender muito... Preciso encontrar um objeto muito precioso que está no seu mundo.

– No meu mundo? Tem certeza de que ele está aqui?

– Claro! E você certamente nunca ouviu falar dele. Trata-se de uma relíquia extremamente valiosa! Poucos neste mundo devem tê-la conhecido, se é que alguém a conheceu...

– E por que acha que eu lhe ajudaria?

– Simples – o gato falou parecendo tirar algo de seu cinto –, porque se não me ajudar serei obrigado... a matá-la! – concluiu veementemente, revelando um pingente dourado. Em seu interior havia uma foto de duas pessoas abraçadas: uma delas eu mesmo, a outra, uma mulher sorridente... Era meu pingente roubado. Respirei fundo. De alguma forma, não sei como, sabia o que fazer.

– Sinto muito, mas você não vai conseguir – falei, procurando transparecer a maior calma possível.

– Como não conseguirei? Você não me conhece, humano!

– Não o conheço, mas duvido que você possa matar alguém que já morreu.

Minha tática havia funcionado. O gato pareceu extremamente desconcertado. Sentou-se na beira da fonte, coçou a barriga e depois começou a alisar os bigodes, pensativo.

– Tudo bem, muito espertinho você – o príncipe falou, levantando-se. – Mas você não vai me trapacear. Ela está morta? Tudo bem. Não me ajude e jamais terá seu pingente de volta! Vai me dizer que não vale nada este pequeno objeto, é? – sorriu triunfante. – A lembrancinha estava bem guardada para algo sem valor!

Não havia jeito. O gato estava certo; meu bem mais precioso estava em suas mãos. Não tinha o que fazer.

– Você está disposto a arriscar sua vida em troca deste pingente?

– Arriscar minha vida? Do que você está falando? O que quer que eu faça?

Naquele momento, pude ouvir sirenes de polícia. Elas se aproximavam. Ouvi passos apressados também; alguém corria pelo parque.

– Seu idiota, você foi visto!

Logo notei uma câmera, de frente para a fonte; não havia reparado nela antes.

– Ali! – apontei. – Uma câmera estava nos vigiando!

– Não, cortei o fio dessa câmera, não funciona. Você foi visto em outro local.

– Droga! Devolva meu pingente! – gritei; agora não me preocupando com o volume da voz.

– Se quiser seu precioso objeto terá que me ajudar. Você ganhou tempo para pensar, humano. Tem um dia para se decidir. Amanhã, até a meia-noite, é seu prazo para me dar uma resposta.

– E como irei lhe encontrar?

– Não se preocupe, estarei vigiando seus passos. Mande-me um sinal, um sinal de fumaça, e saberei que tomou a decisão mais sábia.

– Sinal de fumaça? Ficou louco?

– Adeus. E, se eu fosse você, correria. Se ficar atrás das grades perderá seu prazo para aceitar a oferta.

O gato adentrou por entre as árvores mais densas. Porém, agora estava caminhando com as quatro patas no chão. Parecia de fato apenas um gato, a não ser, é claro, pelo seu tamanho, que chamava um pouco a atenção. Eu não tinha escolha. Um guarda já vinha atravessando a ponte. Corri desesperado e pulei a grade do parque. Havia sirenes; alguma viatura deveria estar próxima. Procurei embrenhar-me pelas ruas mais complicadas, tentando despistar meus perseguidores. Tirei meu casaco e larguei na calçada. Avancei em direção à avenida, talvez fosse melhor me misturar às pessoas do que caminhar solitário. Com o tempo meu coração começou a bater menos agitado. A adrenalina foi cessando. Resolvi voltar para casa a pé. Procurei disfarçar o suor que fazia meu rosto brilhar. Algumas viaturas passaram pela rua; agi normalmente, disfarçando o melhor que pude.

Era só o que me faltava: encontro um gato lendo um livro, esse gato invade meu apartamento e leva meu pingente, e então sou ameaçado por esse estranho animal, que se intitula príncipe, e diz ter vindo por um Buraco de Minhoca de um reino chamado Marshmallow. O que estava acontecendo comigo? Tinha que decidir se deveria ajudá-lo, para então emitir o tal sinal de fumaça... Em São Paulo ? Onde ele pensava que estávamos? Numa aldeia indígena? Ou no acampamento dos escoteiros da pré-escola?

Cheguei ao prédio e ignorei as perguntas do porteiro a respeito do que havia acontecido comigo. Subi até o décimo quarto andar, dessa vez sem reclamar. Só existia uma coisa de que tinha certeza no momento: meu único desejo era dormir.

Fogo e fumaça

Hugo

Deitei-me imediatamente em minha cama sem me dar ao trabalho de tomar um banho ou trocar de roupa. Por ter tido uma noite repleta de eventos inimagináveis e desgastantes, acreditei que dormiria em poucos instantes; mas, ao contrário do que eu supunha, não consegui pegar no sono. Minha mente não parava de trabalhar, não me dando sequer uma chance de fugir dos recentes acontecimentos...

Aquilo não podia estar acontecendo. Provavelmente eu estava ficando com sérios danos no cérebro. Talvez fosse melhor procurar ajuda, consultar algum médico, psiquiatra, ou de repente até buscar por respostas em religiões. Mas algo dentro de mim parecia dizer que talvez eu não estivesse realmente louco, que as minhas dúvidas e incertezas estavam, na verdade, saindo de um jeito diferente, para fora de mim, e ao mesmo tempo me transformando por dentro. Não sei bem o que tudo aquilo queria dizer, talvez eu compreenda no devido momento. Talvez não...

A madrugada corria solta e o tempo parecia cada vez mais veloz. Não sabia nem em qual dia da semana estava... E isso não importava – pelo menos eu achava. Só tinha certeza de que o Natal estava próximo: as luzes coloridas espalhadas pela cidade não deixariam que eu mentisse. Aquele clima de final de ano costumava me trazer milhares de sentimentos, de emoções diversas, em sua maior parte melancólicas, tristes e deprimentes – principalmente porque eu estava tão sozinho. Sentia, porém, uma sensação estranha, que não era de todo ruim, mas algo como um pôr do sol batendo sobre as folhas das árvores de uma colina distante... E naquela hora percebi que valia a pena amar, mesmo que houvesse uma perda posterior; era bom guardar aquele magnífico sentimento que não podia explicar. Por isso, aquele pingente – apenas um objeto, sem tanto valor assim em dinheiro, como aquele gato ordinário já sabia – deveria ser resgatado. Precisava obtê-lo de volta. Era o único objeto que tinha de lembrança, e pensar em perdê-lo era como sentir uma facada no peito, uma tortura brutal em um porão fétido e esquecido pela luz. E isso não poderia acontecer...

Fragmentos de pensamento pulavam e pulavam, ora deslizando pelo carpete, saindo do meu quarto e agarrando-se ao meu sofá, ora voltando para a minha cabeça – pelo menos essa era a sensação. Revirava-me na cama buscando por respostas e, quanto mais as procurava, mais perguntas surgiam para me confundir, para me perturbar. Algumas horas incertas se passaram. Por alguns momentos talvez eu tivesse cochilado, mas meus sonhos não me deixavam esquecer os fatos. Quando me dei conta já estava clareando lá fora.

Tentei simplificar, o que até ajudou um pouco, porque sabia que precisava aceitar as condições daquele tal Príncipe Gato de sei-lá-onde, para poder obter o pingente de volta. Não podia negar que minha vida estava um lixo, sem graça e sem rumo, e ter encontrado algo tão – aparentemente – impossível deixou-me excitado, com uma curiosidade inquestionável. Podia sentir alguma coisa diferente no ar, por mais que fosse apenas impressão. Um toque de magia parecia me envolver; o mistério me puxava para algum lugar desconhecido, que eu estava extremamente ansioso para conhecer.

– Pronto! É isso! – falei em voz alta.

Sim, eu estava decidido. *Ufa, até que enfim.* Levantei-me aos tropeços com certa dor na nuca e na lombar. No espelho, vi que minha aparência estava péssima, com significativas marcas escuras perto dos olhos. Tomei um banho e depois fui para a cozinha. Abri a geladeira. Reparei que fazia tempo que não passava em algum mercado para reabastecê-la. Quase poderia entrar nela e me fechar lá dentro de tão vazia que estava. Apanhei a manteiga e um resto de suco de laranja de saquinho e os coloquei sobre a mesa. Depois peguei duas fatias de pão de forma em um pequeno armário e sentei-me em uma cadeira estofada. Com calma, passei a manteiga no pão e tomei o suco na jarra mesmo. Os pratos, talheres e copos estavam todos sujos na pia – sabe-se lá há quanto tempo – esperando para serem lavados.

Enquanto comia, pensava no tal sinal de fumaça que deveria fazer caso aceitasse as condições do gato falante. Precisava, então, reunir uma boa quantidade de material para queimar. Limpei a boca na toalha encardida da mesa e depois levantei-me. Abri a porta do meu apartamento e apertei o botão do elevador. Por incrível que pareça, não me irritei ao me lembrar de que precisava descer pelas escadas. *A equipe virá dentro de dois dias* – recordei-me da voz do porteiro.

Passei rapidamente pelo décimo terceiro andar – subiu-me um frio na espinha ao ver aquelas portas fechadas por tijolos e cimento – e continuei até o térreo.

– Jorge, teria algumas revistas velhas, papelão, jornais?

– Bom dia, né, Seu Hugo! Hum... Tenho estes jornais aqui; se quiser pode ficar com eles. As notícias são somente de catástrofes, assaltos e roubo na política, mesmo – disse o porteiro nada alegre.

– Ah, obrigado, vou ficar com eles sim.

Apanhei os jornais, não deixando de reparar na manchete: *Padre de 48 anos é morto a facadas em São Paulo*. Fiquei alguns segundos em silêncio, depois perguntei:

– Sabe onde posso encontrar mais papel ou papelão?

– Bom, sei que a Dona Alice do décimo sexto costuma juntar algumas coisas para o carroceiro Eurípides, que passa por aqui de quinze em quinze dias. Se tiver sorte, ou uma boa lábia, talvez consiga algo com ela. Mas adianto que aquela velha não é nada fácil. Ops, desculpe-me... Quero dizer, que a senhora Alice pode ser um pouco complicada.

Eu ri. Era engraçado ver o porteiro Jorge com uma notável humildade, reprimindo sua opinião sobre os moradores, tentando consertar algo que para mim soava tão natural.

– Bom, obrigado – eu disse, dando um meio-sorriso em agradecimento pelos jornais.

Subi as escadas até o décimo sexto andar. Toquei a campainha. O pequeno e rouco lhasa apso disparou a latir. Após alguns minutos – que deduzi terem sido preenchidos pelos passos lentos e pelas batidas ocas de bengala da senhora até a porta –, uma voz surgiu:

– Quem está aí?

– É o Hugo, do décimo quarto.

– Quem?

– O Hugo, dos olhos castanhos e verdes.

– Ah, sim, o garoto esquisito. Espera só um minutinho que vou prender a Xena.

– Ok! – respondi, ficando um pouco impaciente. Comecei a reparar ao meu redor, vi uns enfeites velhos e amarelados de Natal espalhados pelo andar. Alguns fios de luzes na parede começavam a despencar de tão mal colocados que estavam. Depois que andei um pouco de um lado para o outro, a porta do apartamento se abriu.

– Pois não, meu filho, em que posso ser útil? – indagou Alice. A senhora usava uma camisola clara do Pateta. Uma cena engraçada, em que um contraste entre a velhice e a infância se cruzava de forma excêntrica na minha frente.

– Bom, por acaso a senhora teria jornais, revistas ou papelão para me arrumar?

– Para você não. Eu junto para o Eurípides. Sinto muito.

– Hum, não precisa ser muito, fico contente com uma revista, com um pedaço de papelão. Se pudesse me ajudar, ficaria eternamente grato pela gentileza. A propósito, muito bonita a sua camisola – falei entre os dentes, e aquele reles elogio bastou para a minha glória, digo, para obter o que pedia.

– Ah, muito obrigada, Hugo. Ganhei da minha bisneta, Claire. Ela me enviou lá dos Estados Unidos. Tenho outra do Snoopy; adoro aquele danado! Os quadrinhos do Charles Schulz são incríveis, não acha? Bom, vou lhe arrumar então umas revistas velhas e uma caixa de papelão bem grande, que veio junto com o meu fogão de quatro bocas – disse Alice, com os olhos brilhando. – Por favor, entre, meu rapaz.

O apartamento de Dona Alice até que era arrumado. O sofá era grande e florido, os móveis eram envelhecidos e escuros. Um pequeno pinheiro ressequido – enfeitado para o Natal – jazia a um canto. O lhasa apso havia parado de latir; talvez tivesse engasgado com a própria saliva e morrido.

Alice me convidara para ir até a lavanderia.

– Coloque aquelas revistas ali dentro daquela caixa, meu filho. Pode pegar quantas quiser, não tem problema... – dizia a senhora. – Sabe, olhando você aqui, um rapaz tão jovem, fico me lembrando da minha mocidade, dos tempos de outrora – continuou, emitindo um longo suspiro. – Penso também que há muito não recebo visitas aqui. Se Astolfo fosse vivo, ai, ai... Nossa casa antiga costumava ser tão quente... Não havia um dia em que não sentisse o calor correndo pelas minhas veias. Agora, este apartamento aqui é tão frio! Se o tempo pudesse voltar, meu filho... Aqueles tempos sim eram bons, era tudo muito diferente, não era como os dias de hoje, não era não. Mas fazer o que, não é mesmo?

Carreguei em silêncio a caixa cheia de revistas até a sala. Meus olhos fixaram-se num retrato sobre uma pequena mesa redonda perto do sofá. Certamente as duas pessoas que se mostravam tão felizes na foto eram Alice, mais jovem, e seu marido, Astolfo. Coitada da viúva. Como deveria se sentir sozinha! Por um lado, acho que tínhamos algo em comum. A diferença era os anos a mais de experiência – e coloca anos nisso. Há quanto tempo ela deveria estar sozinha neste apartamento? Eu não perguntaria, de maneira alguma. A verdade é que meu conceito sobre a Dona Alice mudara completamente naqueles poucos instantes em que eu estava ali.

– Bom, agradeço de coração – falei, dando em seguida um sorriso sincero. – E tenha um ótimo Natal, Dona Alice.

– Obrigada, meu filho. Para você também. Caso queira companhia na véspera do dia vinte e quatro para o dia vinte e cinco de dezembro, saiba que esta velha aqui teria grande prazer em passar com você.

– Está certo. Não sei se estarei por aqui, mas, qualquer coisa, avisarei a senhora. Obrigado mais uma vez. Até logo.

Com a caixa nos braços, andei até as escadarias. Vi os olhos da senhora Alice brilhando; ela nitidamente desejava falar mais, desabafar algo há muito guardado; porém, nada falou, e fechou a porta de seu apartamento.

Desci mais dois andares, direto para a minha sala. Depositei a caixa perto da TV. Reparei que o estofado do braço do sofá estava estranho, com furos e pedaços das linhas puxados para fora; não me lembrava de estar assim, enfim...

No meu quarto, encontrei mais alguns cadernos antigos de escola, que seria maravilhoso ver em chamas. Em cima do guarda-roupa, apanhei mais uma caixa cheia de velharia – objetos, fotos e cartas pessoais que gostava de evitar. Mas aquela era a hora. Pelo menos era o que eu sentia. Peguei tudo o que achei e juntei com as revistas de Dona Alice e o jornal de Seu Jorge.

Então, com uma caixa de fósforos que encontrei na cozinha, comecei a subir até a cobertura do prédio, carregando todo o material coletado. Por sorte, era no décimo oitavo andar, então precisava subir apenas mais quatro.

Bom, atingi o topo sem grandes problemas. O céu estava relativamente claro. Cheguei mais para a beira e dei uma conferida no visual. São Paulo – como estava acostumado a ver. Porém, talvez meus olhos conseguissem captar uma fina camada mágica – invisível para o resto do mundo. Mas poderia ser coisa da minha cabeça.

Comecei a organizar a fogueira. Rasguei a caixa de papelão e espalhei as revistas de forma adequada. Fiz um rolo com algumas folhas do papel de jornal e risquei um fósforo em uma das extremidades. Logo direcionei a chama para o amontoado de revistas e em instantes um fogo maior começou a tomar conta de tudo.

Passei a atenção, então, aos meus pertences. Aos poucos fui acrescentando os cadernos escolares – era delicioso vê-los queimar, entre fórmulas matemáticas e componentes químicos, aulas de inglês e redações dissertativas, e ainda simulados para a faculdade.

– Que queimem no inferno!

O fogo estava alto, parecia gozar de prazer a cada pedaço de papel que eu lhe entregava. Uma dança fervorosa dos românticos descabeçados. Cegando a racionalidade e colocando em um mesmo patamar a emoção, a paixão e o desejo – mera filosofia. Bom, não posso falar muito, porque me identifico bastante nesse arquétipo.

Peguei algumas cartas antigas e, por um momento, hesitei antes de atirá-las ao fogo. Eram apenas palavras; as tinha de cor dentro da minha mente, guardadas em segredo no meu coração. Precisava seguir adiante, sem olhar para trás. Aquilo me faria bem. *Chega de arrastar o passado para a luz. Chega!* – pensei, pouco antes de atirar ao fogo fotos – com exceção de uma que dobrei e guardei no meu bolso traseiro – e alguns pequenos objetos de quando era criança. As chamas arderam ainda mais, uma fumaça preta arquejou como um gigante e seguiu espiralada para cima, manchando o céu, ameaçando o ar.

Com uma revista eu abanei a fogueira. Minha mensagem deveria estar clara para aquele gato esquisito. Pelo menos era o que eu ansiava. Só esperava que ninguém chamasse o bombeiro pensando se tratar de um incêndio no prédio.

Passados cerca de quinze minutos, o fogo se resumia a pequenas labaredas em meio a um amontoado de cinzas. Recolhi um pouco da sujeira com uma pá quebrada que encontrei e a joguei em um saco de lixo que havia no décimo oitavo andar. Não limpei o local como deveria, mas a próxima chuva daria conta do restante. A verdade é que me sentia mais leve, como se retirasse das costas um peso enorme ou, ainda, como se tivesse retirado uma mulher que se agarrava com todo seu peso sobre mim, me sufocando, sem perceber, com os braços. Que fique claro: nunca me livrarei do amor que sinto, preciso apenas seguir a canção... Acontece que aquela sensação era extremamente momentânea.

Desci as escadas calmamente até o meu andar. Virei a maçaneta da porta, entrei e fechei, acionando duas travas a mais por segurança, ou por costume mesmo. Caminhei para o sofá e...

– Ah, que m... é essa? – me assustei.

– Calma, humano... Vi seu sinal de fumaça, então me senti no direito de vir aqui.

– Se sentiu no direito de vir aqui? Você está louco? Comeu cocô? E larga o meu controle remoto!

– Ah, isto aqui? Nem sei como funciona mesmo. A propósito, se eu fosse você tomaria mais cuidado com a forma que fala comigo, já lhe avisei antes: sou o Príncipe Gato de Marshmallow.

– Ok, senhor Príncipe Gato de "Algodão-Doce", tira essa sua buzanfa gorda do meu sofá.

Só sei que, assim que pronunciei essas palavras, vi uma pistola apontada para mim. A face do gato mudara completamente, os pelos de sua nuca estavam eriçados.

– Repete se tiver coragem – disse o Príncipe entre os dentes.

Eu, com as mãos para o alto, embora ainda estivesse desconfiado de que aquela arma não passava de uma pistola de plástico que atirava água, resolvi me conter.

– Certo, certo... Vamos manter a calma e conversar. Como você bem colocou, enviei o sinal de fumaça como o combinado. Só não esperava encontrá-lo no meu sofá minutos após... Afinal, precisa da minha ajuda em quê. Ainda não entendi?!

– Veja bem – disse o Príncipe, abaixando a pistola e colocando-a novamente em seu cinto –, preciso encontrar algo de extremo valor, como lhe havia dito no Parque Trianon, e sua ajuda será muito bem-vinda. Preste atenção: isso será nosso segredo...

Cortes e retalhos

Hugo

Sentamos-nos no sofá e conversamos por cerca de meia hora. Procurava ao máximo compreender e aceitar as maluquices que aquele gato me relatava. Começava a não ser tão difícil; afinal, aceitar um gato falante em meu apartamento já abria a cabeça de qualquer um para infinitas possibilidades.

– Tudo bem... Revisemos toda a história – comecei. – Você se arriscou a atravessar por um túnel dimensional, um Buraco de Minhoca, em busca de um objeto importante, que está em meu mundo?

– Exatamente.

– E você está fazendo isso porque seu mundo corre perigo?!

– Mais do que um simples perigo, está à beira da perdição, e como Príncipe não posso deixar minha terra encontrar seu fim.

– Desde o nascimento, Marshmallow tem os dias contados? Sua história já tinha um final predeterminado, uma espécie de destino?

– Não apenas Marshmallow, mas acredito que seu mundo também tenha.

[Silêncio.]

– Meu tempo está acabando – o gato continuou. – A vida em meu mundo está por um fio, como um idoso que aguarda ansioso e temeroso por seu suspiro final.

– Nossa. E a única solução é encontrar...

– A Ampulheta do Tempo. Munido dela poderei reverter a situação e dar mais tempo a Marshmallow.

– Você não tem receio?

– De que especificamente? – o Príncipe Gato questionou intrigado.

– De estar mexendo com algo sério demais?! E se algo de terrível acontecer caso você tente alterar o curso da história?

– Acredite, essa possibilidade foi amplamente analisada por Chasmalin, a maior sábia de minha terra. Estou certo de que o que farei é necessário.

– E por que um objeto com tal poder de controle sobre seu mundo se encontra justamente no meu?

– Essa é uma pergunta que não saberei lhe responder. A questão é que está aqui e devo encontrá-lo, custe o que custar. Está pronto para me ajudar?

[Silêncio.]

– Emiti o sinal de fumaça. Isso já não é uma resposta?

– Ótimo. Nossa conversa se encerra aqui. Retornarei em breve para traçarmos nossa estratégia. Quero começar por alguns lugares dos quais andei pesquisando, que podem ter alguma relação; vou querer saber sua opinião.

– Tudo bem, sem problemas.

– E ainda tenho que encontrar uma forma melhor de me locomover em seu mundo sem ser percebido.

– Hum... Acharemos uma solução – respondi, sentindo uma leve excitação tomando meu corpo; algo que não experimentava há muito em minha rotina.

– Ah, antes que me esqueça! – o gato exclamou enquanto se levantava e se preparava para sair.

– O quê?

– Você ainda não me disse seu nome.

– Ah – suspirei sorrindo –, é Hugo.

– Hum, já sei qual nome não colocar em meus filhos, então.

E algo como você tem filhos? – pensei em retrucar, mas a possibilidade de ver aquela esquisita pistola apontada para minha face me fez desistir da ideia.

– Você é sempre gentil assim? – perguntei.

– Sim. Não posso evitar.

– Ótimo, pois não gosto de muito melaço. Agora some da minha casa!

– Será um grande prazer, acredite, deixar este chiqueiro que você chama de casa.

Abri a porta e o gato agilmente saiu, correndo pelas escadas. *Será que ele conseguiria abandonar o prédio e se locomover em plena luz do dia sem ser visto?* Logo me veio à mente uma cena, puro delírio, em que o gato lia meus pensamentos, sacava sua pistola, apontava para minha cara e respondia com aquela voz arrastada:

"– Sou o Príncipe Gato de Marshmallow; jamais subestime meus potenciais!". Ri sozinho com minha imaginação.

Caminhando para meu quarto, coloquei a mão em um dos bolsos, procurando por meu celular, e notei uma coisa: uma segunda carteira. A minha estava no bolso direito, porém essa estava no esquerdo. Lembrei-me do ocorrido na noite anterior, quando avançava velozmente em direção ao parque.

Abri a carteira e peguei um dos cartões de visita. Havia um telefone. Arrisquei uma ligação. Era véspera de Natal, dificilmente alguém estaria trabalhando, mas resolvi tentar a sorte. Disquei o número e aguardei. Chamou, chamou, chamou, porém ninguém atendeu. Guardei a carteira e resolvi ir ao mercado para reabastecer um pouco a despensa; afinal, naquele dia provavelmente os estabelecimentos fechariam mais cedo.

Dentro de uma hora estava de volta. O supermercado era perto, mas estava lotado; foi um caos. Gastei cerca de cinco minutos para descarregar tudo na geladeira e no armário, sem me preocupar com a arrumação. Então fui tomar banho e trocar de roupa; tinha decidido passar a ceia com a solitária Dona Alice. Em pouco menos de uma hora estava pronto, porém, antes de sair, resolvi fazer mais uma tentativa utópica de contatar o dono da carteira. Disquei o número. Novamente escutei o sinal de chamar, chamar e chamar sem ninguém atender. Afinal, quem é que estaria no trabalho em uma noite de Natal? *Desisto, vou desligar. Amanhã ou depois tento novamente* – pensei, até que...

– Alô? – uma voz respondeu do outro lado da linha. Era um homem de sotaque forte; devia ser do leste europeu.

– Ah, é... Alô! – respondi atrapalhado; estava quase desligando e fui pego desprevenido.

– Quem fala?

– É o Hugo falando, senhor.

– Boa noite, Hugo, em que posso ser útil? – De fato, além do sotaque, o português, embora bem falado, ainda revelava traços de outra língua.

– Na realidade, acredito que eu possa lhe ser útil.

– Como assim?

– Ontem estava na Avenida Paulista, senhor, e notei sua carteira cair quando entrava em um carro. Apanhei-a e encontrei um cartão dentro dela, por isso estou ligando, para devolvê-la.

– Você encontrou minha carteira? Mas que notícia maravilhosa, Hugo! Não sabia onde a tinha perdido! Quando desci do táxi, passei vergonha, pois não achava meu dinheiro. Pedi ao motorista que esperasse, entrei em casa e apanhei a quantia; por sorte mantenho alguma reserva em casa.

– Bom, pretendo levá-la ao senhor, precisamos apenas combinar quando.

– Ah, não precisa se incomodar em trazê-la para mim. Já fez tanto! Eu a busco.

– Imagina! Neste endereço do cartão eu encontro o senhor?

– Sim, sim, com certeza.

– Quando?

– Pode ser após as festividades, não há problemas. Dia vinte e oito está bom para o senhor, Hugo?

– Ótimo, sem problemas. Pode ser à tarde, às quatorze horas?

– Perfeito, combinado.

– Ótimo, até lá, então!

– Muito obrigado, Hugo! Não sei como lhe retribuir!

– Não se preocupe; é o mínimo que podia fazer. Tchau.

– Tchau.

Sentia-me bem por ajudar. Poderia simplesmente ficar com a carteira, embolsar o dinheiro, mas eu não era esse tipo de pessoa. Pequenas atitudes como essa fazem toda a diferença em nossas vidas. Se mais pessoas agissem dessa forma, o mundo certamente seria melhor.

Por fim saí do meu apartamento e subi mais dois andares. O sorriso da senhora Alice ao notar que teria companhia naquela noite era notável. Assim, passamos uma ceia agradável e farta. Eu, na maior parte do tempo, perguntei sobre seu passado, já que no presente Alice não tinha muitos acontecimentos para relatar. Voltei ao meu apartamento quando o relógio marcou três horas da manhã, e meu estômago resmungava, com tanta comida e tanta sobremesa a lhe pesar.

Três dias haviam-se passado e nesse período não tive quaisquer notícias do Príncipe Gato ou das buscas pela Ampulheta do Tempo. Estranhamente, tudo que outrora sentia tão nítido e real chegava a parecer não ter passado de um mero sonho.

Bem, era dia vinte e oito, e eu já havia almoçado. Tinha de partir para meu encontro com o senhor Cloud. Embarquei no metrô e desci na estação Brás. Informei-me em um boteco de esquina e facilmente encontrei o local indicado no cartão de visitas. Era um pequeno sobrado, com as paredes castigadas pelo tempo, em alguns pontos com os tijolos expostos. Toquei a campainha; eram exatamente 14h08. Poucos segundos depois, um senhor de idade, bem-vestido e de rosto arredondado, orelhas e nariz grandes e olhos cor de mel, atendeu a porta. Reconhecia-o.

– Senhor Cloud, sou o Hugo.

– Hugo, meu caro! Entre, por favor!

Logo após atravessar a porta, ele a fechou. O interior era bastante sofisticado e austero, ricamente decorado.

– Por favor, me chame de Edgar; Cloud é apenas um nome fictício para minha alfaiataria. Como você é jovem, rapaz! Se todos os jovens tivessem o caráter que você me demonstrou, eu poderia ficar mais sossegado com o futuro do mundo.

– Era o mínimo que poderia fazer! Aqui está! – falei entregando-lhe a carteira. O homem apanhou-a sorridente e guardou-a no bolso. – O senhor não irá conferir?

– Para que, meu bom jovem? Em que isso iria ajudar? Se você demonstrou caráter em me trazê-la, para que iria retirar algo de dentro dela?

– Bom...

– Diga-me, Hugo, de que forma posso recompensá-lo? Dinheiro? Algum favor?

– Imagina, não precisa me recompensar por nada.

– Como não? No mínimo, terá que aceitar alguma quantia!

– Não, acredite, não quero.

– Aceita tomar um chá comigo?

– Ah, um chá eu aceito, muito agradecido.

– Ótimo, por favor, sente-se! Sinta-se à vontade, já irei lhe trazer uma xícara e conversamos. O senhor tem compromisso, senhor Hugo? Tem pressa?

– Não, estou livre, não se preocupe, será um prazer!

Acomodei-me em um sofá de couro. Enquanto Edgar não retornava, observei atentamente todos os detalhes da casa, e não eram poucos. Algo me chamou a atenção: um retrato de família. Nele estavam, aparentemente, Edgar e seus pais; um senhor simpático e sorridente e uma senhora bela de olhos claros. Poucos instantes depois, o homem voltou carregando uma bandeja com duas xícaras e um bule de porcelana, adornados com um tema florido. Ele notou meu interesse pelo retrato.

– Ah, estes são meus pais. Adir, meu pai aventureiro, e Ágata, minha bondosa mãe. Ambos faleceram há alguns anos.

– Hum... Sinto muito.

– Não sinta! É a lei da vida – respondeu, servindo-me. Adocei um pouco com açúcar, pois não gosto de adoçante. – Sempre que me lembro de meu pai, muitas lembranças surgem em minha mente. Ele era um pouco exótico, digamos. Costumava repetir uma frase que me divertia, e jamais esqueci: "Na crista do galo adormece a lua, e onde a lua adormece brilha a esperança". Não sei a origem dessa frase, mas até hoje me faz refletir bastante.

[Silêncio.]

– Diga-me, Hugo, o que faz da vida?

– Sou músico, senhor, mas no momento não estou envolvido em nenhum trabalho.

– Hum, interessante. De que tipo de música gosta?

– Sou bastante eclético. Do clássico, apresentado por minha mãe, aos ritmos mais modernos, desde que com qualidade, é claro.

– Realmente, concordo com seu gosto. Qual seu instrumento musical?

– Toco piano.

– Jura? Mas que maravilha! É um instrumento belíssimo. Minha mãe tocava piano muito bem; adorava ouvi-la.

Um lampejo surgiu em minha mente; uma ideia óbvia, vinda de repente.

– Edgar, estava pensando...

– Diga-me, Hugo, o que se passa?

– Você me perguntou o que poderia fazer para retribuir o favor...

– Sim, sim, claro! Achou algo que eu possa fazer?

– Acredito que tenha encontrado. O senhor é alfaiate?

– Correto. Há décadas trabalho neste local.

– Pois bem, eu preciso de uma capa, uma espécie de túnica com capuz. Seria para uma criança; cerca de um metro de altura, nem muito magro nem muito gordo.

– Ótimo, sem problemas, Hugo, será um prazer! Mas de qualquer forma preciso que você traga a criança para eu tirar as medidas dela.

– Então, na realidade o problema é que não tenho como trazê-la! Preciso que você trabalhe com base em apenas um padrão.

– Mas, Hugo, dificilmente a roupa sairá adequada dessa forma. Provavelmente não vestirá a criança com perfeição.

– Compreendo, Edgar, mas terá de ser dessa forma, não se incomode.

– Façamos o seguinte: irei produzi-la para amanhã mesmo. Você a retira e a leva para a criança experimentar. Verifique o comprimento, os ombros e as mangas e avise-me de qualquer ajuste necessário. Caso precise, traga-me que eu ajusto na hora para você.

– Muito bem, combinado – falei animado, depositando minha xícara vazia na bandeja. – Bom, vou caminhando então, senhor Edgar. Foi um prazer conhecê-lo!

– O prazer foi todo meu, Hugo! Novamente gostaria de expressar minha gratidão por sua atitude grandiosa!

– Não tem de quê! Adeus! – respondi, enquanto o homem abria a porta para mim. Após um aperto de mãos, parti para o metrô novamente.

No dia seguinte, voltei no mesmo horário para apanhar o traje, que, embora eu não seja grande conhecedor, me pareceu perfeito. Levei para casa e me deparei com um problema: precisava de alguma forma chamar o Príncipe Gato. Não havíamos combinado qualquer meio de comunicação e tinha certeza de que ele não possuía nenhum celular. Resolvi tentar um golpe de sorte que se mostrou satisfatório, mesmo contra minhas esperanças. Subi na cobertura novamente e fiz um pequeno sinal de fumaça com algumas revistas que haviam sobrado da outra fogueira. Apaguei o fogo, limpei rapidamente o local e desci para meu apartamento; lá estava o inconfundível gato falante.

– Espero que haja um bom motivo para me incomodar, meu caro! – Foram as primeiras palavras que escutei.

– Olá, boa tarde! Fico feliz em revê-lo também! – respondi ironicamente.

– Não temos tempo para bobagens! Por que me chamou?

– Vista! – ordenei pegando a roupa sobre a mesa e atirando na direção do gato.

– O que é isso? – perguntou intrigado.

– Seu disfarce – respondi secamente, enquanto o Príncipe analisava a roupa.

– Tenho que confessar: estou admirado com o que vou dizer agora, mas admito que você presta para alguma coisa!

– Nossa, sinto-me lisonjeado com suas palavras – respondi.

– Experimente. Preciso ver se haverá necessidade de reparos.

O gato experimentou e realmente ficou muito bom. Apenas um ajuste nas mangas e no comprimento seria necessário. De fato, a roupa deveria ser mais longa para lhe esconder as patas.

– Prepare-se – o gato falou, tirando a vestimenta –, sairemos para nossa primeira missão no final da semana; dia trinta e um do seu calendário.

– Na véspera do ano-novo? – perguntei perplexo.

– Se eu não agir rápido, não haverá nem ano-novo nem ano-velho em Marshmallow, então pouco me importa – respondeu partindo.

No dia seguinte, voltei ao Brás para que Edgar pudesse fazer os ajustes finais. Estava tudo pronto para iniciarmos nossa jornada para salvar Marshmallow.

Dois dias depois, tive a infelicidade de ser acordado pelo gato em meu apartamento.

– Mas que inferno, o que está fazendo aqui logo cedo?

– Acabou seu tempo para dormir, levante-se! Temos que partir imediatamente.

Levantei-me, tomei um suco e me vesti.

– Para onde vamos? Por onde começaremos?

– Pensei em diversos lugares por onde começar e decidi que daremos início à nossa jornada pela Catedral da Sé.

A catedral

Hugo

– Agora entendo por que você estava lendo aquele livro quando lhe encontrei pela primeira vez. Mas por que a catedral?

– Pelo visto você não entendeu – disse o Príncipe Gato olhando para o teto e coçando a orelha. – Tenho minhas desconfianças, meu caro, além de algo me impulsionar para lá. Na verdade não sei bem como chegar, mas creio que você saiba, não é mesmo?! Acredito que os clérigos possam ter encontrado o que procuro e escondido do mundo, inclusive dos fiéis seguidores da ordem eclesiástica.

– Como você sabe disso? – perguntei perplexo. – No seu mundo vocês vão para a escola?

– Amiguinho, você é bem estranho, viu? Como assim *no seu mundo vocês vão para a escola?* É claro que não! Eu li no livro naquele dia!

– Você está brincando comigo?

– Falando nisso, há quanto tempo não limpa este antro? – indagou o gato, fungando com seu pequeno nariz apontando para cima, como se estivesse sentindo algum cheiro estranho.

– Você se refere ao meu apartamento, sua bola de pelos?

Parecia um *déjà-vu*. Repentinamente, uma pistola surgiu sendo mirada na direção de minha cabeça. Fiquei imóvel.

Houve uns segundos de puro silêncio. Aquele gato com toda certeza não era de levar desaforos para casa.

– Você precisa de mim! Lembra-se? Talvez seja interessante descobrirmos uma forma de nos darmos bem ou, pelo menos, melhor – eu disse, tentando não ser muito irônico.

O Príncipe mantinha o olhar certeiro e alucinado – seus olhos com as pupilas finas e verticais. Estava claro lá fora – um dia de sol. O Natal ficara alguns dias para trás. A velocidade do tempo me intrigava; quantos dias mais teria de vida? Seria aquele o último? Morto por um gato falante e rabugento e sua pistola de plástico? Ou morto por, bem... Deixem para lá.

– Pode abaixar essa pistola! Se não quisesse te ajudar, não teria mandado fazer a túnica para você e gastado o que gastei – falei. Na verdade, sabia que não havia me custado nada, que fora dada pelo alfaiate pela gratidão de ter lhe devolvido a carteira.

– Chantagem, agora? – disse o gato. – Mas está certo, não vamos perder tempo com meras discussões. Em outro momento acabo com você!

– Superengraçado.

Tomei um banho e coloquei roupas mais neutras, nada de chamar muita atenção. O fato de sair acompanhado por um ser de túnica pelo centro da cidade já era chamativo demais. Acabei tendo uma ideia. Lembrei-me de uma máscara branca que havia comprado certa vez na feirinha do Parque Trianon-Masp, em um domingo ensolarado. *O céu azul. O som de algum músico de rua. Eu não estava sozinho, meus dedos se entrelaçavam com os de uma garota.* Bons tempos aqueles...

[Suspiro.]

– Vamos, experimente! – falei quando entrei na sala, jogando a máscara nas mãos felinas do Príncipe, que assistia a um documentário sobre *O Fim dos Dias*, no Discovery Channel.

– Silêncio. Não vê que estou ocupado?

– Esse gato é folgado pra caramba... – resmunguei.

Fui para o meu quarto. Calcei meu tênis e verifiquei os bolsos da calça: apenas antigos papéis de bala amassados e levemente grudentos. Apanhei minha carteira, conferindo quanto tinha de dinheiro e se estava com os cartões de crédito. Peguei também o canivete – ainda achei propício mantê-lo comigo –, a única foto que não havia queimado no alto do prédio – caso me acontecesse algo e me visse no fim da vida, gostaria de olhar mais uma vez aquela fotografia – e um *Tic Tac* sabor menta, para o caso de ter que disfarçar o mau hálito.

Quando voltei para a sala, vi o Príncipe com a máscara, a túnica, as luvas e as botas – comprei esses dois últimos itens, usados, em uma loja infantil do Brás. Estava realmente ridículo, porém com uma pitada de ameaça. Ele se olhou no espelho da parede. Não parecia muito contente. Minha esperança era que as pessoas na rua imaginassem que eu estivesse levando meu irmãozinho para alguma festa a fantasia.

– Então, o que achou? – investiguei.

[Silêncio.]

– Já vamos sair? – perguntou o gato.

– Hum, sim, podemos. Mas o que achou do disfarce?

Ao contrário do que eu imaginava, ele respondeu:

– Está ótimo. Só preciso me acostumar.

Para mim, estava claro que ele havia detestado. Estaria se esforçando para não criar tanta antipatia? Ou teria mesmo apreciado o disfarce? Tanto faz...

Chamamos o elevador, que felizmente voltara a funcionar.

– Espero não precisar mais pegar essas escadas.

– Mas você é preguiçoso mesmo! – o Príncipe falou, verificando seu cinto de utilidades.

Preferi não contra-atacar; estava entendendo aos poucos o comportamento daquele felino. E ninguém entra em uma briga achando que está errado. Alguém sempre precisará ceder. Fato.

– Você é meu irmãozinho de 8 anos. Não se esqueça disso! – falei antes que o elevador parasse no térreo. Empurrei o Príncipe para fora. Apressamos os passos, evitando ao máximo grande contato com o porteiro Jorge. Mesmo assim...

– Bom dia, Seu Hugo.

Acenei sem olhar para trás e saímos do prédio a largas passadas.

O plano não era muito complexo: pegaríamos o metrô Vergueiro – o mais próximo do meu prédio – e desceríamos na Sé. Para quem conhece a cidade, sabe que seria definitivamente impossível fazer isso discretamente. Sendo assim, a ideia não era se esconder, pois isso levantaria muitas suspeitas.

Passamos pela catraca do metrô Vergueiro sem problemas; utilizei meu bilhete único para nós dois. Nem todos nos viam, mas não por não estarmos chamando a atenção, mas sim por conta de grande parte das pessoas andarem desatentas, presas em um mundo de preocupação e estresse, quase como robôs.

Assim que descemos as escadas para a plataforma, o metrô havia acabado de chegar. Apressamos os passos e entramos, sentando nas cadeiras do canto. A sorte era que estávamos no final do ano – cidade mais vazia, metade da população já tinha ido ou se dirigia para o litoral. Isso era ótimo, caso contrário não estaríamos sentados, e sim em pé, espremidos – pela massa de pessoas amontoadas dentro da lata móvel – e quase dançando na tentativa de buscar apoio.

Descemos na Sé sem grandes complicações. Subimos pelas escadas rolantes em direção à saída. Descuidei-me por uns instantes e perdi o Príncipe de vista, mas não tardou para descobrir seu paradeiro. O infeliz estava naquelas máquinas de refrigerante, chutando para tentar apanhar uma latinha. Dois policiais com cara de buldogue esboçaram vir em sua direção, quando apareci e segurei nas mãos, ou melhor, nas patas do meu irmãozinho – Príncipe Gato.

– Você está louco? – falei com uma voz impostada perto de onde estariam suas orelhas por trás do capuz. – Quer chamar mais atenção do que já está? E você lá toma refrigerante?

[Silêncio.]

– Esta máquina engoliu meu dinheiro – disse o gato, em tom humilde.

– Seu dinheiro? Só para saber, como é que você conseguiu dinheiro? – investiguei.

– Eu acabei encontrando muitas moedas perdidas no Parque Trianon, aí juntei para alguma ocasião como esta. E o que você tem a ver com isso? Cuide da sua vida! – E lá se foi o tom humilde.

– Certo, vamos sair logo daqui. O que você quer tomar?

O gato apontou para um refrigerante com seus pequenos dedos escondidos na luva infantil. Peguei duas moedas de um real e coloquei na máquina; em seguida, após um barulho, apanhei uma lata de Coca-Cola no compartimento inferior.

– Vamos andando – falei, puxando o Príncipe pelos ombros e abrindo o refrigerante. Os policiais só olharam desconfiados, mas rapidamente estavam conversando sobre umas garotas bonitas que ali perto esperavam por alguém.

Passamos pela catraca da Sé e logo nos deparamos com uma escultura – que mais lembrava uma minhoca amarela e imensa – numa espécie de jardim lateral. Pegamos o caminho da esquerda e subimos uma escadaria.

Assim que saímos do metrô, o gato soltou um som desconexo – talvez de admiração. A catedral se erguia imponente e enorme do lado direito. Não era para menos, a construção era admirável mesmo: arquitetura gótica, torres ornadas por rosáceas, os telhados azul-claro – a religiosidade declarada. Ao mesmo tempo, a bela construção contrastava com moradores de rua descansando em suas escadarias, com cobertores surrados e folhas úmidas de papelão.

Demos uma volta por fora, observando e analisando. Resolvemos entrar por uma porta lateral, onde não havia tanto movimento. Porém, assim que coloquei os pés na entrada da catedral, ouvi uma voz surgir às minhas costas:

– Me arruma umas moedas, tio?!

Era um garoto de rua, com uma roupa encardida. Depois de um tempo você aprende a ignorar os pedintes. Não que eu fosse insensível, não se trata disso. Mas existem muitos oportunistas por aí, e muitos usam o dinheiro para comprar álcool, cigarros, drogas... E até armas, para depois assaltar. Não dá para generalizar, mas não tem como separar. Infelizmente essa é a realidade. Acredito ser mais efetivo oferecer ajuda a instituições de caridade.

O teto da catedral era de se perder de vista, muito alto mesmo. A quantidade de informações era quase infinita, eu nem sabia para onde olhar. Centenas de estátuas em mármore espalhadas, vitrais coloridos com imagens santas, lustres, grossas colunas... Isso só o que meus olhos conseguiram captar em poucos instantes. Alguns devotos já aguardavam pela missa que começaria dentro de três horas, com suas bíblias nas mãos e o olhar para o altar. E haja fé.

Olhei para o Príncipe, que fitava um confessionário de madeira escura. Quando cheguei perto, ele falou:

– Parece seu guarda-roupa.

– Certo, estamos aqui – falei, tentando ignorar o comentário lamentável que acabara de escutar.

– Percebi – respondeu o gato mal-educado.

– Não venha com gracinhas, o que pretende fazer?

O gato ficou em silêncio e começou a andar pela catedral, perto do altar.

– Para onde vai essa porta? – o Príncipe apontou.

– É a cripta: quase uma igreja subterrânea. Parece fechada.

– Pois é – disse o gato. – Quero entrar aí.

– Não acho que seja tão simples como pensa. Precisamos de um monitor. – Olhei para uma placa que apontava a secretaria. – Venha, vamos pedir informação.

Quando fomos para o lado oposto, notei alguns turistas tirando fotos, com seus chapéus característicos – lembrando o conhecido personagem *Indiana Jones*. Um senhor conversava com a atendente da secretaria. Esperei alguns minutos, tentando manter o gato quieto do meu lado. Assim que o idoso saíra, olhou-me sorrindo e me deu a mão como se fôssemos velhos conhecidos; achei um pouco estranho, mas sorri em resposta. Então, sem dizer uma palavra, dirigi-me à mulher da secretaria:

– Por favor, as visitas monitoradas para conhecer a cripta...

– Ah, a monitora pegou uns dias de férias, não estava tendo muitas visitas agora nesse final de ano, então voltará somente dia cinco de janeiro! – disse a mulher tentando passar na voz um consolo para os meus ouvidos.

– Entendi.

– Voltem semana que vem. Afinal, já será janeiro mesmo, não é?! Tenham uma boa virada de ano! – disse ela com um sorriso sem dentes, não que fosse banguela, apenas manteve os lábios grudados. Depois, suas sobrancelhas quase se uniram fazendo rugas de curiosidade surgirem em sua testa, assim que notara o ser mascarado ao meu lado.

– Obrigado, para a senhora também – respondi, apanhando um panfleto com informações da catedral e em seguida deslizando o mais rápido para fora dali com o Príncipe Gato quase dentro do meu bolso; como se fosse possível. Naquele momento, me dei conta de que era o último dia do ano. Onde estava com a cabeça?

– O que faremos? – indaguei.

– Me larga, não preciso ser arrastado para todos os lados! Vou acabar me irritando e atirando na sua cara se fizer isso mais uma vez! – disse o gato com uma voz, digamos, mais grave. – Você, tente encontrar informações sobre aquilo que procuramos, mas seja discreto, ouviu? Eu vou entrar nessa tal de cripta de qualquer forma.

– É mesmo? E como pretende fazer essa artimanha?

– Você não me conhece, meu caro Hugo. Quando digo que vou entrar, é porque farei isso. Como o farei? Tanto faz. Só faça o que estou mandando. Vou sair da catedral por alguns instantes, e assim que tiver concluído minha missão, e espero que você tenha concluído a sua, nos encontraremos ali perto daquelas gárgulas.

– Só para lhe informar – comecei –, a cripta fica aqui dentro.

O gato me encarou e pude ver seus olhos – por detrás daquela face branca e dura – ameaçadores, ferinos e felinos. Ele tomou o último gole – levantando um pouco a máscara – de sua Coca-Cola e amassou a latinha com a pata. Deu as costas para mim e se retirou todo pomposo.

Resolvi dar um voto de confiança para aquele rabugento. De alguma forma, eu sabia que tínhamos algo em comum. Até dei um meio-sorriso para o meu Eu interior, mas estava longe de gostar daquele gato.

Fiquei sozinho e perdido. Pensei no que fazer. Resolvi caminhar um pouco e parei para observar uma máquina que continha várias velas eletrônicas e uma placa pedindo moedas para que se pudesse acender uma delas. Pensei comigo: *Caramba, a fé está bem moderna, deve até ser possível acender velas pela internet.* Claro que aquilo era mais um simbolismo... Eu não era religioso, não que fosse ateu, mas tinha minhas próprias filosofias, talvez uma mistura de religiões e pensamentos de grandes mestres. Todavia, estava ali em busca de algo – segundo o gato – importante.

Acabei avistando aquele senhor que me cumprimentara na secretaria; ele estava acompanhado de um homem mais jovem, porém bem mais velho do que eu. Disfarçadamente, comecei a segui-los e acabei ouvindo:

– Pode deixar padre, eu farei isto para o senhor – disse o mais jovem. – Se me permite, com licença.

Logo o idoso estava sozinho e acabei trombando com ele por pura coincidência intencional – eu diria quase em risos.

– Ah, sim, você, meu caro rapaz. Cumprimentamo-nos há pouco na secretaria, não é mesmo? – disse o senhor.

– Isso! – concordei prontamente. – Se permite me apresentar, sou Hugo.

– Hum, Hugo. Nome germânico. Significa "pensamento", "espírito", "razão". A propósito, sou padre Mário. Não costuma vir à catedral, não é mesmo?

Ergui uma das sobrancelhas, admirado e espantado. Aquele homem saberia o significado de quantos nomes? Só poderia ter algum parente chamado Hugo, de repente um sobrinho-neto.

– Não – respondi. Fiquei mudo por instantes.

– Está convidado a vir mais, então – disse o padre, começando a andar. Carregava alguns livros nas mãos. – Nos vemos qualquer hora, Hugo.

Meus pés se descongelaram assim que vi o senhor se distanciar, minha boca saiu da dormência e assim eu falei:

– Por favor, padre, eu poderia lhe fazer uma pergunta?

– Claro, meu filho – disse ele virando e me fitando serenamente.

Aproximei-me e falei em tom mais baixo:

– O senhor sabe algo a respeito de uma ampulheta?

– Como assim, Hugo, uma ampulheta? Tenho uma em meu escritório, acho um objeto fascinante por sinal, simples eu diria, por isso fascinante.

– Não, padre, não é uma ampulheta qualquer, ela possui um poder maior sobre o tempo, acredito eu. A Igreja Católica não a mantém em segredo? – falei, me arrependendo um pouco das minhas últimas palavras.

– Veja bem, meu filho, não sei do que está falando – disse o padre olhando para os lados, como se conferisse se alguém se aproximava. – Se a Igreja mantivesse essa tal "ampulheta do tempo" em segredo, eu não lhe revelaria, não é mesmo? – deu um leve sorriso.

– Faz sentido – respondi, tossindo fortemente na sequência; meu pulmão não parecia bem. – Bom, agradeço sua boa vontade em me ouvir, padre. – Comecei a ir embora.

– Espere, Hugo – ouvi a voz rouca às minhas costas. – Por que está procurando essa tal ampulheta? Precisa de mais tempo? Está doente?

Eu não esperava ouvir aquilo. Fiquei curioso.

– Eu poderia conseguir mais tempo? – arrisquei.

– Bom, me responda você.

– Não, não, me responda o senhor. Eu não sou o padre – devolvi a pergunta com um leve tom grosseiro, embora não tivesse a intenção.

– Escute, Hugo – disse ele –, tudo tem seu tempo debaixo do céu, tudo tem sua ocasião própria. Há tempo de nascer e tempo de morrer; tempo de plantar e tempo de colher; tempo de buscar e tempo de perder; tempo de guardar e tempo de largar; tempo de guerra e tempo de paz. O cálculo de Deus é exato. Talvez o que esteja procurando não seja uma ampulheta. Como medir a transitoriedade da vida? Como medir esse tempo imaginário que nós vivemos? Talvez seja melhor deixar acontecer...

Eu não consegui dizer nada. Sabia o que estava procurando ou pelo menos achava que sabia. Além do mais, tinha maiores interesses em recuperar meu pingente. O que aquele gato ia fazer com a ampulheta era problema dele. Meu tempo já estava contado, e não acreditava que algo pudesse mudar isso.

– Obrigado pelas palavras, padre Mário – disse por fim, para não parecer que não havia entendido muito bem o que me dissera. O senhor sorriu e colocou uma das mãos no meu ombro; na outra tentava equilibrar alguns livros de capa dura. Assim se virou e se distanciou calmamente, esboçando entre os velhos lábios alguma canção.

Ouvi um zumbido próximo e, quando me dei conta, havia um grande besouro preto rondando a minha cabeça. Fazia tempo que não avistava um daqueles; espantei o inseto com algumas cortadas no ar.

Um assobio distante soou de repente: era o Príncipe Gato que retornara. Estava com a túnica bastante amassada, parecia desconcertado.

– O que houve? Fez o que tinha que fazer? – indaguei curioso.

– Venha rápido. Vamos embora daqui! – disse ele, me puxando para fora da catedral.

Pouco antes de descermos as escadarias do metrô, avistei um cachorro pequeno e branco que corria atrás de um motoqueiro.

Fuga noturna

Hugo

Achava que voltaríamos para casa, mas o gato inventou de passarmos em mais um lugar. Desviamos nosso caminho e fomos até o Parque do Ibirapuera, mais especificamente no Obelisco. *O que aquele animal falante estava querendo?* Tivemos de almoçar por lá, pois meu estômago já gritava, revoltado. Perdemos mais algumas horas nesse lugar e, quando resolvemos voltar, já estava anoitecendo.

No caminho de volta, tentei obter mais informações daquele gato misterioso, porém ele se manteve calado a maior parte do tempo. Algo estranho havia ocorrido na catedral; algo que ele se mantinha irredutível na decisão de esconder. Também não compreendia o motivo de visitar o Obelisco.

Logo estávamos na estação Vergueiro, e o silêncio foi mantido. Entramos no prédio e o porteiro observou, curioso, o Príncipe sob sua túnica, enquanto caminhávamos em direção ao elevador. O gato me olhou intrigado enquanto selecionava o décimo quarto andar – talvez estivesse interessado no fato de o botão do décimo terceiro ser colado, de forma a impedir seu acionamento.

Chegando em meu andar, saquei a chave de meu bolso e abri a porta. Senti algo estranho no ar e o Príncipe pareceu perceber também; até mesmo antes de mim. Logo pude ver o caos em que estava meu apartamento. Estava simplesmente tudo revirado. Roupas espalhadas pelo chão, objetos caídos, gavetas abertas... Mal pude observar a bagunça e notei que não estávamos sós; havia alguém na sala, analisando alguns papéis. Mais dois elementos surgiram de outros cômodos. Ambos vestiam mantos negros com o capuz a lhes cobrir as cabeças. *Mas que diabos era aquilo?* Naquele mesmo instante, o que estava mais próximo virou seu rosto para mim e não pude deixar de soltar uma sonora exclamação:

– P... !!! – [Garanto que foram palavras fortes.]

Imediatamente o Príncipe me puxou para trás – enquanto sacava sua pistola do cinto e disparava freneticamente contra os três elementos. Tive tempo apenas de reparar em um deles erguendo o braço. O gato me empurrou em direção às escadas e descemos o mais rápido que pudemos. Notei uma estranha nuvem branca às minhas costas, surgida quando o Príncipe atirara um objeto de seu cinto – parecia uma nuvem de farinha. Os perseguidores estavam na nossa cola, não conseguiríamos--escapar. *Será que estavam armados?* Ficava imaginando a qualquer momento ouvir o som de um tiro e perder a consciência. Chegamos ao térreo e o porteiro se levantou assustado com a movimentação.

– O que é isso, Hugo?! – exclamou nervoso, curioso e agitado.

Aquelas foram suas últimas palavras. Naquele momento, por um instante apenas, encarei a dura realidade da morte. Não consegui entender de fato o que houve, mas, ao que me pareceu, tentaram acertar o gato, porém ele se esquivou e Jorge foi atingido. O homem caiu sobre sua mesa, pesado como pedra; um baque surdo ecoou na entrada. Triste pensar como nossa vida é frágil como fios de seda se protegendo de uma tormenta furiosa. Jorge, um homem simples, um pai que trabalhava duro para sustentar a família. Estranho notar como nunca havia pensado dessa forma ao cumprimentá-lo dia após dia; situações adversas nos impõem formas novas de encarar a realidade. Agora era tarde, e não podia sequer parar para socorrê-lo. Jorge falecera; a mulher e a filha dele jamais teriam a chance de dizer adeus. Tudo passou em minha cabeça em um breve momento.

Corri desesperado para a rua; não pretendia ter o mesmo fim. Olhei para trás a tempo de notar outra coisa, tão esquisita quanto assustadora: um boneco de pano – isso mesmo, um boneco de pano – surgiu por detrás da mesa e se levantou, correndo atrás de nós também, seguindo os passos de nossos perseguidores encapuzados. *Mas que diabos estava acontecendo?!* Era demais para mim! Pulamos o portão de entrada e acabei caindo do outro lado, machucando os joelhos. Tentei me dirigir a locais mais movimentados, porém aquilo parecia não inibir os elementos encapuzados. Aliás, aquela era uma noite especial e notoriamente movimentada: a virada do ano.

Corremos em direção à Avenida Paulista. À medida que nos aproximávamos, cada vez mais o volume de pessoas se tornava maior; todos observavam assustados a nossa fuga. Algumas pessoas cediam à ferocidade e frieza dos misteriosos seres; por vezes, via de relance alguma pessoa cair momentaneamente no chão, como se sucumbisse à morte inesperada. O mais assustador: a cada vítima, um novo boneco surgia. À minha frente, avistei uma barreira policial. Não pensei duas vezes, corri ainda mais rápido e pulei com vontade. Nesse momento, notei que o Príncipe havia se separado de mim. *Era só o que me faltava, além de tudo me aban-*

donara à própria sorte! – pensei. Diversos policiais gritaram e correram em minha direção. Olhei para trás: não era perseguido por mais nenhum ser encapuzado. Ótimo, havia me livrado de uns, porém tinha arranjado encrenca à altura. Corri por mais um quarteirão, procurando me despistar por entre as pessoas. Foi quando de uma travessa surgiu o gato ao meu encontro, fugindo também, trazendo consigo nossos "amigos" encrenqueiros. Alguns bonecos de pano surgiram voando pelos ares e pessoas morreram como se fossem insetos sendo esmagados aos montes.

– O que faremos? – gritei.

– Para dentro do parque! – o Príncipe respondeu, enquanto atirava para trás; alguém gritou, possivelmente errara sua mira, atingindo algum cidadão.

– Você está maluco? – indaguei. – Seremos alvos fáceis lá! Melhor se camuflar na multidão!

– E permitir que cada vez mais gente vire boneco?! – retrucou. Por algum momento fiquei na dúvida se o Príncipe acabara de dar sua primeira demonstração de caráter e compaixão ou se queria evitar ter mais perseguidores de pano na sua cola.

Sem tempo para indagações naquele momento, concordei com a cabeça e corremos em direção ao parque. A entrada estava fechada, obviamente, e completamente lotada de gente se esbarrando. Empurramos diversas pessoas com cotoveladas e pulamos a grade. Aparentemente, havíamos despistado os policiais. Será que teríamos tido a mesma sorte com nossos inimigos? Adentramos cada vez mais para o interior através das ruelas do parque, bastante sombrias à noite. Uma estátua me chamou a atenção, algo que nunca havia reparado antes em minhas poucas visitas àquele local: era um fauno, e tocava uma espécie de flauta de bambu. Repentinamente, ouvimos um barulho; o Príncipe me puxou para trás da estátua. Vozes se aproximavam: eram três, ao todo, e conversavam entre si; o som era grave e ligeiramente nasalado.

– Tem certeza de que entraram aqui?

– Sim, posso senti-los por perto!

– Basta! Nossa perseguição se encerra neste momento.

– Mas por quê? Avançamos tanto para desistir agora?

– Longe até demais! Não há necessidade de agirmos com pressa. Poderíamos ter atingido o humano!

Tentei olhar para eles, tomando o cuidado de não ser visto; arrisquei-me demais, confesso, fui estúpido. Porém, por sorte não fui visto, e pude notar os seres encapuzados um pouco adiante, com diversos bonecos de pano sob seus pés. Senti um puxão forte – e com um pouco de raiva –; era o Príncipe me puxando para trás da estátua.

– Tivemos a cautela de mirar apenas naquele gato infame! – continuou um dos elementos.

– Sim, certamente, miraram com tal primazia que acabamos por aniquilar diversos mortais.

– Mortais que se colocaram no nosso caminho!

– Sim, e um deles poderia fatalmente ser o humano que perseguíamos.

– Pensemos de forma estratégica: acabamos por ganhar números em nosso exército de bonecos.

– Sim, mas não podemos correr tanto risco. Vamos embora!

[Silêncio.]

Olhei para o Príncipe e ele para mim. Acredito que tenhamos pensado na mesma coisa, embora eu não saiba como isso acontecera tão rápido, sem nenhum ruído de passos se distanciando.

– Acho que foram! – sussurrei, e o gato confirmou com a cabeça.

– Vamos andando! – ele disse.

– Para onde?

– Ora, para onde mais? Seu apartamento!

– Você está louco? Eles irão voltar!

– Não seja tolo, não retornarão ao lugar tão cedo. Podemos passar esta noite lá e então veremos o que fazer.

Muito a contragosto, concordei e voltamos. Diversas ambulâncias removiam os falecidos da avenida e os jornalistas se empurravam para tentar um melhor ângulo ou obter mais informação. As ruas estavam um caos; fiquei imaginando a cobertura jornalística e as notícias do dia seguinte.

Chegamos ao meu prédio e outra ambulância estava parada em frente; um corpo acabava de ser colocado dentro do veículo: Jorge. Alguns moradores curiosos conversavam e fofocavam na calçada. Eram hipóteses e mais hipóteses, teses das mais mirabolantes que surgiam a cada minuto. Por um lado pareciam tristes, mas por outro estavam excitados, como se finalmente algo de novo tivesse acontecido em suas pacatas vidas. Senti-me estranho. Subimos sem falar com ninguém. O elevador pareceu levar uma eternidade. A porta de meu apartamento estava trancada; estranho. Abri e entramos. O interior estava o mesmo: totalmente revirado. Fiquei um pouco tenso a princípio, mas o gato estava certo: eles não retornaram. Muitos sentimentos borbulharam em meu interior; eram tantos que ficava confuso com relação ao que sentia de fato no momento. Tinha muitas perguntas e muitos desabafos a fazer, mas não conseguia falar. Comecei a arrumar tudo, procurando esfriar a cabeça. O Príncipe demonstrou-se bastante prestativo, me ajudando, quase como se quisesse pedir desculpas, mas não soubesse como. Quando o principal já estava arrumado e meus ânimos ligeiramente mais calmos, não me contive e reuni forças para falar:

– Afinal, você vai abrir o jogo ou não? Não vai me contar o que houve aqui? Aliás, apenas aqui não, desde a catedral notei você esquisito, como se estivesse fugindo de algo! – Era um desabafo feito de supetão; o gato pareceu ser pego de surpresa, embora esperasse isso acontecer alguma hora.

[Silêncio.]

– Ah, vai ficar calado, então? – perguntei, me irritando ainda mais.

– Eu não esperava que tudo isso pudesse ocorrer... – começou a explicar. – Na verdade, até imaginava ser possível, mas não achava que fosse se tornar realidade de fato.

– Quem eram aqueles?!

[Silêncio.]

– Ao que me parece, não fui o único habitante de Marshmallow a vir a seu mundo – o gato lançou.

– Ah, ótimo! E o que queriam comigo? Por que reviraram meu apartamento? Eu podia estar morto! Você não me disse que poderia haver perigo, apenas que procuraríamos uma maldita ampulheta!

– Sim, como eu disse, não sabia que mais seres haviam transposto o portal em direção ao seu mundo.

– Pessoas morreram, gato! Deu-se conta disso?! Por sua culpa morreram! Um homem falecido foi removido lá embaixo há poucos minutos! Deixou uma pobre família desamparada!

– Sim, e aparentemente mais baixas poderão ocorrer, agora que sabemos que não estamos sozinhos!

– Estamos? Nós? Ficou maluco? Eu poderia estar morto! Não quero saber dessa sua maldita busca! Cuide de seus problemas sozinho!

– Poderia ter sido morto, mas aparentemente não será. Você ouviu a conversa, eles não querem lhe matar, porque têm interesse em você; a grande dúvida é: por quê?! – completou pensativo.

– Ora, como ousa? Acha que isso é um jogo? Morra sozinho em seu maldito joguinho!

– Acalme-se, Hugo, e pare de gritar. Não podemos chamar a atenção!

– Calado! Não venha mandar em mim!

O gato sacou sua pistola, porém eu estava furioso, não tinha medo daquela arma mais. Peguei uma cadeira e avancei, decidido, em sua direção. O Príncipe soltou um grunhido ameaçador.

– Saia da minha casa! Quero que deixe meu apartamento imediatamente! Suma da minha vida!

– Ótimo, saio! Não preciso de você mesmo, seu fraco! Se quiser, depois de esfriar a cabeça, conversamos.

– Suma, seu pulguento!

– Não abuse! – o Príncipe respondeu entre os dentes, enquanto se dirigia à porta.

Fechou-a com força para descontar a raiva. Aposto que o barulho pôde ser ouvido a pelo menos três andares acima e abaixo.

Um dia cinza

Hugo

Logo que acordei, se é que eu estava dormindo realmente, levantei-me e avistei aquele gato esticado no meu sofá. Sua baba descia pelas bochechas proeminentes, com vários bigodes finos e compridos, e escorria até uma mancha úmida no estofado. Como aquele insuportável tinha a audácia de retornar ao meu apartamento? Será que não fui claro quando falei: "Suma da minha vida!"? E como conseguia roncar daquela maneira? E ainda ter feito tantos furos no sofá? Claro que pensei em apanhar uma almofada e sufocar aquele maldito. Tudo seria resolvido, recuperaria meu pingente e poria um fim naquela maluquice toda. Afinal, aquela história estava indo longe demais. Mas algo dentro de mim dizia que não adiantaria nada...

Liguei a TV e aumentei o volume na tentativa de dar um grande susto no gato. Aquele pulguento saltou com os olhos vidrados, segurando a pistola e mirando para todos os lados. Deliciado com o feito, sorri maliciosamente, abaixei o volume e comecei:

– Pode se acalmar, gatinho, não há nenhum daqueles seus amigos aqui, não.

– Amigos? Enlouqueceu? Jamais seria amigo de um Feiticeiro. E outra, vai assustar sua mãe – ele falou, colocando a pistola no braço do sofá, passando as patas nas bochechas e depois nos olhos, para retirar algumas remelas.

A palavra "mãe" me fez lembrar de que eu tinha uma. Olhei no meu celular como se já previsse as dezenas de ligações perdidas e mensagens de texto. Fato:

Feliz Ano-Novo, meu filho, eu e seu pai estamos no Egito, acho que você iria adorar as pirâmides, são lindas. Tentei ligar pra você várias vezes. Espero que esteja tudo bem por aí com você e com minha nora. Nos falamos em breve. Beijos. Mamãe.

Senti meu estômago revirar. Meu peito apertou. Se ela ao menos soubesse que a "nora" já não existia há quase um ano. Eu é que não revelaria isso de forma alguma.

Conferi no meu celular se havia outra mensagem, na esperança de encontrar algum recado que eu tanto aguardava... E nada.

Olhei para o gato, ele estava fitando a TV. Aumentei um pouco o volume na hora em que passavam as notícias do jornal:

... até agora foram confirmadas vinte e sete mortes na mais tradicional virada do ano na Avenida Paulista. O IML declarou que a causa dos óbitos foi infarto fulminante. O que está sendo questionado por todos é: como podem ter acontecido tantos infartos de uma só vez, no mesmo local, na mesma hora? Nossa equipe está aqui com o tenente Augusto Freijó. Tenente, o que pode nos dizer a respeito deste caso que está alarmando tanto os paulistanos? – Bom, investigações estão sendo feitas. Acredita-se que a causa possa ter sido por uso de drogas, que possivelmente foram

distribuídas durante a festa de final de ano, propositadamente ou não, é o que estamos tentando descobrir. Novos exames estão sendo feitos para detectar se realmente existe a presença de alguma substância química por trás desses óbitos. – Tenente, durante as revistas nos vários cercos policiais, não encontraram nenhuma droga? Nada diferente? – Não, não encontramos nada. Mas sabemos que podem muito bem ter entrado dentro dos tênis, nas meias ou escondidas em outros lugares; não tínhamos como revistar minuciosamente por causa do grande número de pessoas, mais de três milhões; as revistas acabaram sendo feitas com o intuito de evitar a entrada de armas de qualquer tipo, objetos pontiagudos e relacionados. – Muito obrigada, tenente. Traremos novas informações no jornal da tarde, sou Susana Carva...

Abaixei o volume da TV e olhei para o gato. Eu estava sentindo uma irritação borbulhar por dentro.

– Bom, primeiramente vou lamentar sua indesejável presença, não acredito que tenha voltado para cá! – respirei fundo, prosseguindo com o questionamento. – Ouvi você dizer: Feiticeiros. Pode começar explicando isso! – ordenei.

– Sinto muito pelas mortes, Hugo. Mas eu não pude fazer nada para impedir. Os Feiticeiros, como os chamamos em meu mundo, são astutos, poderosos. E eram três deles que estavam em nosso encalço. Por sorte estamos vivos.

– Ah, obrigado, muito gratificante esse seu último comentário. Mas me diga, gato – falei rangendo os dentes –, que diabos de seres são aqueles? O que querem aqui? Você é um fugitivo? Responda de forma direta. Senão...

– Calma. Muita calma...

– Calma nada, foram vinte e oito mortes, contando com o porteiro Jorge. Eu podia estar morto. Reviraram meu apartamento. Quer que eu fique tranquilo?

– Ex-porteiro! – concluiu o gato.

Aquilo foi demais. Como poderia ser tão insensível? Apanhei o encosto do sofá e bati fortemente naquele gato. O estrupício voou e bateu perto da janela, por azar não caiu lá para baixo. Mas ele foi ligeiro e saltou na minha direção atirando com aquela pistola vermelha, de onde saiu um líquido que acertou minha mão – que usei para proteger meu rosto. Senti uma dor aguda, como se nela tivesse derramado a água fervente de uma panela ao fogo. Gritei. Corri para o banheiro e abri a torneira da pia. Minha respiração estava ofegante, como se tivesse acabado de correr a São Silvestre. Olhava para minha mão, ou melhor, para a queimadura que agora fazia parte dela. Uma forte vontade de cometer um assassinato passou pela minha cabeça. *Certamente hoje eu serei preso!* – pensei. Aquele gato tinha ido longe demais.

Fiquei alguns minutos vendo a água fria escorrer por minha pele, entre meus dedos, e desaparecer pelo ralo. A dor diminuía gradativamente. Minha respiração acalmava. Enxuguei a mão com uma toalha de rosto não muito limpa – mas era a que tinha –, e abri um pequeno armário debaixo da pia, onde apanhei uma faixa e a enrolei sobre a queimadura. Quando me senti relativamente mais calmo, resolvi voltar para a sala. O gato, como eu já imaginava, estava lá no sofá assistindo TV, um canal de desenhos, mais especificamente um episódio de *Tom e Jerry*. Assim que ele me viu entrar, olhou-me e disse:

– Desculpe-me, Hugo, mas você mereceu.

– É isso que tem a me dizer apenas? Quero que me conte de uma vez tudo o que está acontecendo. E ande logo com isso!

– Bem, está certo... – começou o gato. – Ontem, quando estávamos naquela catedral, mais especificamente quando eu, Príncipe Gato, tinha sabiamente adentrado nos domínios daquela cripta, avistei um espião. E foi naquele momento que soube que os problemas estariam apenas começando. Até então não sabia da presença dos Feiticeiros. Por isso logo exterminei aquele besouro e fui ao seu encontro, lhe puxando rapidamente para longe dali...

– Você matou um besouro? – perguntei um pouco confuso.

– Sim, os besouros são espiões – explicou o gato. – Os Feiticeiros não saem quando é dia, quando está claro lá fora, portanto conjuram besouros para servir-lhes de espiões. Não sei bem como fazem isso, afinal, não sou Feiticeiro, mas às vezes acho que eles são os próprios besouros... Insetos pretos, gordos e barulhentos. Poderia jurar que já vi um deles em Marshmallow segurando uma minúscula espada. É, os tempos estão meio estranhos por lá.

– Lembro-me de ter avistado um besouro na catedral, pouco depois de me despedir do padre – falei, lembrando da cena claramente.

– Viu, eles já estavam à nossa espreita, já sabiam de você!

– Sabiam de mim o quê?

– Ora, que você está me ajudando, que está envolvido na causa – disse o gato, certo de suas palavras. – Por isso lhe digo: este apartamento, assim como você o chama, não é mais um local seguro.

– Perfeito! – falei ironicamente. – Então quer dizer que você acabou com a minha vida, não é, gato? O que vai fazer para reverter toda essa situação em que me colocou? Pra começar, devolva meu pingente agora!

[Silêncio.]

Encaramos-nos por segundos – que pareceram minutos – como dois pistoleiros prontos para sacar o revólver em pleno deserto. O detalhe é que só ele possuía a arma. Mas eu não tinha medo, desta vez estava certo de que, se necessário, não erraria minha pontaria, arremessaria aquele gato pela janela, nem que fosse necessário me atirar junto.

– Os Feiticeiros pouco se importarão se você está com esse pingente ou não – disse o gato cortando a quietude. – Talvez seja prudente usar o cérebro, se é que você tem um. Assim como viu com seus próprios olhos, os Feiticeiros de Marshmallow matam sem a menor piedade, e diria também sem a menor dificuldade. O corpo cai duro, Hugo, o coração para de bater e a vida se esvai, sugada por magia para dentro de um boneco de pano. Você estava lá, sabe do que estou falando. A alma fica aprisionada e sob o domínio deles para sempre ou até que a devolvam em algum ser que está para nascer; pelo menos essa era a função deles antigamente, hoje creio que isso já não aconteça mais.

Pensava sem parar. Não estava nos meus planos deixar o apartamento. Não mesmo. O gato tinha razão, eu vi quando o porteiro Jorge tombou, como um peixe que escorrega da bancada do açougueiro, congelado e sem vida. Vi aquele boneco de pano horrendo também. Mas senti uma força estranha por dentro, sabia que era misturada ao medo e a uma centena de dúvidas, mas minhas palavras soaram decisivas.

– Fique com o pingente para você, gato. Não preciso dele para lembrar-me de alguém que amo. Faça bom proveito. Agora, ponha-se daqui para fora e faça o favor de sumir da minha vida. E agora para valer.

– Creio que você não tenha cérebro mesmo, humano. Sua decisão é como uma sentença de morte. E o dia está próximo, não tenho dúvidas. Não desejo isso, mas é um fato! – disse o gato, mexendo em seus bigodes e se dirigindo todo irritadiço para a porta de entrada do apartamento. – Vou indo mesmo, pois estou com muita fome, e sua comida aqui não deve ser nada convidativa. Chorarei no seu funeral, meu querido.

– Ah, sai logo daqui, seu sarcástico maldito!

A porta abriu e bateu com um estrondo. Fiz questão de fechar e checar todas as travas – vendo se estavam bem trancadas. Suspirei fortemente e me sentei no sofá. *E agora? O que fazer?*

Tomei um banho para ver se refrescava a cabeça. Assim que saí, escolhi as roupas mais pretas que tinha e as coloquei. Era o primeiro dia do ano, e as coisas começavam mal. Belisquei algo na geladeira – não estava com muita fome – e passei algum tempo jogado no sofá, assistindo a um filme antigo: *O Mágico de Oz* – na verdade, nem estava prestando atenção. Depois me levantei e saí. Peguei o elevador até o térreo. Tinha esperança de encontrar algum recado sobre o funeral do porteiro Jorge. Assim que a porta abriu, fui até a portaria. Havia um homem com aproximadamente o dobro da minha idade, cerca de 34, portanto.

– Bom dia – forcei ser simpático. – Nunca o vi por aqui.

– Sou Pedro, estou trabalhando provisoriamente aqui na portaria, e de repente até consigo ficar por mais tempo – disse o homem esperançoso.

– Entendi! – respondi, mas na realidade nem estava escutando direito o que ele falava. – Você sabe algo sobre o funeral do Jorge?

– Ah, sim, o antigo porteiro. Deixaram este papel comigo... Alguns moradores já vieram justamente pelo mesmo motivo e já saíram para o enterro. Aqui diz que será no *Cemitério do Araçá, às 11h*. É melhor se apressar se quiser chegar a tempo.

Caramba, falta meia hora para as 11h! – pensei, olhando para o celular. Forcei a cabeça tentando me lembrar do endereço, mas logo perguntei:

– Sabe onde fica o cemitério?

– Estação Clínicas, senhor – respondeu o homem, a meu ver, achando ter feito um ato heroico.

– Obrigado – respondi saindo do prédio. Mas a verdade é que eu não iria a pé. Por sorte havia um táxi – Cross Fox – parado do outro lado da rua. Atravessei e verifiquei se estava vazio realmente; assim, entrei e passei o endereço ao motorista.

Já na frente, nos portões de entrada do Araçá, paguei ao taxista e logo adentrei...

O céu estava cinza, tristemente cinza. Arrependi-me por não estar com um guarda-chuva. Uma garoa escorria céu abaixo lavando o solo quieto do cemitério. Era daquelas chuvas finas que não parecem grande coisa de início, mas que acabam te molhando bastante. Segui em frente, pelo caminho do meio. Por sorte, avistei alguns moradores do meu prédio e apressei-me para segui-los. Passei por uma capela pintada de amarelo e avancei por alguns corredores estreitos que desciam íngremes em meio a centenas de túmulos, alguns mais simples, outros mais rebuscados. Alguns tomados por restos, enegrecidos pelo tempo, malcuidados e esquecidos, outros bem-cuidados, com grama aparada e visuais preservados. Era incrível como pessoas de má-fé, ladrões, vândalos, pulavam no cemitério para roubar placas de prata e objetos. Outros apenas para fazer folia, quebrando estátuas, para se acharem "malandros" ou serem aceitos na "turminha". Lamentável.

Descíamos cada vez mais... Lá embaixo, no final, viramos à esquerda e tornamos a caminhar. Um enorme galpão desviou minha atenção à direita. Quando passei em frente li a placa: *Ossário*. Havia uma enorme porta de madeira velha fechada por corrente e cadeado. Cheguei mais perto e meus olhos curiosos miraram para dentro, por uma fresta – o interior do galpão. Era fundo e comprido. Nas laterais, junto às paredes, havia diversas prateleiras com muitos compartimentos e dentro deles, sacos azuis, que deduzi serem de restos mortais... Eram sacos de ossos.

Um miado às minhas costas me fez saltar de susto. Virei rapidamente e vi uma gata tricolor deitada sobre uma lápide. Era comum avistar aqueles animais aos montes no cemitério. Isso de certa forma me irritou, por conta de você sabe quem...

Os gatos de lá eram como guardiões dos túmulos, pelo menos foi a história que ouvi certa vez. Seriam os responsáveis por encaminhar os espíritos das pessoas para a luz, como diziam, o que compreendi sendo o céu, o paraíso. Mas acredito que muitos eram levados para o inferno. Havia muita gente morta enterrada ali; duvido que eram todos santos.

Quando me dei conta, estava sozinho, parado e olhando para a gata tricolor que me fitava obstinada. Por algum motivo senti um arrepio, e não podia negar que aquele clima estava estranho. Sentia-me mais cansado, quase embriagado, como se os mortos sugassem as energias do meu corpo; como se os espíritos pulassem no meu pescoço, querendo viver a minha vida, ou o que restava dela. Na minha opinião, o cemitério era um espaço de não tempo, difícil de explicar, mas passei a filosofar ainda mais sobre o limiar da vida e da morte, a transitoriedade. O ar parecia rarefeito; a maior parte de oxigênio devia estar alimentando os mausoléus e as estátuas de anjos e santos, que provavelmente ganhariam vida, saindo de madrugada em busca da saída, assim que o relógio marcasse meia-noite. Porém, dariam conta de que estariam presos, andando em círculos, em uma infinita busca pela liberdade sonegada.

Segui adiante e não tardou para que avistasse um pequeno grupo de pessoas reunidas diante de um túmulo simples e humilde – assim como Jorge sempre fora. Vestimentas pretas, óculos escuros e guarda-chuvas abertos compunham o visual fúnebre daquele primeiro e triste dia de janeiro. Cheguei a tempo de ver os coveiros colocarem o caixão para dentro do buraco e, em seguida – após flores serem jogadas junto a lágrimas, em especial da mulher e da filha do porteiro –, fecharem uma pequena porta de ferro oxidado com uma corrente e um cadeado. E estava feito. Por alguns momentos o silêncio impregnou o local; eventualmente escutei alguns soluços – o choro contido dos que ali, em luto, buscavam as memórias do falecido. Eu não conhecia Jorge tão bem assim; apenas as conversas cotidianas entre morador e porteiro. E sim, me arrependo de não ter sido mais educado muitas vezes, de ter agido de forma grosseira e irritadiça, quando ele apenas me informava sobre um elevador que não funcionava ou outra má notícia qualquer. Essas coisas me pareceram tão ínfimas naquele momento...

O grupo aos poucos começou a andar, não para trás, pelo caminho que viemos, mas adiante. *Talvez a saída estivesse mais próxima naquela direção.* De qualquer forma, aquilo teve um significado para mim: sempre seguir em frente.

Reparei quando uma borboleta branca cruzou nossos caminhos, graciosamente imersa no cinza, distanciando-se entre os silenciosos túmulos, recitando em sua própria língua um poema de despedida, até que no ar sumiu, sob a garoa fina, com sua dança solitária e eterna.

O mausoléu do fauno

Príncipe Gato

— Ora bolas, pelas patas dos Carneiros Montanheses de Marshmallow, onde esses besouros se meteram? – indaguei a mim mesmo. Eu estava atrás de uma estátua angelical, fustigada pelo tempo, bisbilhotando cauteloso, quando possível, pelos cantos, buscando por aqueles espiões arredios. Já era a terceira vez que os perdia de vista.

A primeira aconteceu pouco tempo depois que saí debaixo daquele veículo branco e de cheiro forte, onde Hugo havia entrado em frente a seu prédio, e comecei a segui-lo. Em Marshmallow tem cemitério, mas aquele ganha de longe. *Era muito maior, sem a menor sombra de dúvida, hunf, muito maior.*

A segunda vez que os perdi foi perto de onde um grupo de pessoas vestidas de preto olhava para um caixão sob a chuva fria. Eu quase podia sentir o gosto das lágrimas, salgadas, cheias de memória. Não tenho como negar, não sou tão durão por dentro como me mostro por fora. Mas é preciso entender que o peso que cai sobre mim, um Príncipe, é maior do que se eu fosse um simples plantador de lichia ou alcachofra, ou um criador de carneiros lá nas minhas terras; não que sejam trabalhos fáceis, não se trata disso, mas essas ocupações não têm a tal "carga" a que me refiro. Portanto, minha postura mais rígida se fazia necessária, ainda mais estando em um mundo ao qual não pertencia. Não que eu seja tão diferente assim em Marshmallow, sou apenas exótico, eu diria.

A terceira vez que perdi aqueles besouros de vista não faz muito tempo. Foi quando me desconcentrei, admirando uma bela gata tricolor que corria pelo chão úmido do cemitério. Ela estava no cio; aquele aroma entrou pelas minhas narinas de forma avassaladora, e o tempo pareceu parar. Minhas buscas... Quais buscas? Não sabia nem o que estava fazendo ali, só queria ir atrás daquela dama para conquistá-la, subjugá-la, mordiscá-la e convidá-la para uma nova vida em Marshmallow. Sim, eu teria feito isso se aquele batalhão de gatos não tivesse surgido abruptamente e declarado a perseguição, ou melhor, a disputa pelo prêmio: ela. Eu os venceria, é claro, sou o Príncipe Gato, tenho o triplo do tamanho do maior deles e estou armado, mas... Já estavam longe. Quando aquele aroma delicioso se distanciou, acabei me lembrando do que estava fazendo ali... Pois é, eu estava desconfiado de que aqueles espiões sabiam de algo. Algo sumamente importante.

Continuei minha busca, me esgueirando pelos cantos, cruzando túmulos e árvores, sob a garoa que não cessava em momento algum. O Hugo, provavelmente, àquela hora, já estava em seu apartamento, assim como chamava aquela espelunca, deitado preguiçosamente no sofá. Ai, ai, como ele era teimoso! Ele não conhecia os Feiticeiros, não sabia do que eram capazes. O que Hugo viu em seu prédio, ou naquela fuga que tivemos de fazer pela avenida, no meio daquele mundaréu de humanos, aff, não era nada perto da guerra que estava por vir.

Reparei que a tarde passara depressa. O sol, embora não o visse, já deveria estar se escondendo no horizonte, e seria a vez de a lua tentar ultrapassar, com seu brilho, as nuvens cinzentas. Nas minhas terras não chove tanto assim; chove pouco, na verdade, e as gotas têm sabor bem doce. Deliciosos sucos são feitos com essas águas. Agora, a chuva dessa cidade era estranha, um gosto ácido, um cheiro de asfalto quente.

Um besouro passou zunindo por cima de minhas orelhas pontudas. Ele parecia estar desatento, ou talvez atento demais, porém com alguma outra coisa, algo mais importante do que me encontrar. Afinal, havia tantos gatos pelo cemitério – eu era apenas mais um. A diferença era meu andar com aquela vestimenta toda. Até já estava me acostumando com a túnica e a máscara; agora, aquelas luvas e botas estavam começando a me irritar: minha agilidade ficara comprometida. Admito, eu não sou nada parecido com os gatos daqui, não com aquela roupa... Aproveitei as sombras que se acentuavam com o início da noite para me sentir mais à vontade, tirando as luvas e as botas e guardando-as no bolso interno da túnica. Tomei conhecimento de que aquele besouro se juntara a outros – um enxame gigantesco. Saltei para o lado, por cima de um pequeno jardim, rolei pelo chão e me arrastei para trás de um túmulo. Meu coração estava disparado. A quantidade de espiões era assustadora. Minhas patas buscaram a pistola em meu cinto.

Repentinamente, ouvi o som de uma ave, um grito potente cortando aquele fim de tarde: era um falcão peregrino. Reconheci de primeira, pois em Marshmallow costumava avistar alguns sobre as florestas de cogumelos e os montes do oeste. A ave mergulhou sobre o enxame, com seu bico aberto e as garras determinadas; em seguida, após o sucesso do ataque, subiu alguns metros e girou no ar, caindo mais uma vez para uma segunda ofensiva, desta vez sem grande sorte. Os besouros alvoroçados emitiram um som ainda mais estridente e foram de encontro à ave – em uma colisão cinematográfica. O falcão talvez tenha se dado conta do risco que corria, da besteira que fizera ao desafiar aqueles besouros, afinal eram os insetos malignos dos Feiticeiros, e muitos deles por sinal. Com um grito a ave tombou, batendo violentamente na quina de uma lápide – o que destruiu seu bico –, girando por algumas vezes desorientada até atingir o solo frio. Eu pensei em ajudar, não vou dizer que não, mas já era tarde demais, e o risco também era imenso. A ave não berrava mais. Foi em um piscar de olhos que um monte de besouros cobriu seu corpo, restando apenas uma carcaça e algumas penas que voavam ao léu.

Fiquei imóvel, como uma verdadeira estátua. Um cheiro forte e pungente se apoderou de mim. Minha mente felina não parava de procurar respostas. O que fazia tão grande número de espiões ali no cemitério? [...] Só podia ser isso...

O zumbido dos besouros cessara e, por alguns instantes, me deliciei com o silêncio. *Onde teriam ido? Já teriam encontrado o que procuravam?* Quando ameacei espiar na direção de onde estavam, ou de onde deveriam estar, ouvi passos que me fizeram continuar petrificado. A garoa pareceu dar uma trégua, porém o frio se aguçou. Não me arrisquei, não pude olhar; suavemente retirei minha pistola, repousando minha unha no gatilho. Mal respirava. Havia alguém ali perto, isso era certo. E na verdade parecia mais de um, pois ouvi palavras sussurradas, uma conversa. Uma das vozes era mais grave e gutural – como a de um gigante de outrora –, a outra mais fina e estripada – como a de uma bruxa velha e insuportável. O estranho é que, quando consegui me mover por alguns centímetros e observar pelas frestas do túmulo em que me escondia, tomei conhecimento dos dois Feiticeiros, com suas habituais túnicas pretas. Rodeavam um mausoléu e pareciam intrigados. Eu já tinha quase certeza do que buscavam, e curiosamente era o mesmo que eu. Continuei em silêncio, com cautela, apenas observando.

Após um tempo incerto, ouvi um barulho, como o de alguém arrastando pedras pesadas. Na verdade eram os Feiticeiros que empurravam algo. Não pude ver com clareza, pois as costas pretas dos dois me tampavam a visão.

Uma terceira voz surgiu, mas não tinha tanta potência como as outras vozes, apenas um timbre agradável – embora estivesse nitidamente tremida, talvez assustada. Não avistei nenhum outro Feiticeiro por ali.

Ficaram sussurrando. Certas palavras soaram mais altas, algumas eu consegui entender. Da voz mais gutural ouvi *diga onde está?!, [...] convivíamos juntos* e algo que pareceu *amigo*. A voz que classifiquei como a mais agradável disse algo semelhante a *não sei [...] falando [...] ele [...] morto*. Notei que os Feiticeiros se irritavam, pois os sussurros saíam de dentes cerrados, além de ficarem andando em círculos, rodeando o dono daquela voz agradável – que eu tentava enxergar quem era. Foi quando ouvi um grito, consideravelmente agudo, como o de um pequeno animal que é espremido até a morte. Meu coração acelerou mais do que já estava acelerado. Uma dor arrebatadora brotou em mim. Senti pena daquele ser que parecia ter encontrado seu triste fim.

Um tempo incerto ainda se passou. Os Feiticeiros não estavam convencidos; não pareciam ter encontrado o que buscavam. Ficaram incontáveis vezes analisando o mausoléu, mexendo e remexendo... Até que começaram a andar, por sorte, por um caminho que não levaria até onde eu estava. Esperei ainda alguns longos instantes; precisava ter certeza de que aqueles pilantras estavam bem longe... Então, aos poucos fui me movendo com cautela e, quando cheguei mais perto, parei, pois minhas suspeitas agora estavam confirmadas. O mausoléu tinha quatro colunas de mármore que sustentavam um pequeno e quadrado teto e três degraus para dar acesso ao centro, onde havia uma caixa retangular de material pesado. Sobre ela, presa em um tampo semiaberto, uma ampulheta de pedra – mas com toda a certeza apenas uma representação, não se tratava da ampulheta que eu tanto procurava. Inscrições gravadas em uma placa diziam:

Fiurin Sianor

Sim, era o nome do importantíssimo e ilustre Príncipe Fauno, cujos grandes feitos estavam gravados na história de Marshmallow, contados e recontados pelas bocas de diversas raças, por centenas de anos, apenas intensificando a memória merecida...

Eu sentia um misto de emoções, que beiravam a excitação, o medo e a condolência. Subi os degraus e olhei para dentro da grande caixa retangular. Havia um rato todo torto, com a língua de lado e para fora da boca; seus pelos escuros não se moviam próximos de onde estavam os pulmões. Estava morto. Suspeitei que aqueles Feiticeiros malditos haviam utilizado algum feitiço para matá-lo. Mas fiquei me perguntando o porquê de não terem sugado a alma dele para um boneco de pano. Adoravam tanto fazer aquilo... Deviam ter uma coleção monstruosa...

– Parta em paz – falei em um sussurro.

A cena dentro daquela caixa havia mudado em uma questão de milésimos de segundos. Em um abrir e fechar de olhos, o antes morto-rato se mostrava sentado e olhando curioso para a minha cara.

– Mas, mas... Você... – eu estava impressionado de verdade. Para mim, a alma daquela criatura já deveria estar flutuando pelo vazio em busca de um renascimento, pois seu corpo estava duro e imóvel; no entanto, eu estava redondamente enganado. – Você não estava morto?!

O rato piscou por muitas vezes seguidas e seu pequeno focinho rosa fungou alucinado pelo ar. Fiquei com inveja daqueles bigodes – eram bem maiores que os meus.

– Os Feiticeiros fizeram algum mal a você? – indaguei receoso.

[Silêncio.]

– Não estás surpreso por eu estar aqui? – disse o rato com aquela voz de timbre agradável.

– Por que estaria? – perguntei confuso.

– Porque és um gato!

– E...?

– E eu sou um rato! – concluiu ele.

Aquele rato provavelmente bebia algum dos licores de Marshmallow, só podia ser; ou então faltavam alguns parafusos naquela pequena cabeça. *Talvez seja alguma sequela de algo que os Feiticeiros tenham feito* – era minha suposição.

– Vejo que chegou a uma conclusão difícil – ironizei para não perder o hábito.

– Hum, me perdoe, é que aqui no cemitério existem muitos gatos, e coloca gatos nisso, e na maior parte do tempo estou fugindo deles, pelo menos quando saio para conseguir comida ou para namorar. Portanto, achei que o fato de a minha presença perante o senhor deveria, de fato, tê-lo espantado, ou fazê-lo deparar-se com inúmeras questões pressionando-lhe a cabeça. Estou certo de que é a primeira vez que vejo um gato bípede e usando roupas... Curioso... E ainda fala. O que é ainda mais interessante: consegue me ouvir – o rato falava muito rápido, porém com um volume baixo na voz. Coçava a orelha freneticamente.

– Você é de Marshmallow? – foi tudo o que consegui dizer.

– Não. Sou daqui.

– Os ratos daqui falam? – agora eu realmente estava desconfiado de que aquele rato zombava de mim.

– Em todos esses meus muitos anos de vida nunca me deparei com nenhum animal que falasse; és o primeiro, senhor. E estou encantado por viver a ponto de conhecê-lo. Eu já o esperava. Vivo aqui há muitos anos; acho que pouco depois que inauguraram este cemitério... Não me lembro ao certo, mas devo estar com 122 anos nas costas, mais ou menos, já perdi as contas. E, acredite, isso é muito para os seres daqui. Sabe, não me queixo, não, tive muitas oportunidades de estudar; invadi muitas bibliotecas em busca de informações para meu enriquecimento cultural e filosófico. E devo tudo ao meu querido e amado, e por fim idolatrado, Adir Wosky.

Não... O rato não podia estar falando a verdade. Eu devia ter sacado a pistola e tê-lo matado por dizer aquilo. *Como ousava falar tantas mentiras com toda aquela convicção?*

– Por que está fazendo isso? – investiguei, tentando não me exaltar tanto. Olhava de tempos em tempos para os lados, certificando-me se estávamos realmente sozinhos. *E se aquilo fosse uma armadilha para que os Feiticeiros me apanhassem?*

– *Perdona-me*[1]... – disse o rato forçando um sotaque engraçado. – Mas não entendo. O que estás a insinuar?!

– Você é bem esquisito, viu?! – Fui sincero. – Está me dizendo que conhece Adir Wosky? E que história é essa de estar me esperando? Sabia que eu apareceria aqui?

– Bom, vamos começar do início, peço desculpas novamente, mas é que há muitos anos que vivo em silêncio, sem ninguém para conversar. Tampouco me ouviriam, pois apenas meu amado Wosky podia me ouvir e, como ele acreditava, os entes de Marshmallow. Por sinal, bem esquisitos aqueles seres que vieram aqui antes do senhor; não posso negar que fiquei um pouco assustado. Então tive de me fingir de morto. Eles queriam informações, e eu não senti que eram de boa-fé... Não poderia... Acabei enganando-os... – O rato fez uma pausa e passou as pequenas patas no focinho, como se retirasse alguma sujeira. – Desculpe-me, disse para começarmos do início e acabei me prolongando... Sou Eleanor, amigo e súdito de Adir Wosky. Muito prazer – ele falou abaixando a cabeça em um gesto de confiança.

– Sou o Príncipe Gato de Marshmallow... Diga, Eleanor, então...

– É você mesmo... – ele me interrompeu. – O Príncipe?! Mas qual o seu nome? Wosky me disse que viria... – Estava completamente deslumbrado.

---

1 Perdoe-me (tradução do idioma italiano) (NA).

– Prefiro ser chamado de Príncipe Gato mesmo – falei. Constantemente me perguntavam aquilo, e eu sempre respondia a mesma coisa. Não gosto do meu nome, será que ninguém entende? Mas na verdade isso pouco importava no momento, eu estava diante de algo muito aguardado, algo que poderia salvar Marshmallow. – Diga-me, Eleanor, você conheceu Adir Wosky? – Tentei não parecer tão empolgado.

– Se o conheci? Estou certo de que vivi muito tempo com o próprio, como deve saber, pois ele certa vez me disse que havia deixado registros em seu mundo. Adir teve contato com os Feiticeiros, na época em que morou, por centenas de anos, em Marshmallow. Portanto, quando regressou a este mundo, possuía uma grande bagagem nas costas, digo, um grande conhecimento da feitiçaria oculta... E foi por meio de magia que Wosky me presenteou com vida longa e esta bela voz, a mesma que escuta neste exato momento. Muito bela, não é mesmo? – esbaforiu-se o rato, deixando bem à mostra seus dentões. – Sim, e nós tivemos várias aventuras juntos, sempre em busca daquilo... Sempre! Ele estava cada vez mais obstinado... Preocupava-me bastante com sua saúde, estava cada dia mais cansado e desiludido. Não parava de falar sobre aquilo...

– Sobre a Ampu...

– Shhhhh... – o rato me cortou ferozmente, levando o pequeno dedo de unhas encardidas aos lábios, pedindo por silêncio. – Não pronuncie esta palavra. Quer nos colocar em perigo? E se aqueles seres repugnantes ainda estiverem pelas sombras? Atacariam-nos como cães de caça... Quer perder a vida? Creio que não. Sim, é "isso" mesmo o que procurávamos. Assim que Wosky voltou de Marshmallow, se deparou com uma paisagem muito diferente da qual conhecia em sua infância e adolescência. Ele me dissera que outrora existiam vilas humildes de folhagens e cipós, que as montanhas pareciam mais imponentes e os rios tinham águas puras e cintilantes; não existia asfalto, carros, prédios e poluição. *A natureza era muito mais feliz*, disse-me certa vez. Foi quando Wosky se deu conta de que passara centenas, talvez milhares de anos em Marshmallow, e tomou consciência de que o tempo lá não era o mesmo que o daqui. Pela mudança paisagística, acabou não encontrando mais o local em que "ela" estava escondida... Por isso se dedicou dia após dia para encontrar o lugar exato. Tinha esperanças de achar os restos mortais do Fauno Fiurin Sianor e poder dar um enterro digno perante a magnitude de seus feitos.

– Então quer dizer que Wosky não a encontrou mais? E, e... – Eu não sabia o que pensar. Se Adir Wosky, um dos poucos que conheceu a localização da Ampulheta do Tempo, não conseguira encontrá-la... Eu estava realmente enrascado.

– Pois é. Depois de sua morte eu ainda passei anos continuando as buscas... Tentando concluir o que ele não conseguiu. Não gosto de pensar que tenha sido tudo em vão.

– Espera, você está me dizendo que Adir Wosky está morto?

O pequeno rato assentiu com a cabeça; seus olhos encheram-se de água. Estava claro para mim que toda aquela história era verdadeira, ou então Eleanor era um grande ator. Mas não, sentia a sinceridade e também o peso em suas palavras. Eu não sabia o que pensar. Parecia que quaisquer esperanças tinham ido por água abaixo. A notícia da morte de Adir era desastrosa. Podia jurar que aquele renomado humano estava vivo. Foi um golpe pelas costas...

– Sinto muito – prestei meus pêsames. – Mas não entendo: o que você faz aqui no mausoléu do Fauno Fiurin Sianor?

– Eu moro aqui – ele falou limpando as lágrimas com o bracinho, que mais parecia um graveto. – Na verdade, meu amo Adir pediu-me para ficar aqui, como um guardião, para que ajudasse o próximo Príncipe, quando chegasse a hora...

– Ajudasse em que, exatamente?

– A encontrar "aquilo" – disse Eleanor com baixo volume na voz.

– Então sabe onde está?

– Já lhe disse que não!

– Então como poderá me ajudar?

O rato ficou em silêncio. Senti que de alguma forma o ofendi, pois o pequenino fechou a cara.

A noite parecia agarrar ainda mais o cemitério. Eventualmente passavam alguns gatos correndo, talvez morcegos ou mariposas, fazendo com que me sobressaltasse e meu coração acelerasse. Acabei me lembrando de algo...

– Eleanor, por favor, você me disse algo sobre Adir Wosky ter tentado encontrar os restos mortais do Fauno Fiurin. Então quer dizer que ele não encontrou?

– Não, gato, não encontrou – ele respondeu secamente, após alguns instantes de silêncio.

– Mas então não há nada enterrado aqui?

– Não, gato, não há. Este mausoléu é apenas uma homenagem, já que seu corpo não foi encontrado. Mas sabemos que está morto, não é mesmo? Pelo menos é o que Adir Wosky revelou; ele estava lá, viu com os próprios olhos...

Passei a olhar com mais atenção os detalhes do mausoléu. Era significativamente mais rebuscado do que os demais túmulos que ali circundavam. Reparei em uma frase gravada no tampo, próximo da ampulheta de pedra:

Vós que em cinzas tornais das cinzas há de renascer.

Ouvi Eleanor me chamando, sua voz estava trêmula. Seus pequenos olhos arregalados. Puxava a barra da minha túnica, desesperado. Eu nem precisei perguntar o que havia acontecido, porque de fato estava acontecendo...

O dilema do tempo

Príncipe Gato

Estava tão entretido com um rato falante em plena São Paulo, escondido no mausoléu do lendário Fauno Fiurin, antigo Príncipe de Marshmallow, que não percebi a aproximação de seres nem um pouco desejados. Pelo visto, os Feiticeiros não haviam ido embora; na realidade, se aproximavam velozmente. Logo me muni de coragem, estufei o peito, pronto para a batalha; aquele rato deveria esconder mais cartas na manga do que poderia imaginar. Afinal, uma criação de Adir Wosky deveria conhecer a fundo os pontos fracos dos Feiticeiros. Saquei minha pistola. *Podem vir!* – pensei. No entanto, logo toda minha determinação e empolgação – claro, acompanhadas de uma dose de medo, confesso – foram por água abaixo. Ao olhar para o lado, esperando vislumbrar meu parceiro confiante, percebi que estava só. Virei-me para trás e logo localizei aquele roedor traiçoeiro; o fujão já estava há muitos metros adiante, para longe dos Feiticeiros. Não pude pensar duas vezes; ainda sem guardar a pistola, corri na mesma direção. Senti uma forte rajada de vento passar, roçando minhas orelhas, emitindo um zumbido agudo; quase fui atingido por algo.

Não era à toa que Eleanor havia sobrevivido todos aqueles anos em um local cheio de perigosos predadores; ele era ágil como poucos. Mesmo para mim, um Príncipe acostumado a correr por montanhas pedregosas em minha terra, estava difícil acompanhá-lo. O rato virava em esquinas e mais esquinas, ruelas sombrias, para tentar despistar nossos perseguidores; apenas o seguia, pois ele parecia saber por onde ia. Às vezes receava tê-lo perdido de vista, mas reencontrava Eleanor farejando e correndo. Eu tentava atirar para trás, sem olhar mesmo, na tentativa de barrar algum de nossos perseguidores. Em muitas dessas vezes, escutei algum miado alucinante e assustado.

– Perdão! – gritava. Não sei o porquê de me preocupar em ter atingido um desses gatos mudos, mas de alguma forma éramos compatriotas.

Não conhecia aqueles lugares, pareciam-me estranhos. Contudo, no final das contas valeu a pena confiar no rato esquisito; aparentemente havíamos despistado os dois encapuzados. *Mas onde estávamos? Que lugar era aquele?* Era uma espécie de túnel sombrio.

– Acho que conseguimos escapar! – falou Eleanor.

– Que lugar é este? – perguntei curioso.

– É o túnel que liga o cemitério ao hospital – respondeu displicente, observando para fora do túnel, avaliando se estávamos sós.

– Como?!

– Por esse túnel passam os corpos do Hospital das Clínicas diretamente para o cemitério.

Inevitavelmente uma expressão de asco surgiu em minha face. Só de pensar em corpos sendo carregados por aquela passagem...

– Bom, acho que podemos ir agora, meu caro felino real, está tudo limpo. Onde você mora?

– Como assim onde eu moro? O que está pensando?

– Ora, *monsieur** , não posso voltar para o mausoléu, fui descoberto! Irei dormir na sua casa.

Quanto atrevimento! – pensei. – *Bom, eu, na realidade, não tenho casa... Logo, não tenho porque me irritar com a atitude folgada desse rato. Mas conheço alguém que tem, e poderá abrigar a nós dois...* – concluí, sorrindo maliciosamente.

– Tudo bem, sei onde poderemos ficar.

Algum tempo depois, após muita caminhada ao lado do rato falante, estávamos diante da porta do apartamento do Hugo. Graças a Chasmalin havíamos chegado! Não aguentava mais ouvir aquela voz – embora de timbre agradável – falando como se fosse o mais sábio dentre os sábios.

Procurando ser o mais cortês possível, resolvi tocar a campainha em vez de simplesmente entrar. Alguns segundos depois, ouvi passos se aproximando; dois segundos de silêncio e logo em seguida passos se distanciando. Aquele humano devia ter olhado pelo olho mágico e obviamente não viu ninguém! Sou um gato grande, mas nem tanto. Toquei novamente, desta vez segurando o botão por mais tempo, descontando minha raiva. Novamente passos se aproximando, silêncio... E ouvi o barulho da fechadura sendo aberta. A cena foi rápida: vislumbrei o Hugo surgindo por trás da porta... Primeiramente ele observou ao longe e, a seguir, me notou um pouco mais abaixo, com Eleanor ao meu lado; instantes depois, bateu a porta na nossa cara. Bem que tentei ser educado. Tirei uma de minhas unhas para fora e com cuidado coloquei na fechadura, girando com perspicácia. Virei a maçaneta e entramos. O Hugo estava sentado no sofá e, embora não aparentasse surpresa com minha entrada, também não parecia muito contente.

---

* Senhor (tradução do idioma francês) (NA).

– Saia ou eu chamo a polícia!

– Para quê?! Reclamar que um gato falante invadiu seu apartamento? – respondi. – O máximo que irá conseguir é uma passagem direto para um hospício.

– Ligo para a carrocinha!

– Carro... o quê? – De fato, nem tudo conhecia deste mundo estranho. Nunca tinha ouvido falar naqüele nome. Seria perigoso?

– Ah, deixa pra lá! – Hugo respondeu, parecendo não ter muitas forças para discutir.

– Hugo, precisamos conversar!

– Nós não temos nada a tratar! Já lhe disse, quero que desapareça da minha vida, e pode levar esse maldito pingente junto!

O pingente... Minha única chantagem... Ao que parece não surtirá mais efeito... – pensei.

Reparei que Eleanor, que certamente ainda não havia sido notado por Hugo, observava-me ligeiramente atônito com os modos do humano. Parecia esperar um ambiente mais cortês para dormirmos.

– Será que você não enxerga? Muita coisa está em jogo! Milhares de vidas! Muito mais do que as que você viu serem perdidas aqui!

– Problema seu e do seu mundo! Eu não corro risco algum! Não tenho por que me incomodar.

– Ora, quanto egoísmo!

– Egoísmo? Meu?! – Hugo questionou rindo ironicamente. – Se fosse meu mundo correndo perigo você viria caridosamente ajudar?

Tudo bem, ele estava certo; decididamente eu não faria aquilo, confesso. Precisava então de outra estratégia, algo que o convencesse. Não necessitava de grandes ajudas do humano, porém algumas facilidades eram asseguradas por conta de sua presença em minha missão.

– Tudo bem, Hugo, muito bem... E se eu lhe dissesse que a Ampulheta pode lhe dar o tempo que precisa?

Eleanor me olhou encafifado.

– Do que você está falando?

– A Ampulheta é uma relíquia muito poderosa e capaz de feitos inimagináveis.

– Continuo sem entender aonde quer chegar!

Tirei um papel da túnica e comecei a desdobrá-lo. Era simples e genial. Arriscado, porém, acredito, eficaz para convencê-lo.

– Eu já sei que seu tempo é curto, Hugo – falei entregando a folha para ele.

Observei ansioso por sua reação, enquanto ele analisava tudo o que estava escrito. O humano parecia ao mesmo tempo furioso e envergonhado, como se algo que tivesse guardado muito profundamente fosse colocado à tona. Preparei-me: minha mão já segurava a pistola caso ele esboçasse alguma reação impensada.

– Onde conseguiu isso? – perguntou simplesmente.

– Na noite em que lhe ajudei a arrumar a bagunça do apartamento, acabei encontrando esse papel.

– Você não devia ter mexido nas minhas coisas, seu peludo nojento... Eu ainda te mato!

– A Ampulheta, Hugo! A Ampulheta pode lhe dar o tempo que você corre o risco de perder.

– Tudo bem, eu estou com câncer, e daí?! Isso não é do seu interesse e não preciso dos seus conselhos ridículos!

[Silêncio.]

– Apenas estou querendo lhe ajudar...

– Não preciso e nem requisitei sua ajuda! Gato intrometido! Além do mais, como pode saber que essa maldita Ampulheta pode me dar mais tempo de vida?

– Em primeiro lugar, cuidado quando xinga algo tão precioso! Em segundo lugar, conheço mais coisas a respeito da Ampulheta do que você pode imaginar.

Pois bem, eu estava mentindo, mas não podia deixar escapar a chance de convencê-lo; talvez fosse a última oportunidade, tinha que arriscar tudo, até uma mentira daquele porte. Notei o olhar de Eleanor, como se quisesse dizer: "Você ficou louco? De onde tirou essa ideia? Quem garante que a Ampulheta possa dar mais tempo de vida para alguém?". Mas o rato nada disse, provavelmente também havia acreditado nas minhas palavras; eu era o máximo!

Hugo pareceu mais pensativo, mais silencioso; devia estar avaliando as hipóteses e possibilidades. Foi quando ele finalmente reparou na presença de Eleanor ao meu lado.

– Mas que porcaria é essa?! – exclamou.

– Ora, mas que ultraje!!! – Eleanor respondeu extremamente ofendido. – Como ousa me chamar assim?

– Você ainda traz sua presa ao meu apartamento?! – Hugo falou, ignorando Eleanor. – É muito folgado, não acha?

– Presa??? Prrreeesaaaaa?! – Eleanor gritou, quase perdendo a voz; estava chocado. – Nunca fui tão insultado em toda a minha vida...

– Eleanor! – exclamei. – O que aconteceu com você?! Não percebeu que o Hugo é um humano? Ele não lhe escuta!

Naquele momento o pequeno rato pareceu inconformado e envergonhado consigo mesmo. Sentiu-se tão ofendido que não chegou a pensar no óbvio. Estava se acostumando a conversar comigo ou talvez fosse o costume de falar com Adir anos atrás.

– Agora você está papeando com o rato? Qual será a próxima surpresa?

– Este não é um rato qualquer, Hugo, este é Eleanor, criação de Adir Wosky.

Eleanor, naquele momento, fez uma pomposa reverência, digna de um representante da realeza.

– Nunca ouvi falar em nenhum Adenir Wuorsk – Hugo respondeu, desinteressado. Observei Eleanor esboçando traços nada amigáveis.

– Adir Wosky, Hugo! Deixe-me contar um pouco melhor a história toda, acho que está na hora – expliquei. Não estava com a menor vontade de ensinar nada àquele humano burro e rabugento, mas era necessário.

[Breve silêncio.]

– Na realidade, não sou o primeiro Príncipe de Marshmallow a ingressar em seu mundo.

– Ah, não? Engraçado, mas não conheço muitas histórias a respeito de gatos falantes vindos de outro mundo – Hugo respondeu, e pude notar Eleanor dar um leve tapa na própria testa; por sorte Hugo não reparou.

– Para começo de conversa, não somos todos gatos em Marshmallow! Não poderíamos exigir que todos nascessem com esse dom grandioso, não é mesmo? – completei orgulhoso, estufando o peito. – Bom, o importante é que existem outras raças em nosso mundo – continuei após alguns instantes. – E os Príncipes de cada geração podem, embora não obrigatoriamente, ser de uma raça distinta.

– Hum, interessante – Hugo falou sem demonstrar, no entanto, muito interesse de fato.

– Pois bem, muito tempo atrás havia um Príncipe em Marshmallow chamado Fiurin Sianor, um Príncipe Fauno. Até os tempos de hoje é aclamado como um dos maiores Príncipes que nossas terras já presenciaram. Fiurin é conhecido por ter salvado nosso mundo da destruição quando o tempo da Ampulheta estava se esgotando. Ele veio até seu mundo e reverteu a situação para nos dar mais tempo, um alento aos pobres entes de Marshmallow. Contudo, ele contou com a ajuda de um habitante do seu mundo, um ser humano chamado Adir Wosky. Adir e Fiurin conviveram muitos anos juntos. Buscaram avidamente pela localização da Ampulheta. Não sabemos o porquê, mas Fiurin, após realizar seu feito magnânimo, jamais conseguiu retornar a Marshmallow, que o aguardava de braços abertos como um herói. Recebemos, ao contrário do que esperávamos, um humano, que contou todo o ocorrido: Adir.

Neste momento fiz uma pequena pausa para respirar. Hugo parecia um pouco mais interessado e Eleanor, notoriamente orgulhoso, ouvia atentamente enquanto eu narrava fatos de seu criador.

– A princípio, é fácil imaginar que Adir não tenha sido recebido envolto em glória e confiança. A maioria, naturalmente, desconfiava daquele ser de outro mundo que chegava no lugar do grande Fiurin. Todavia, aos poucos, Adir foi conquistando os habitantes de Marshmallow com sua inteligência e convencendo-os de sua versão dos fatos. Não tínhamos como negar: Príncipe Fiurin havia oferecido sua vida para salvar o povo que tanto amava. Adir viveu muitos anos em Mashmallow, porém, em determinado momento, a contragosto dos habitantes locais, resolveu que deveria voltar para seu mundo de origem. Parte do restante da história eu fui descobrir apenas há algumas horas. Eleanor é uma criação de Adir, já neste mundo. Nosso pequeno amigo roedor – tudo bem, eu estava sendo pomposo demais, confesso, mas não poderia perder o tom ilustre de meu discurso – foi criado com o intuito de ajudar o próximo Príncipe a reencontrar a sagrada Ampulheta.

[Silêncio.]

– Fico muito feliz por você, gato! – Hugo falou, quebrando o marasmo.

O que aquele atrasado queria dizer com isso?

– Posso saber por quê?

– Ora, por ter encontrado alguém para lhe ajudar em sua importante missão! Estou muito satisfeito, acredite!

– Inacreditável! – exclamei irritado. Minha vontade era de esganar aquele humano.

– Desejo-lhes muita sorte! – Hugo continuou, me ignorando completamente. – E para demonstrar toda boa vontade à causa dos dois, vou lhes conceder, embora apenas por hoje, a permissão de repousarem em meu apartamento, que sei muito bem que é o verdadeiro motivo pelo qual vocês dois apareceram aqui hoje.

– Como você consegue ser tão... – falei sem conseguir terminar a frase.

– Sintam-se à vontade na sala, pois eu irei repousar em minha cama. Uma boa noite para todos! – completou virando as costas e se dirigindo a seu quarto.

Eu e Eleanor entreolhamo-nos por longos segundos tentando achar uma explicação. Não havia nenhuma – Hugo era simplesmente a pessoa mais imprevisível de todos os mundos.

– Filho da mãe! – deixei escapar.

– E agora, o que faremos? – Eleanor perguntou.

– O que faremos? Ora, simplesmente arranje um canto para dormir e não me atormente, que eu farei o mesmo!

– As semelhanças são indiscutíveis! – Eleanor deixou escapar como um pensamento alto, porém que queria que fosse escutado, tenho certeza.

– O que disse?

– Eu? Nada, Vossa Realeza! Apenas estava pensando alto.

– Tudo bem, então não pense! Apenas durma! – resmunguei, enquanto me acomodava no sofá da melhor forma possível.

Aquele humano rabugento me paga, ah se paga! – pensei repetidamente como um mantra, até que minha mente esgotada pegasse no sono e passasse a se ocupar com os mais deliciosos sonhos.

A passagem na árvore

Príncipe Gato

Fortes pontadas estomacais me fizeram despertar. Estava sonhando tão distante: *o gosto de leite na boca, meus pelos voavam com o vento, uma gata sensual ao meu lado, nossas patas entrelaçadas; as terras de Marshmallow em perfeita harmonia ao nosso redor, tudo estava calmo...*

Sim, então tive o desprazer de acordar com aquelas dores na barriga, hunf... Fazia alguns dias que não sofria daquele problema, até estava esperançoso, achando que finalmente minha boa saúde se restabeleceria. Mas não posso me queixar, poderia ter sido pior: "As viagens pelos Buracos de Minhoca podem causar danos muito graves." – costumam dizer em Marshmallow.

Esfreguei os olhos com o dorso das patas e olhei para os lados. Eleanor dormia todo enrolado em cima de uma almofada marrom ao chão. Eu estava no sofá. A TV desligada. A cortina semiaberta da janela revelava um filete do amanhecer.

Estiquei-me preguiçosamente, levantei-me e, cambaleando, dei uma volta pelo apartamento. Logo tomei conhecimento de que a porta do quarto do Hugo estava aberta e, ao me aproximar, reparei que a roupa de cama estava toda engruvinhada, meio jogada pelo carpete, meio agarrada ao colchão. Não havia ninguém ali, o quarto estava silencioso. Não encontrei bilhete em lugar algum. Não havia indícios quaisquer de invasão, de arrombamento da porta de entrada ou qualquer outro sinal; portanto, cheguei à conclusão de que o humano possivelmente saíra bem cedo para caminhar. Essa era minha esperança... Porque, na verdade, se algum Feiticeiro o tivesse levado, com toda a certeza eu não estaria vivo. Ele teria aproveitado para me liquidar, pois eu, desprotegido, sonhava com aquela gata danada, voando pelas colinas de Marshmallow.

Na mesa da cozinha encontrei um pacote de bolachas aberto e, na geladeira, para minha felicidade, uma caixa de leite de vaca. Apanhei uma pequena vasilha e voltei para a sala.

– Acorde, Eleanor. O dia amanhece. Veja, trouxe comida.

Apenas ouvi o resmungo do pequeno rato, que logo se enrolara ainda mais na almofada, ignorando meu chamado.

– Vamos, acorde... – Cutuquei seu corpinho delicadamente. – Temos que continuar nossa missão. Vamos, Eleanor... Terá mais tempo para dormir depois.

Calmamente o rato despertou e, com os olhos bem inchados e remelentos, sentou-se e ficou contemplando a vasilha cheia de leite à sua frente. Passei-lhe uma bolacha.

– Agradecido, Príncipe – disse Eleanor. – Nem sempre posso dormir calmamente, por isso aproveitei para relaxar esta noite. Lá no cemitério, costumo dormir de olhos abertos; seus parentes deste mundo sempre estão dispostos a caçar um rato como eu. Então tenho de ficar atento, preparado para a qualquer momento ter de disparar em fuga. Todavia, não sou um palerma, tenho centenas de cartas na manga, digo, tenho um arsenal de armas poderosíssimas. E, se queres saber, eu as guardo intocáveis em minha mente.

Então ele inflou o pequeno peito. – Espero que a esperteza de Eleanor seja um dia lembrada.

– Certamente, meu caro. Certamente... – falei, tomando o leite na caixa. – Quando encontrarmos a Ampulheta do Tempo, não restarão dúvidas de que seu nome será imortalizado. Viraremos uma lenda, seremos tema de livros...

– Quem sabe até não farão nossos bonecos em miniatura – brincou o rato mordiscando a bolacha, que em suas mãozinhas parecia bem maior.

A imagem de um pequeno Príncipe Gato nas mãos de uma criança me alegrou, mas logo me vi na forma de outro boneco, mas este de pano, e nas mãos de um Feiticeiro. Isso era apavorante.

– Vamos esquecer a ideia de bonecos – falei rapidamente.

O rato nada disse. Terminou de lamber a vasilha de leite e as migalhas de bolacha, depois se levantou para se esticar e se alongar. Após um tempo tomou a palavra:

– Aonde foi seu amigo?

Por um momento não soube de quem Eleanor estava falando, mas logo me dei conta:

– Ah, acho que o Hugo saiu para andar, ou algo do tipo. Ele é imprevisível, e não é de deixar recados. Na verdade, acho que não nos considera nem um pouco. Mas nem me importo também. – Dei de ombros.

– Se assim diz... – falava Eleanor. – Bom, eu estive pensando e sei aonde devemos ir. Meu amado Adir morava em uma bela casa, uma mansão, eu diria... Faz muitos anos que não vou até lá. Sinto que isso é sumamente importante. Tenho vossa aprovação?

– Total! – respondi de imediato. – Vou vestir minha roupa e já podemos sair.

Eleanor não falou em endereços, nomes de rua, ou qualquer coisa do tipo. Logo que saímos sorrateiros do prédio do Hugo, entramos em um bueiro. A ideia não me agradou nem um pouco, o cheiro era de matar, mas... Eleanor parecia bem seguro, então não questionei.

Sujeira e mais sujeira a cada instante crescia em nossos caminhos. Era impressionante como os humanos daquele mundo eram mal-educados e ainda por cima indolentes; estava mais do que claro para mim que, na menor chuva que caísse, tudo viraria uma enorme enchente.

Já fazia um bom tempo que estávamos caminhando pelas tubulações subterrâneas; já perdia a noção de tempo. No meu íntimo felino, desejava imensamente sair o mais rápido dali, e por sorte ouvi Eleanor dizer:

– Temos de subir, este monte de lixo não deixará que continuemos, está tampando toda a passagem. Vamos, não falta muito para chegarmos! Continuamos o restante pelas ruas. Tentaremos não nos expor muito; deixa eu me esconder dentro de sua túnica e vou lhe passando as coordenadas para atingirmos nosso destino. – O pequeno rato tirou o suor do rosto e apontou. – Veja, ali tem uma saída!

O dia estava claro. Era prazeroso respirar um ar relativamente melhor, porém ainda cheio de poluição. Algumas pessoas transitavam apressadas pelas calçadas. Os veículos se amontoavam pelas ruas. Ninguém parecia dar muita bola para um ser encapuzado como eu. *Sorte a nossa!*

Eleanor me pediu para parar. Em seguida ele saltou de dentro de minhas vestes.

– Chegamos! – ele anunciou. – Entraremos pela lateral. A casa de meu amo sempre foi cheia de proteção, acredito que ainda seja; não acho que seja habitada por humanos. Creio que Edgar, o filho de Adir, tenha optado por não morar aqui, após a morte de seus pais, provavelmente porque as lembranças lhe faziam mal. Mas não queria vender, nem alugar a casa para ninguém. Como disse, não venho aqui há anos, e sabemos que as coisas mudam, portanto é bom termos cautela. Vamos entrar.

Certamente se tratava de um casarão. A pintura estava um pouco descuidada, porém isso não diminuía a imponência que aquela arquitetura exercia àqueles que a olhavam. Era admirável. Pilares trabalhados, dezenas de janelas, portas grandes e grossas ostentavam a riqueza e até a nobreza da família Wosky.

Saltando e sumindo entre a grama alta e verde-musgo, Eleanor corria pelo jardim. De certa forma me pareceu que ele estava extremamente excitado por estar ali, deliciado por voltar ao território de seu querido amo. Afinal, Adir Wosky não era um nome qualquer; todos o conheciam em Marshmallow.

Caminhei calmamente, admirando a paisagem, aguçando o olfato e a audição. O barulho dos veículos parecia distante, talvez abafado ou engolido por algum ser mágico que já estava com os ouvidos cansados. Era realmente prazeroso ter alguns momentos de silêncio; apenas o crepitar da grama e eventuais grilos soavam pelo jardim. O cheiro doce e suave de alguma flor miúda entrava em minhas narinas... Acariciava minha mente e quase me levava ao chão. Eu cederia fácil, porque de alguma forma fiz uma conexão; digo, aquele cheiro tinha aspectos femininos e, para ser sincero, eu estava carente de fêmeas afagando minha barriga, por isso seria extremamente fácil me largar sobre a grama e imaginar que o perfume daquela flor se transformaria em um harém de gatas dançarinas. Mera ilusão...

Quando foquei os olhos, dei de focinho com duas lápides de pedra branca. A da direita dizia: *Adir Wosky 1875 – 1967*, e a da esquerda: *Ágata Finnigan 1880 – 1967*. Eleanor aproximou-se rapidamente das minhas botas e falou:

– Antes que me pergunte, não, esta data de nascença que está gravada na lápide de meu amado Adir não se trata da data verdadeira, pois sua revelação seria rapidamente desacreditada. Afinal, os seres daqui não vivem por milhares de anos. Todos tomariam Adir como um mentiroso e louco se revelasse sua idade real. Pouco importava, para ser bem sincero... Então meu amo resolveu que o ano em que voltara para estas terras, por aquele Buraco de Minhoca, seria a data de seu suposto nascimento, como uma representação de uma nova vida; portanto, a data de seu renascimento.

– Nem pensei nisso – falei honestamente. – E esta lápide ao lado?

– Ágata era sua parceira. Não pude conversar com ela, pois, como já lhe disse, apenas aqueles que já foram para Marshmallow podem me escutar. Mas sei que eles se amavam intensamente. Não se casaram, não precisavam disso para unir seus laços. Viviam dando risadas, dançando pela sala; eram realmente felizes. Morreram no mesmo dia, enquanto dormiam. Não sei dizer-lhe as causas. Mas bem, não quero falar sobre isso...

Contentei-me com as informações dadas e não ousei perguntar nada mais. Continuamos andando e logo parei, maravilhado, ao notar a maior árvore que já vira em toda minha vida. Era realmente gigantesca. Estava fortemente carregada de flores rosadas.

– Trata-se de uma Paineira e, acredite, é certamente a maior delas neste mundo. A Paineira das Paineiras. Não sei lhe explicar como ficara tão imensa. O tronco, protegido por incontáveis espinhos, é dezenas de vezes mais largo e sua altura triplamente mais alta se comparado à maior delas – contou Eleanor, parecendo orgulhoso, como se apresentasse algum ente querido.

O rato se adiantou e adentrou por uma passagem na base do tronco – que era ainda mais barrigudo – e sumiu. Fiquei intrigado e logo o segui. Assim que passei pela abertura, escorreguei e comecei a despencar, até bater com um baque em um chão terroso.

– Espero que esse ruído que esteja fazendo não seja uma risada – falei, levantando-me com dificuldade. – Por que não me avisou que era um buraco?

– Ora, porque se eu lhe avisasse não seria engraçado! – respondeu Eleanor rindo despreocupado.

– Hilário! – concordei ironicamente, apanhando minha pistola, que havia voado pelo local com a minha queda, e guardando-a em meu cinto. Olhei ao redor: estávamos em uma espécie de esconderijo secreto, pelo menos assim me pareceu. Grossas raízes da Paineira desciam assimetricamente pela frente, meio e laterais, desaparecendo solo abaixo.

Uma mesa mais ao fundo repleta de objetos estranhos, uma estante carregada de livros empoeirados e um relógio carrilhão faziam ambiente em meio a uma bruxuleante alvura provida de um candeeiro a óleo que Eleanor havia acendido com um fósforo velho.

– *Voilà!** Era aqui que Adir passava grande parte de sua vida – contou o rato. – Aqui ele traçava seus objetivos, fazia suas pesquisas e seus estudos, todos sempre relacionados à Ampulheta do Tempo, aos Buracos de Minhoca e Dimensões. E aqui também nasceram suas grandes frustrações. Eu acompanhei suas linhas de pensamento, seus cálculos, suas tentativas infrutíferas de encontrar aquilo que procurávamos... – fez uma pausa, saltou sobre a mesa e, após farejar algumas folhas amareladas, continuou: – Estamos lidando com o tempo, mas afinal o que é o tempo? É bem difícil defini-lo, não é palpável, não podemos vê-lo nem cheirá-lo, apenas repará-lo à nossa volta, nas rugas que surgem nos homens, nas árvores que se desenvolvem e secam, nas procriações e, infelizmente, na degradação da natureza, ao menos neste mundo em que estamos. E, como sabemos, o tempo é diferente em cada lugar: o que equivale a um dia aqui pode equivaler a centenas, talvez milhares de anos em Marshmallow ou em outro mundo qualquer. É algo que não se pode medir.

Fiquei refletindo em cima das palavras de Eleanor. Aquele rato era realmente inteligente. E certamente me seria muito útil para que eu pudesse atingir minha missão. No entanto, não podia negar que um forte desânimo me abatia; afinal, se Adir Wosky, o renomado humano que já estivera com o magnífico Fauno Fiurin Sianor no lugar em que a Ampulheta se esconde, não conseguira após seu regresso a

---

* Eis aí! (tradução do idioma francês) (NA).

este mundo achar novamente o local... Bem, era difícil acreditar que eu pudesse encontrar. Mas não poderia deixar a desesperança me tocar:

– Sou o Príncipe Gato de Marshmallow e nada pode contra mim – falei em alto tom de voz, embora não quisesse ter feito aquilo de fato.

– Como? – indagou Eleanor, que passou a analisar uns papéis dentro de uma gaveta. – Reconheço sua coragem e orgulho, gato. Mas diga-me sem delongas: como poderá lidar com o tempo? Qual arma poderia usar contra ele?

Naquele exato momento houve um som agudo que ecoou pelo local e saiu, rodopiando pelo jardim e adiante. Os ponteiros do relógio de madeira escura, que jazia recostado à parede, dispararam loucamente a girar; o maior deles no sentido horário e o menor, no sentido anti-horário.

– O que está havendo? – Logo interroguei. Eu estava curioso e ao mesmo tempo com uma sensação estranha encravada no peito.

– Nunca vi isso acontecer. É realmente inédito aos meus olhos – respondeu Eleanor, encafifado. Aproximou-se do relógio e o fitou demoradamente. – Seja o que for, é munido de mistérios. Talvez compreendamos no momento devido. Veja, encontrei isto naquelas gavetas... – Esticou os bracinhos e me entregou.

Era uma folha envelhecida e, nela, um desenho. Os traços eram finos, provavelmente feitos por alguma ponta de pena, ou algo do gênero; tinta preta em sua maioria, porém outras cores se misturavam aqui e ali, artisticamente. Admirei os detalhes com calma. A ilustração revelava um misto de dia e noite, pois um sol imenso mergulhado em um céu azul-escuro dividia espaço com uma lua cheia e suas estrelas cintilantes e, ainda, uma tempestade voraz, neve, vento, calor, frio... Era uma completa mistura de estações, uma diversidade climática absurda, mas, por momentos, eu até poderia ser contraditório e afirmar que tudo parecia homogêneo. Sob todo aquele cenário havia a imagem de um ser, próximo de algumas árvores verde-oliva. Olhei com atenção para chegar à conclusão de que aqueles traçados mostravam a imagem de um fauno; segurava nas mãos um objeto de bambu.

– O que acha que significa?

– Bem, este desenho também é uma novidade para *moi** – desabafou o pequeno Eleanor, fazendo um grande bico na última palavra. – Analisando minuciosamente, eu talvez possa lhe afirmar com exatidão o verdadeiro significado da ilustração. Mas diga-me, Príncipe, qual vossa acepção dela, o que podemos ver nesta obra artística de Adir Wosky?

Aquele rato era um bocado estranho. Tinha horas que falava de um jeito mais coloquial, um dialeto simples sem refinarias, e em outras utilizava algumas palavras mais difíceis, de tom nobre, e até de outras línguas. Aff... Para mim, ele tinha era algum problema na cabeça, ou estava tentando se mostrar. Mas não era hora de julgá-lo, não faltariam momentos para isso. E um meio-sorriso sarcástico surgiu em minha fronte, saboreando em êxtase os meus pensamentos. Mas, recompondo-me, respondi com sinceridade:

– Vejo uma mistura de estações. Creio que não seja um local muito agradável... – Coçava minhas orelhas rapidamente. – O tempo aqui parece confuso, talvez quebrado, inexistente...

---

* Mim (tradução do idioma francês) (NA).

– Prossiga, por favor... – orientou Eleanor com as mãozinhas no queixo, mostrava-se extremamente interessado.

– Pois bem, acho que já sei o que irá dizer. Estamos diante de uma representação do local em que se esconde a Ampulheta do Tempo.

– Já parou para pensar que talvez seja a Ampulheta que esconda o local? – indagou o rato com um sorriso insuportável, como o de um falso mestre, iludido por uma falsa filosofia.

– Ah, não amola. Tanto faz...

– Tanto faz, não, gato. Estamos lidando com uma magia além de nossas compreensões, pode acreditar. Um encantamento poderosíssimo emana da Ampulheta do Tempo. Isso explica o porquê de ninguém, em todos esses milhares de anos, a ter encontrado, obviamente com exceção de Adir e Fiurin. Então, querido Príncipe, temos que ter consciência de que o que procuramos talvez não queira ser encontrado. *Comprenez-vous?**

– Ótimo! Isso é realmente animador. Parabéns, rato, você é incrível – falei ironicamente, andando pelo local. Mesmo que aquele desenho ilustrasse de fato o lugar em que a Ampulheta estava, isso não me parecia ajudar a encontrá-la. – O que é isto? – Apontei para um objeto sobre a mesa. Meio a contragosto ele explicou:

– Isto é uma paina, gato, oriunda da Paineira. Pode pegá-la nas patas, ela não morde. – Senti nessas palavras um claro tom de zombaria. – Se abri-la, notará uma fibra branca, muito usada na confecção de travesseiros, e envolta nela, sementes. Lembro-me de que no final da época de frutificação todo o

---

* Compreende (tradução do idioma francês) (NA).

jardim ficava coberto por um manto branco como a neve; era maravilhoso – e Eleanor pareceu fazer uma viagem ao passado.

Com ajuda das minhas unhas afiadas, abri aquele fruto redondo. E como o rato havia contado, encontrei um chumaço branco em seu interior – lembrava algodão. Apanhei uma semente que parecia seca e enrugada pelo tempo e coloquei-a na palma de minhas patas, sobre as almofadinhas. E, então, as cenas a seguir fizeram Eleanor se sobressaltar, admirado e assustado. Eu mesmo não estava acreditando...

Fantástico mundo novo

Hugo

Há muito estava precisando espairecer, sentir o ar fresco matinal. Fazia tempo que não frequentava o Parque Buenos Aires, um local muito importante para mim no passado, de que guardava memórias eternas em meu peito. O parque permanecia com o mesmo clima que sempre me cativou. Foram feitas pequenas reformas nas áreas ajardinadas e melhorias nas instalações, mas de resto não havia mudanças. Continuava cheio de cachorros, famílias passeando, conversando e aproveitando os poucos momentos livres nos finais de semana. Talvez fosse isso que me agradasse: o clima familiar. Além, é claro, de minhas lembranças pessoais em cada canto daquele lugar arborizado; os bancos resguardavam memórias secretas importantes em minha vida. Sentei-me em um deles, de especial importância, localizado em uma clareira com uma estátua ao centro – *Mãe*, de Caetano Fracarolli, talhada em uma única peça de mármore – representando uma mãe com seu filho nos braços.

Era bom estar naquele lugar, mas ao mesmo tempo doloroso, então me levantei e me dirigi ao banheiro para lavar o rosto; de certa forma me arrependi. Uma coisa não havia como mudar: banheiros públicos continuavam inutilizáveis. O cheiro era forte, a urina no chão, instalações imundas. O local deveria ser utilizado pelos moradores de rua para se banharem quando possível. Desisti, obviamente, de lavar meu rosto. Virei-me e levei um grande susto. Havia alguém parado sob a porta, impedindo a passagem: não era morador de rua, tampouco deste mundo. Estava encapuzado e seu rosto não tinha feições humanas. Lembrava-me dele, tinha-o visto pela primeira e única vez em meu apartamento na noite de ano-novo. Meu coração havia disparado. A adrenalina correndo em minhas veias. Aqueles seres tinham forma humanoide, porém suas cabeças eram de cachorros. "Feiticeiros das terras de Marshmallow... São poderosos e astutos..." – explicou o Príncipe Gato certa vez.

Em instantes havia surgido mais um ao meu lado. *Mas de onde?* Estava perdido, e aquele felino pulguento que havia me colocado naquela enrascada não estava lá para se dar mal comigo – que raiva!

Fechei os punhos, me preparando para lutar; não iria ceder tão fácil. Aquelas criaturas não cheiravam bem, lembrava ovo podre ou, ainda, queijo estragado e embolorado. Embora tenha me preparado, não tive oportunidade de me defender. Eles foram mais rápidos. Senti mãos – que mais pareciam garras de abutre – agarrando-me pelos braços, puxando-me bruscamente como um saco de batatas ou ainda uma marionete.

Mal tive tempo para pensar e tudo ao meu redor tornou-se negro. Senti fortes náuseas; aliás, náuseas não eram nada perto da sensação de uma força tentando sugar os órgãos de dentro de meu corpo. Não enxergava nada; estava de olhos abertos, mas era como se estivessem hermeticamente cerrados. Foi a sensação mais desagradável que já senti, porém, para meu alívio, foi rápida, durou poucos instantes.

Pude sentir o chão novamente. Estava deitado, caído na realidade. *Estranho!* Certamente não era sobre o chão urinado do banheiro que eu repousava meu corpo, o que transmitiu um grande alívio de imediato: estava sobre a grama. *Será que aqueles Feiticeiros me deram um golpe e me jogaram para fora do banheiro, nos jardins?* Abri meus olhos com grande dificuldade; pareciam pesados, como se quisessem permanecer fechados. *Que incrível!* – pensei. *Estou sonhando? Ou será algum tipo de miragem ou visão?* Levantei-me com certo esforço, meu corpo doía. *Que lugar é este?* Estava no interior de uma construção, porém indescritivelmente diferente do que já vira até então. O pé-direito era muito alto, de perder de vista, e as paredes eram feitas de um material esquisito, ligeiramente mole e esponjoso, porém liso e frio. Estava um pouco escuro ali, pois não era arejado o suficiente para permitir a entrada de luz; alguns archotes fumegantes iluminavam de forma bruxuleante o salão. Aliás, se não fosse pelo horário, não saberia dizer se era dia ou noite. No entanto, logo reparei que as horas que meu celular deveria marcar estavam com algarismos estranhos.

Um Feiticeiro descia calmamente por uma escada em formato espiral. Comecei a me sentir com mais medo, confesso. Estava em um lugar desconhecido para mim, em companhia perigosa e sem armas para me defender.

– O que querem de mim? Não tenho nada a oferecer! – logo adiantei.

– Não seja fútil ao tentar compreender seu próprio desígnio. Até mesmo o mais simples fungo em uma casca de árvore, embora se sinta pequeno ante a magnitude das formas complexas de vida, tem um estimado propósito na manutenção da Essência. Sua existência é mais importante do que jamais pôde supor.

– Por que estão caçando a mim e ao gato? Não tenho nada a ver com suas desavenças!

– Talvez esteja mais relacionado conosco do que imagina.

Neste momento, o Feiticeiro já havia descido todos os lances de degraus e estava bem diante de mim. Senti arrepios e calafrios diante daquele humanoide com cabeça de cachorro. Lembrava-me um chacal mitológico.

– Siga-me! – voltou a falar o Feiticeiro.

Não estava em posição de fazer objeções, então acatei a ordem. Atravessamos o salão caminhando em direção à parede. *Onde ele queria me levar?* Estávamos bem diante daquela muralha de textura engraçada, porém, para meu espanto, o Feiticeiro não parou; atravessou decidido e ela não apresentou barreiras. Seu corpo havia sido estranhamente engolido pela construção. Parei, não faria a mesma loucura. Fiquei estagnado, totalmente extasiado com a situação, não sabia o que fazer. Não sei por quanto tempo permaneci imóvel até que o Feiticeiro surgiu novamente através da parede.

– Venha! Se não quiser perder alguns de seus dedos.

Após a ameaça, respirei fundo, prendi a respiração, fechei os olhos e atravessei. Podia quase vislumbrar minha cabeça batendo fortemente contra a parede e o Feiticeiro caindo na gargalhada, porém não foi o que aconteceu. Senti como se uma enorme esponja úmida envolvesse meu corpo por alguns instantes e, no momento seguinte, ao abrir os olhos, notei que a havia atravessado. Estava em uma clareira e ali parecia funcionar uma espécie de herbário. O Feiticeiro já estava ao meu lado. *Estranho!...* Estava escuro, era noite. *Será que havia ficado inconsciente por muito tempo e nem me dera conta?* Não podia ser... O céu estava estranho também... Apresentava tons bastante avermelhados: parecia ensanguentado. Dava medo. Notei incontáveis prateleiras que circundavam o ambiente, onde bonecos de pano jaziam fantasmagoricamente, imersos no silêncio. Pensei em quantas almas não deveriam estar ali aprisionadas...

Da mancha rubra na abóboda celeste surgiu um animal voando em minha direção. *Que bicho era aquele?* Tinha o corpo como o de uma lagarta, listrado de amarelo, duas asas ágeis como as de um inseto em uma das extremidades, e na outra, pendurados por antenas, havia um par de pequenos olhos. O animal era ágil para voar e logo estava bem diante do meu rosto. De repente ele sumiu com um estalido e um pouco de fumaça foi expelido de onde ele estava. Pude sentir um forte cheiro de queimado. Olhei para o lado, para o Feiticeiro, procurando entender.

– Você não iria querer contato com um desses, acredite, embora tenha de admitir que adoraria ver essa cena acontecendo – ele afirmou, parecendo ter interpretado minha expressão de dúvida.

O Feiticeiro havia matado o animal? Mas parecia tão inofensivo! Pobre criatura!

– Onde estou? Por que me trouxe a este lugar? – perguntei.

– Siga-me, vamos ao que interessa! – falou, me ignorando.

– Me interessa e muito saber onde estou e por que fui trazido até aqui.

– Está vendo aquela planta adiante? – perguntou, me ignorando novamente.

– Sim, o que tem?

Era uma planta esquisita. Seu formato se assemelhava ao de um jarro alto e com um bocal estreito. Era verde e tinha uma pelagem característica perto do topo. Ela se mexia constantemente em uma espécie de dança silenciosa.

– Coloque sua mão direita dentro dela! – ordenou, retirando das vestes um pequeno frasco estreito parecido com um tubo de ensaio.

– E por que eu faria isso? – perguntei em tom desafiador.

– Porque estou ordenando e ponto final! – respondeu rispidamente. – Não complique as coisas.

Eu não tinha muita escolha. Caminhei em direção à planta e lentamente – lutando contra todos meus medos e receios – coloquei o braço direito no interior do vegetal, até pouco acima do pulso. Era abafado lá e um pouco gosmento. Inesperadamente, o estreito bocal se fechou, prendendo meu braço fortemente; não conseguia me soltar.

– O QUE É ISSO? O QUE ESTÁ ACONTECENDO? TIRE-ME DAQUI! – berrei.

O Feiticeiro não ligou a mínima para o meu desespero, estava compenetrado, analisando o tubo de ensaio, que, para meu espanto, passou inexplicavelmente a se encher de sangue. Comecei a socar e a chutar a planta com todas as minhas forças, tentando me desvencilhar. Então, quando o tubo já estava quase transbordando, meu braço foi solto.

– SEU DESGRAÇADO! TIRE-ME DESTE LUGAR, AGORA! – berrei furioso, avançando contra o Feiticeiro.

– Sugiro que se acalme, antes que eu perca minha paciência!

– Estou cansado das suas ordens! Quem pensa que é? Não tenho que seguir seus desejos! – falei munido de coragem.

Então o Feiticeiro mostrou os dentes furiosamente, como um lobo pronto para o ataque. Talvez tenha sido impressão minha, mas me pareceu que o chão começara levemente a tremer. Recuei um passo para trás. Logo a seguir o tubo simplesmente desapareceu de sua mão, porém o Feiticeiro pareceu não se importar e continuou me encarando. Alguns instantes de tensão se passaram, e o silêncio tomou conta do local. Então sua expressão passou de raiva a espanto:

– Não pode ser... – falou aparentemente sozinho. – Tem certeza? Mas então... Por que aquele gato...? Não faz sentido! Maldição! – concluiu, fechando fortemente o punho.

Passou a me encarar furiosamente. Pude notar o ódio emanando de seu olhar. Parecia a ponto de tomar qualquer atitude precipitada. Eu estava atento e pronto para reagir da forma que pudesse, para tentar me proteger.

– Você tinha razão! – falou, tentando se recompor.

– Sobre o quê?

– De fato, você não tem a menor utilidade para nós! Nada pode nos oferecer... Nada! – completou de forma áspera, quase gritando.

O Feiticeiro avançou dois passos em minha direção. Comecei a recuar e então, abruptamente, ele parou.

– Hum... Sim, tem razão – falou, novamente parecendo conversar sozinho ou com alguém invisível. – Pode ser... É possível que sim...

[Silêncio.]

– Chegou sua hora! Já perdi tempo demais com você!

– Não temo a morte, seu miserável! Quer me matar? Então venha!

– Não teme é? Interessante... Mas isso não faz diferença no momento...

– O que queriam de mim? Por que me trouxe a este lugar?

– Meus propósitos não lhe interessam, humano. Deve apenas escutá-los e aceitá-los sem questionamentos!

– Quem você pensa que é?! – retruquei.

– Algo muito além do que você é capaz de supor, conceber ou imaginar. Adeus, humano!

– ESPERE!

Era tarde demais. Senti um negrume me envolver. Minha cabeça começou a girar. Senti-me enjoado. Novamente a dolorosa sensação como se meus órgãos fossem forçados a sair do corpo. Não aguentaria aquela agonia por muito tempo. Desta vez estava demorando demais para passar. Recordei-me de minha vida e seus diversos momentos, bons e ruins. Lembrei-me das pessoas que amei tanto, em especial uma... *De que valera tudo aquilo? Fazia sentido viver para que tudo esvanecesse com o tempo?* Mas então, enquanto refletia, tudo cessou de repente, com a mesma velocidade com que veio. A dor e a aflição haviam terminado, porém tudo continuava escuro e sombrio. *Era isso? Estava morto?*

Morte

Hugo

BLOQUEADO

"Melhor evitar enfrentar o obscuro ou trazer luz à escuridão? Claridade fulgurante, ou obscuridade incessante? Quem nunca temeu? Quem nunca morreu na tentativa?"

Hugo

Lembranças

Hugo

Desorientado. Era tudo o que podia dizer e sentir. Estava estupidamente confuso e perdido. A luz era forte demais – quase me cegando... Não sabia se era sonho ou realidade. Meu íntimo esperava ansiosamente que eu despertasse de um pesadelo e me deparasse deitado em minha cama do décimo quarto andar. Sem Feiticeiros, sem gatos falantes, sem ampulhetas, sem nenhuma maluquice daquelas. Tinha quase certeza de que tudo não passava de um sonho, pois imagens estranhas, de um cenário estranho, tinham envolvido minha mente há pouco tempo; um lugar em que eu jamais estivera.

Estava deitado. Aos poucos mexi meus pés. Não me sentia bem. Havia algo muito errado. A dor era forte pelo meu corpo inteiro, em especial na parte frontal da cabeça e estômago; esperava também que minha coluna estivesse inteira. Tentei abrir os olhos: em vão. As pálpebras pesavam como rochas. Devagar apalpei o solo. O cheiro era de grama e flores. O som de grilos e cigarras. Tudo parecia girar veloz, totalmente fora de meu controle.

Vozes abafadas surgiram repentinamente de algum ponto, aparentemente não tão distante. Procurei arrastar-me para longe dali. Afinal, não fazia a menor ideia de onde estava e, ainda, se os seres que ouvia eram amigáveis. Meus olhos insistiam irredutíveis em se manter fechados, como se estivessem firmemente costurados ou colados. Eu nada podia enxergar. O corpo mole, mal conseguia me mover. O coração acelerou. Escuridão. Minhas condições eram péssimas, uma angústia suprema emergiu do meu peito. Falta de ar. *Talvez eu estivesse morrendo. Talvez já estivesse morto.* E então, o que restaria de meu ser seria apenas um espírito errante, diante da fronteira de alguma terra de lugar nenhum. No entanto, não parecia ser o caso. Sentia meu corpo bem sólido, minhas dores tão vivas... Meus sentidos estavam todos nos conformes. Na verdade, apenas minha visão ainda insistia enlaçada na escuridão, estranhamente bloqueada por alguma causa desconhecida. Minha memória estava embaralhada. Tive vagas lembranças dos acontecimentos... Por momentos, lembrei-me de minha infância, junto de meus pais; por pouco não fui abortado, sorte ou azar, não sei mais dizer... Minha maldita passagem pela escola: como eu odiava aquele lugar – o hospício não deveria ser muito diferente daquilo. Felizmente eu acabara de me formar. E, sim, respirei aliviado ao saber que mais um fragmento de minha memória – o mais importante – estava intacto: meu primeiro e único amor, a mulher que percorre minhas veias, que faz meu coração se apertar e um frio na barriga gigantesco balbuciar em minhas entranhas. As cenas do passado, os dias de sol, a temperatura de sua pele, o perfume de morango, as comidas, todas as suas cores preferidas, seus lábios, nossos lugares secretos, nossas promessas... E tudo parecia tão maravilhoso...

Desprendi-me dos pensamentos por um segundo apenas, o que foi suficiente para notar que aquelas vozes há pouco ouvidas estavam cada vez mais altas, portanto cada vez mais próximas. Ao mesmo tempo tive lampejos de lembrança do meu contato com os Feiticeiros, daquele local obscuro e de todos aqueles bonecos de pano que jaziam enfileirados nas centenas de prateleiras empoeiradas. Recordei-me ainda daquele inseto esquisito, toda aquela construção esponjosa, da planta que prendera meu braço e de meu sangue naquele tubo de ensaio... *Afinal, o que queriam de mim?*

Apalpei meus bolsos instintivamente; talvez meu canivete estivesse ainda ali. No bolso direito senti meu celular, mas ele estava com um formato estranho – possivelmente quebrado ao meio. No esquerdo estava a foto que, depois daquele dia em que fiz a fogueira no alto do meu prédio, guardei comigo, sempre a deixando nos meus bolsos quando trocava de roupa. No detrás estava minha carteira. E era apenas o que carregava, nenhum sinal da arma branca: isso poderia ser um problema...

– Ei, você aí... O que faz aqui? – soou uma voz com um tom nítido de surpresa. Com toda a certeza a pergunta fora direcionada à minha pessoa.

[Silêncio.]

– Vou perguntar mais uma vez – disse a voz. – O que diabos está fazendo deitado no jardim? Vire-se, mostre sua face, humano, ou lhe atacarei pelas costas.

– Talvez esteja desacordado – sugeriu a outra voz, de timbre mais agradável.

A primeira voz soava familiar, mas ainda não conseguia identificá-la com precisão. A segunda certamente desconhecia. Com esforço me virei; meus olhos por sorte se descolaram – as imagens estavam embaçadas, mas pelo menos naquele momento consegui enxergar algo além da escuridão soturna.

– Não é possível – a primeira voz se exaltou. – Como veio parar aqui? Andou nos seguindo? E ainda ficou dormindo no jardim! Mas que desaforo, explique-se imediatamente!

Então ficou claro para mim quem era o dono daquela voz. Tratava-se de um ser presunçoso, algumas vezes repugnante e noutras tão parecido comigo – não tinha como negar, estava consciente disso.

– Não estamos diante daquele seu amigo humano, que de certo fora muito mal-educado? – indagou a segunda voz, mostrando claramente um tom de mágoa. O outro apenas assentiu freneticamente com a cabeça.

– Sinto muito pelo tratamento nada receptivo que tive com vocês em meu apartamento – disse com sinceridade. – Olá, Príncipe de Marshmallow. Poderia me ajudar? Não estou nas melhores condições. E que lugar é este?

Gato e rato se entreolharam abismados, pude notar isso, e resmungaram algumas palavras, das quais entendi apenas: *Louco* e *Não deve estar bem da cabeça.*

– Você está de gozação comigo, não é, Hugo? Você nos segue e depois vem perguntar onde estamos? – indagou o gato, ligeiramente confuso. – E por que se desculpou por suas grosserias conosco? Não parece o Hugo que conheço, deve ser um impostor!

O Príncipe puxou sua pistola do cinto.

– Não segui vocês e não sei como vim parar aqui – respondi. – Apenas me desculpei porque sinto muito; vi como o seu amigo está ressentido. Qual é o nome dele mesmo?

– Eleanor, *monsieur!* – disse o rato, já se mostrando mais imparcial.

– Ah, sim, Eleanor... – murmurei. Uma pontada forte me pegou perto dos pulmões. Eu precisava de cuidados médicos, estava nitidamente debilitado.

Notei que aqueles dois ainda resmungavam alucinados. Tinha algo estranho no ar... Pareciam decidir a sentença de um julgamento. E de certo foi isso o que fizeram, pois repentinamente saltaram sobre mim me atacando com determinação. As cigarras assistiram alegremente toda a cena que se seguiu.

– PAREM! – berrei. – O QUE ESTÃO FAZENDO? EU SOU O HUGO, POR QUE ACHAM QUE NÃO? SAIAM DE CIMA DE MIM!

Aqueles arranhões e mordidas estavam intensificando as dores que eu já sentia aos montes, sem contar o ácido daquela maldita pistola vermelha. Provavelmente aquele seria o meu fim, e os noticiários diriam: *Jovem é morto em ataque fulminante de gato e rato;* seria humilhante. Juntei mais alguma força dentro de mim e tentei:

– SOU HUGO. MORO NO DÉCIMO QUARTO ANDAR. TENHO UM OLHO CASTANHO E OUTRO VERDE, IGUAIS AOS TEUS, GATO. VOCÊ ESTAVA LENDO UM LIVRO SOBRE CATEDRAIS ANTIGAS NUMA LIVRARIA NA AVENIDA PAULISTA NA PRIMEIRA VEZ QUE NOS VIMOS... ISSO NÃO É SUFICIENTE?

O Príncipe parou imediatamente de me atacar; senti apenas as pequenas, porém dolorosas, mordidas do rato Eleanor, mas que logo cessaram também, a pedido do gato.

– Ainda não estou certo disso – disse o felino, com os pelos eriçados. Eleanor estava todo esbaforido.

– E por que diz isso? – tentei entender.

– Ora, seu pilantra! Meu amigo Hugo não pode ouvir a voz de Eleanor e, pelo que reparamos, você, seu falso Hugo, pode. Então se prepare para morrer, Feiticeiro!

– Espere! – berrei. – É verdade, é verdade... Eu não conseguia ouvir a voz do rato. Mas agora eu posso. Não sou um Feiticeiro... Mas que loucura!

– Somente os seres que já conheceram Marshmallow podem ouvir minha bela voz – explicou o rato, estufando o peito no final da frase, todo pomposo.

– Saia dessa agora... – o gato desafiou.

Quando pensei em contar o episódio com os Feiticeiros, tudo começou a girar. O céu escurecido parecia ter sido manchado por uma tinta branca... Respirava rapidamente... Tontura. Apaguei.

Quando acordei, me vi deitado em um enorme sofá esverdeado de estofado macio. Havia almofadas apoiando minha cabeça; meus tênis repousavam alinhados sobre o tapete indiano. Tudo indicava que eu estava sendo bem cuidado, pois havia vários curativos e bandagens em meus ferimentos. Olhei ao redor. Era uma sala carregada de enfeites. Em cada um deles, ficava nítida a sensação de estar na casa de alguém muito importante e rico.

– Finalmente despertou. Já faz um dia que está desacordado... Bastante oportuno o seu desmaio, não é, Hugo? – disse o gato, que surgiu ao meu lado de repente. Estava sem a túnica, apenas usava seu habitual cinto de utilidades, e nele, preso na lateral, vi brilhar o meu pingente. Senti um aperto no peito. – Mas sabe, conversei com Eleanor, e chegamos à conclusão de que talvez você seja realmente o Hugo. Por isso o trouxemos para cá, mas não estará livre de nossas perguntas. Precisamos ainda averiguar...

[Silêncio.]

– Quem está cuidando de mim? – indaguei. Eu estava um pouco confuso. *Fiquei mesmo um dia desacordado?*, era o que pensava. As dores em meu corpo estavam bem latentes.

– Se eu lhe disser, duvido que acredite – supôs o Príncipe.

Mas o gato não precisou continuar, logo avistei o pequeno Eleanor arrastando pelo assoalho escuro uma pequena maleta branca com uma cruz vermelha na frente – pintada com tinta guache.

– Como está se sentindo? – perguntou o rato. – Por sorte encontrei meu antigo kit de primeiros socorros. Tem realmente muita sorte. Seus ferimentos já estão sendo tratados. Ainda tenho muito trabalho a fazer, todavia acredito que melhorarás.

– Obrigado, Eleanor. Mas será que não seria melhor procurarmos um médico? Não que eu esteja desmerecendo seus cuidados – falei, escolhendo bem as palavras para não magoar novamente o pequeno roedor –, mas talvez eu precise de tratamento mais sofisticado.

– Ora, de forma alguma, *monsieur*. Já cuidei de muitos ferimentos de meu amado Adir. Sou mais velho e experiente do que imagina. Li muitos livros de Medicina Tradicional Chinesa e tratamentos alternativos. Vou utilizar meus conhecimentos em Geoterapia nos ferimentos; já estou providenciando a argila. Assim, cicatrizarão mais rápido... É ótima para a pele. E ainda aplicarei acupuntura. Já detectei a desarmonia que está em seu corpo.

Fiquei estupefato. Provavelmente aquilo tudo ainda fazia parte de meus sonhos. Parecia impossível acreditar que aquele pequeno rato, além de falar, era um conhecedor da Medicina Chinesa. É claro que já havia me acostumado com o fato de existir outro mundo chamado Marshmallow, e sobre o Príncipe Gato, a Ampulheta e os Feiticeiros. Mas, mesmo assim, estava admirado. Por um lado foi um alívio não precisar entrar em um hospital.

– Mas devo lhe dizer, Hugo, que ao tirar seu pulso, digo, quando fiz a leitura energética e encontrei os órgãos e as vísceras que estavam com problemas, notei algo estranho, algo que nunca havia presenciado – contou o rato, preocupado.

– Você ouviu o gato dizendo que eu tinha câncer, lá em meu apartamento, deve estar se referindo a isso! – falei, quase certo de que era esse o motivo.

Eleanor pareceu envergonhado. Ficou algum tempo em silêncio e depois tomou a palavra:

– Você precisa descansar. Farei o meu melhor para lhe ajudar.

À medida que os dias se passavam, minha saúde fora se restabelecendo. Eleanor mostrava-se cada vez mais um grande conhecedor de medicina e assuntos diversos. O rato era claramente o arquétipo do sábio. Talvez fosse exagero meu, talvez não...

Fiquei um pouco apreensivo com o fato de estar a tantos dias em uma casa desconhecida. Mas Eleanor jurou que não havia problema algum, que o dono era seu conhecido, quase um pai para ele. Então acabei relaxando.

Não tardou para que o gato me interrogasse novamente; estava apenas esperando minha saúde melhorar um pouco. Notei que Eleanor também se interessava pelo caso, então não tive alternativa. Por um momento pensei em não lhes contar o ocorrido, mas, por fim, não vi motivos para tal e acabei narrando o que se passou.

– É só isso? – indagou o Príncipe, encafifado. – O Feiticeiro tirou seu sangue e depois se irritou?

– Sim. Foi estranho. Aquela planta sugou meu braço. Mas é, ele se irritou, não sei o porquê. Depois tudo aconteceu muito rápido e acho que fiquei um bom período desacordado, não sei lhes explicar exatamente o que ocorreu. Passei um tempo em completa escuridão, e outro mergulhado numa claridade imensa.

– O que acha disso, Eleanor? – falou o gato.

– Bem... Acho que o Hugo fez uma visita a Marshmallow.

– Pois é, isso já sabemos. Por isso que agora ele pode te ouvir. Mas, pergunto-me, por que os Feiticeiros teriam interesse nesse reles humano? Com todo o respeito, Hugo – disse o gato, fazendo uma reverência irônica para mim.

Essa era uma grande questão.

– Tenho minhas desconfianças – comunicou o roedor.

– Então diga... – precipitou o gato.

– Prefiro refletir antes. Ainda não estou muito certo. Mas, de qualquer modo, existe algo muito estranho no ar. E as confusões não pararão por aqui; podem escrever isso, senhores.

Minha relação com o Príncipe de Marshmallow estava melhorando incrivelmente. Tivemos várias conversas na semana seguinte. Rimos muitas vezes quando ele me contava a cara que os funcionários do supermercado faziam quando ele pagava pela comida, vestido com aquela túnica e aquela máscara branca. Fiquei imaginando a cena, e certamente as pessoas ficaram inibidas achando que aquele ser encapuzado era um ladrão, mas, ao verem-no pagando pelo alimento, tomaram-no apenas como um louco, ou uma criança arteira – levando em conta seu tamanho.

Em outros momentos, observei o Príncipe e o rato traçando muitas estratégias no papel, buscando os melhores caminhos para que pudessem seguir na busca pela Ampulheta do Tempo. Eles haviam contado tudo o que ocorrera no esconderijo secreto – dentro da Paineira do jardim. Falaram do relógio esquisito... Mostraram o desenho que haviam encontrado. Pediram minha opinião em vários momentos.

– E, quando o Príncipe colocou a semente da paina na sua pata, fiquei admirado. Ela começou a germinar imediatamente e em segundos havia se tornado uma pequena muda esbelta, e as raízes desceram pelos lados de sua pata rumo ao solo – contou certa vez o rato Eleanor. E esse acontecimento foi repetido por inúmeras vezes. É como um daqueles fatos importantes que ficam gravados na história... O gato, inclusive, tentara reproduzir o feito novamente, ali na sala, mas nada aconteceu à semente.

Minha alegria ao descobrir que no casarão havia um piano, ainda por cima de cauda, foi realmente grande. Fazia um bom tempo que eu não tocava. Era maravilhoso poder fazer aquilo. Cada nota que soava parecia uma lembrança surgindo em meu peito.

Aquela noite acabou me marcando. Na verdade, era um final de tarde; os raios vermelhos se espalhavam pelo céu azul-escuro e a grande lua cheia, que aumentava seu brilho, parecia me observar. A temperatura começava a esfriar aos poucos. Eu estava sentado ao piano...

– Mas, então, ela está viva? – indagou o gato.

– Sim; na verdade, eu espero que sim – fiz uma pausa. – Naquele nosso primeiro encontro, na pequena fonte do Parque Trianon, havia dito que você não poderia matar alguém que já estava morta, quando se referiu à pessoa da foto que está no meu pingente, lembra-se? Mas disse aquilo apenas para tentar protegê-la. Afinal, não o conhecia de fato. Mas agora posso lhe contar tranquilamente, pois vejo uma bondade escondida nesse seu mau humor.

– Acho que você devia procurá-la – opinou o Príncipe Gato com uma voz suave; não parecia surpreso pelas minhas revelações nem tampouco por lhe chamar de mal-humorado. – Mas esse pingente ainda fica comigo. Devolverei apenas no final de nossa jornada! – riu gostosamente.

Eu não sabia bem o que pensar. Olhava para aquela foto, lembrando-me daquele dia: ela estava tão linda, éramos tão felizes.

– Não sei. Talvez seja tarde demais.

– Talvez não.

– É que você não entende; acho que eu não teria muito tempo com ela. Às vezes acho que não seria certo por isso, você sabe que estou doente... E eu não saberia onde procurá-

-la, já faz tanto tempo! Talvez tenha mudado de endereço, esteja em outro país! – exclamei, meus olhos se encheram de água. – Acredito que nosso tempo tenha acabado. Embora eu não queira acreditar nisso.

– Ela nunca mais lhe procurou?

Balancei negativamente a cabeça.

– Talvez esteja esperando você fazer isso. E se ela estiver esperando para ser encontrada? – perguntou o gato.

Não sabia o que responder. Ele poderia ter razão. Mas...

– Vamos esquecer isso, ok? Quando encontrarmos a Ampulheta, poderei ter mais tempo de vida, como você me disse, então poderei procurá-la! – falei, guardando a foto no bolso da calça.

– Ah, sim, tinha me esquecido desse fato... – falou o gato com baixo volume na voz.

Comecei a tocar, na verdade, a compor. Uma música calma, com notas bonitas, em algumas partes um pouco melancólicas, noutras com umas passagens mais fortes e cheias de esperança.

Milhares de coisas passaram pela minha cabeça nos minutos que se seguiram à melodia. Quando acabei, o Príncipe levantou do sofá e colocou uma das patas no meu ombro:

– Um dia você irá encontrá-la.

Triste despedida

Príncipe Gato

– Estou com umas coceiras insuportáveis. Deve ser alguma pulga de Eleanor; eu já tinha falado para ele que um banho não lhe faria mal. Ainda mais tendo vivido naquele cemitério por tantos anos; haja fedor, não é mesmo? – desabafei para o Hugo. Estávamos sentados sobre a grama, no jardim.

O sol começava a se recolher lentamente; o céu ficou manchado de vermelho. Lembrei-me de Marshmallow – bateu uma saudade... lua e sol jamais se deixam nas minhas terras, as estrelas mergulham num tecido avermelhado, arroxeado e até lilás; sim, essas são as cores do "nosso" céu. Agora, aqui nesta cidade, neste mundo estranho, o céu é sempre azul e cinza. A mim não agrada – sou honesto.

– Precisamos agir. Já faz um bom tempo que estamos acomodados neste casarão. Como encontraremos a Ampulheta se ficarmos sentados? – indagou o humano.

– Você não está preocupado com as pulgas de Eleanor?

– Fala sério, gato. Não estamos brincando. Além do mais, essas pulgas devem ser suas. Por que culpa o pobre roedor? Achei que estava preocupado com seu mundo e aquele papo de fim dos tempos.

– E estou! – falei com veemência. Como aquele humano ousava duvidar. Minha relação com ele já estava mais amigável, se é que posso chamar dessa forma, mas questionar minha preocupação para com Marhsmallow... – Ah, vai plantar algodão.

Falando em algodão, havia algumas daquelas fibras brancas da paina espalhadas aqui e ali pelo gramado do jardim. Deduzi que a época de frutificação da Paineira logo tomaria seu mais alto nível e pintaria o chão com os chumaços fofinhos e as sementes. Por um momento me imaginei pulando, sem fazer cerimônia, sobre o suposto relvado branco, jogando para cima montes de algodão; e acabei indo mais além, imaginei Eleanor e Hugo entrando na brincadeira, correndo e se escondendo... Poderíamos criar uma espécie de neve artificial ou algo semelhante. Não dou a mínima para quem pensa que isso seria infantil demais, sério; mal resolvidos são aqueles que tendem a manter uma postura rígida o tempo todo, e ainda por cima guardam no fundo um desejo de ter aproveitado melhor a infância, e sem coragem de tentar recuperar o tempo perdido depois de mais velhos. Eu sou o Príncipe Gato. Muitas vezes tenho que manter uma postura mais "dura"; sei que sou grosseiro – admito –, mas preciso me impor, ora. E não consigo mais perder meu sarcasmo habitual e meus tons irônicos; é assim que faço a festa, digo, assim que vou vivendo. Mas queria dizer com isso que, apesar dessas minhas posturas, sou um ser vivo e tenho direito de extravasar e chutar o algodão para o alto se quiser, e arranhar as unhas no sofá, montar um castelo de espinhas de peixes e acampar por um longo período com a missão de colher cogumelos raros. Pelo menos lá em Marshmallow fazem isso sempre ou faziam...

– Você tem razão, Hugo, não podemos mais ficar parados. Temos de colocar o plano em ação. Os Marshmallianos acreditam em seu príncipe; não posso desapontá-los.

– Qual é o plano?

Cocei minhas orelhas e suspirei fundo. Aquele magrelo tinha razão: *Qual era o plano?*

– ELEANOR! – chamei, com um berro impostado.

Sem demora, eis que surge o rato. Ele vestia um pequeno avental bege. Segurava uma esponja amarela. Tinha bolhas de sabão até nas orelhas de abano. *Até que enfim, quem sabe ele não fica mais cheiroso e aquelas pulgas desaparecem?!*

– Pois não? Quem clama meu nome? – tomou a palavra o roedor, sempre com aquele tom típico da realeza.

– O que está fazendo, Eleanor? – Hugo perguntou.

– Perdão, *monsieur*, não compreendi sua singela pergunta. Poderia, por obséquio, refazê-la?

– Digo, está lavando louça?

– Ah, sim, com todo o respeito, meu rapaz, alguém precisa fazer isso, senão logo mais teremos de comer em pratos sujos.

Hugo ergueu as sobrancelhas, não pude deixar de notar. Estava claramente admirado.

– Eleanor, precisamos colocar nossos planos em ação! – falei, portanto.

– Planos? Perdoe-me, mas a quais se refere, Príncipe? – indagou o rato.

[Silêncio.]

– Ok, pelo visto vocês não têm plano algum, é isso? E todas aquelas conversas e anotações que fizeram? – Hugo investigou. – Foi tudo perda de tempo? Achei que já tínhamos todo um esquema traçado...

– Veja bem – começou Eleanor –, temo que possamos girar em círculos se tomarmos por base nossas conclusões até então concebidas em nossa causa. Ando bastante pensativo e creio ter nas mangas uma possibilidade mais plausível.

– Sim, e qual seria? – O humano inqueriu, antes que Eleanor prosseguisse.

– Temos de encontrar o filho de Adir Wosky. O empecilho é que não tenho a mínima noção de onde ele está morando. Ficou muito abalado com a morte dos pais e resolveu não morar neste casarão, nem alugar, nem ao menos vender... Pobrezinho...

– E qual é o nome dele? – Hugo indagou.

Neste momento, minhas orelhas captaram um som estranho. Quase um estrondo, como o barulho de um trovão.

– Shhhhhhhh... – pedi por silêncio, levando minha pata próxima de minhas bochechas. – Vocês ouviram isso? – Mexi meus bigodes rapidamente.

Hugo assentiu e completou:

– Acho que veio dali!

O humano apontava diretamente para a gigantesca árvore.

Instintivamente, puxei minha pistola do cinto. Poderíamos estar diante de algum ladrão, algum intruso, embora eu tenha consciência de que nós é que havíamos invadido a residência alheia. Mas, de qualquer modo, aquilo soava como uma invasão, uma ameaça para mim, e, consequentemente, para nós três.

Eleanor avançou, decidido, esgueirando-se entre a grama alta. Hugo deu uma leve hesitada, mas logo me seguiu, tomando assim a retaguarda. O som do vento e dos insetos predominou no local. Momentos de tensão. Fato. Fiz sinal para Eleanor parar e se esconder pela direita; para o Hugo, apontei para a esquerda. Segui pelo meio, bem na direção da passagem na árvore. Ouvi alguns gemidos lá de dentro que ricochetearam pelo oco da Paineira e escaparam para o jardim. Nós três nos entreolhamos e, naquele momento, senti que éramos um time. E, então, apontei para a abertura e deixei claro que entraria, em um, dois e três... Saltei para dentro da árvore. A arma empunhada. O coração acelerado.

Hugo despencou logo atrás de mim, caindo com estrondo no chão, mas se levantando rápido com a feição assustada e os punhos fechados – pronto para o combate. Eleanor logo se juntou a nós. E então tivemos a visão de nosso suposto invasor. Foi nessa hora que uma forte pontada no meu peito e estômago lancinou-me. Fiquei pálido. Tontura. A arma caiu de minhas patas. Certamente estava diante de um dos mais infelizes dias de toda a minha existência felina.

– SILEN!!!! – gritei extremamente desorientado. Corri em sua direção. – O que está acontecendo? Não posso acreditar.

Minha irmã! Diante de meus olhos!

Estava deitada sobre a mesa de Adir ou o que restara dela; parecia gravemente ferida. Aquilo não podia estar acontecendo.

– O que houve, irmã? – me apressei em saber. Ela apenas gemeu. Seus lindos olhos infelizmente me passaram desespero. E logo fui tomado por uma angústia ainda maior. Hugo e Eleanor apenas olhavam as cenas sem muito entender.

– Por favor, Silen, fale comigo! – implorei. Meus olhos encheram-se de água.

– O tempo... – disse ela com esforço e com baixo volume de voz. – Precisa correr! Cof, cof!

Não sabia como agir. Desespero total.

– Por favor, me ajudem – falei para os dois atrás de mim. – Eleanor, pegue seu kit de primeiros socorros. Façam alguma coisa.

– Escute – tornou a dizer Silen, tocando suavemente em minha pata –, não tenho muito tempo. Vim porque precisava lhe alertar, meu irmão... Cof, cof! Marshmallow está, cof, cof chegando ao fim. Precisa correr!

– Nós vamos lhe ajudar. Aguente firme, por favor – falei com a voz trêmula. – Eleanor poderá lhe curar.

Silen sorriu. Mas aquele seria seu último sorriso. Seus olhos fecharam-se para sempre.

– NÃÃÃÃÃOOOOOO! – berrei.

Hugo colocou as mãos sobre meus ombros. Eu apenas chorei. Logo Eleanor estava de volta, segurando a maleta de primeiros socorros, mas a deixou de canto quando se dera conta da situação. Chorei um pouco mais. Ele também me consolou.

– Não é justo – eu disse entre lágrimas.

– Muitas coisas não são justas, Príncipe – falou Hugo em tom suave. – Infelizmente, eu diria. E a maioria foge de nosso controle. Talvez cada um de nós tenha um destino. Às vezes eu penso assim.

– Minha irmã, minha única irmã, não podia ter morrido. Ainda mais aqui, neste mundo cinza – lamentei. Foi quando pensei em algo que me aterrorizou ainda mais, se é que isso era possível.

– O que foi? – Hugo perguntou, notando minha feição de extremo espanto.

– Silen se sacrificou por Marshmallow!

– É, ela veio lhe alertar, muito honrado...

– Não, você não entende. Ela realmente se sacrificou. Morrendo neste mundo não terá como sua alma renascer em nenhum outro ser vivo – eu expliquei, não querendo acreditar em minhas próprias palavras. – Sua alma se desfez para sempre.

– Não entendo muito bem, Príncipe. Você não me disse que cabia aos Feiticeiros o papel de "senhores da morte", que eles é que antigamente lidavam com essa questão de almas e renascimentos? Com todo o respeito, é claro, se sua irmã estivesse em Marshmallow, como poderia renascer em outro ser vivo, levando em conta que você me disse que a "função" dos Feiticeiros já não estava mais sendo aplicada? Que, como sabemos, abdicaram de suas responsabilidades, a meu ver, por causa da tal Ampulheta, de ganância ou seja lá o motivo que tenham?

– O que falou é verdade, Hugo. Os Feiticeiros realmente abandonaram essa função. Mas não lhe contei tudo. Mesmo que eles não cumpram com essa função, as almas dos seres que morrem em Marshmallow de qualquer maneira acabam indo para um lugar chamado Espaço-do-não-tempo, também conhecido por muitos de Crista-do-Galo, e de lá passariam por algum processo, eu não sei lhe dizer qual seria, para renascerem posteriormente.

– Hum, então qual é a necessidade da existência dos Feiticeiros? Digo, o cargo a eles incumbido?

– Bem – falei, limpando as lágrimas no avental que Eleanor me oferecera –, não tenho a compreensão total da existência, pra ser sincero, nem tenho todas as respostas. Só sei que os Feiticeiros foram encarregados de tal função, e a diferença é que com eles o renascimento aconteceria quase instantaneamente, sem a necessidade de uma longuíssima espera na Crista-do-Galo. E ainda poderiam ter uma chance de renascerem com a memória passada, embora muitos acreditem ser apenas um mito. Pois, não sei se sabe, dizem que quando os seres renascem suas memórias são apagadas...

– Então qual é a vantagem de renascermos se não nos lembramos de nada? Seria outra vida, apesar de ser a mesma alma, mas é como se não fosse... Entendem? – disse o Hugo, se esforçando para desvendar o mistério.

Não estava mais a fim de raciocinar. Eu não tinha respostas para aquilo. Por um momento, achei incrível minha mente ainda estar funcionando, respondendo àquelas perguntas do Hugo. Mas que suplício!

– O fato é que minha irmã se sacrificou. Minha Silen...

As pontadas no peito estavam longe de acabar. Eleanor notou que aquele assunto todo deveria, por ora, se encerrar – pelo menos foi o que me pareceu.

– Nada está perdido para sempre, meus queridos. A alma de sua irmã, Silen, encontrará uma saída deste mundo – Eleanor disse bondosamente. Eu realmente gostaria de acreditar naquilo. – E saibam que aqueles que por nossos caminhos passaram jamais nos deixarão sozinhos; guardamos suas memórias, e de certa forma seremos parte delas. Sempre haverá um fulgor eterno de lembranças, aconteça o que acontecer.

As palavras de Eleanor trouxeram um longo silêncio para dentro daquele buraco na árvore. Eu estava destroçado.

Simplesmente acabado. As forças pareciam jorrar para fora de meu ser e não acreditava que algum dia as teria novamente.

O relógio carrilhão girava alucinado, sem parar; o ponteiro maior no sentido horário e o menor no anti-horário. Aquilo soava como uma pressão psicológica ainda mais intensa. O tempo urgia – e isso não sairia da minha cabeça. No entanto, o que mais desejava era desaparecer para sempre.

Por um momento discordei de Eleanor. O pequenino sugeriu enterrar Silen no jardim, ao lado de Adir Wosky e Ágata Finnigan, mas meu coração desejava que minha irmã fosse enterrada nas minhas terras, de preferência nos domínios dos Felinos. Por fim acabei cedendo e concordando com a sugestão a mim oferecida. Estávamos longe do Buraco de Minhoca localizado no Parque Trianon, o único portal para Marshmallow que conhecia. E tempo era algo que eu não tinha.

Ouvi Hugo e Eleanor conversando ao longe – eles devem ter achado que minha audição aguçada não os conseguiria ouvir –, enquanto eu, sozinho por opção, cavava um buraco no jardim. Eles conversavam a respeito dos acontecimentos, sobre como era possível minha irmã ter aparecido na propriedade de Adir, mais especificamente dentro da árvore, no escritório secreto. Era uma questão realmente que me fez refletir; ela responderia também como Hugo havia surgido no jardim após ter tido seu contato com os Feiticeiros em Marshmallow. E a resposta, ou a teoria, veio – não poderia ser diferente – da boca de Eleanor. Ele disse: "Certamente temos aqui na propriedade outro portal de Marshmallow, isso é inquestionável. O fato de você ter surgido no jardim e a irmã do Príncipe dentro da Paineira, na minha opinião, sugere uma tese que eu há muito li em algumas anotações de Adir: os Buracos de Minhoca podem se deslocar. E, além do mais, alguns desses portais, acredito ser o caso deste, têm apenas uma "chave" de saída, ou seja, quem vier de Marshmallow por ele não poderá regressar, seria uma viagem sem volta. Como dizem por aqui: "uma passagem apenas de ida". E, portanto, nós daqui não poderíamos usá-lo para ir para as terras do Príncipe Gato. Para isso, precisamos de um portal que tenha a "chave de ida e volta". Não sei se fui bem claro; pode ser um pouco complexo, não desmerecendo sua inteligência, *monsieur*."

Assim que notaram que eu estava antenado neles, os dois resolveram entrar no casarão. Não queriam me chatear mais ainda com aquele tipo de conversa, pelo menos não no momento – foi o que senti.

Continuei no silêncio, cavando aquele buraco com as patas. Algumas estrelas surgiam aos poucos, aqui e ali, solitárias no negror do céu. Por um tempo incerto me senti sozinho, abandonado à própria sorte, com a dor da perda entalada na garganta, como uma gigantesca espinha de peixe. Não compreendia mais nada; a minha existência por momentos não fazia o menor sentido...

Deitei gentilmente Silen dentro do buraco no jardim, ajeitando suas patas ao longo do corpo. Acariciei suas orelhas pontudas mais uma vez, em seguida seu focinho miúdo.

As lágrimas eram impossíveis de frear. Com pesar, comecei a cobri-la com a terra úmida... Em seguida, caminhei para dentro do casarão e voltei com uma tigela de leite fresco, colocando em cima da terra, onde Silen jazia. Desejei, mais como um pedido: *Se, quando o dia amanhecer, este leite não estiver mais aqui, é porque você, minha irmã, conseguiu encontrar o caminho de saída da terra dos mortos deste mundo cinza.*

Um gélido vento soprou, fazendo a velha Paineira ranger e balançar. Senti algo estranho. Aquela árvore tinha, com certeza, um enorme mistério. Parecia mais viva do que qualquer ser vivo. Conforto – foi o que ela me passou.

Suspirei fundo. Permaneci ali em pé por sabe-se lá quanto tempo. Estava começando a ficar esgotado.

Só me lembro que Eleanor veio ao meu encontro e amigavelmente falou:

– *Per favore, amico, io ti metterò a dormire.** Está fazendo um frio de ranger os dentes, vai acabar ficando resfriado. Precisamos de você inteiro – ele sorriu com seus dentões. – Hugo está nos preparando um chocolate quente. Disse-me que era uma de suas especialidades. Vamos!

Per favore, o quê?! – Ah, tanto faz.

Caminhei ao lado de Eleanor para dentro do casarão. Um pouco antes de entrarmos ele me parou e acrescentou:

– Tudo ficará bem!

---

* Por favor, amigo, vou colocá-lo para dormir (tradução do idioma italiano) (NA).

O verdadeiro herdeiro

Eleanor

Era noite e fazia um frio de congelar os ossos. Meu pequeno focinho estava mais gélido do que um picolé de limão. Esta cidade estava a cada dia mais maluca. Verão, inverno, outono e primavera não tinham mais época certa para se manifestar. O Hugo estava deitado em um sofá, o Príncipe se acomodara enrolado em uma poltrona confortável e eu em uma almofada aconchegante. *Pobre Príncipe!* Estávamos todos exaustos com os fatos terríveis e recentes. Não é nada fácil perder um ente amado – por essa experiência eu já havia passado.

Estávamos todos pegando no sono. Muitas coisas passavam por minha cabeça; muitas responsabilidades, muitas hipóteses, muitos sentimentos em meu peito. Estava refletindo a respeito do forte interesse dos Feiticeiros no Hugo. *¡Pero que realmente fascinante! ¿Qué mi señor Adir Wosky pensaría ahora?** Tenho suspeitas, mas algo ainda não se encaixava na história... Tratar-se-ia de mera confusão? Mas por que Hugo? O que havia levado os astutos Feiticeiros a Hugo? Refletindo profundamente, acabei pegando no sono.

Comecei a sonhar. Vivia na mansão e meu senhor estava vivo, acompanhado de sua amada Ágata. Éramos todos felizes.

---

* Mas que fascinante! O que meu senhor Adir Wosky pensaria agora? (tradução do idioma espanhol) (NA).

Havia um monstruoso banquete à mesa; Adir era sempre generoso. O Príncipe Gato estava presente também, sentado em uma das cadeiras e conversando com Ágata. Havia bem diante de meus olhos um pires recheado de queijos de todas as partes do mundo. Ma che meraviglia! Quale ricchezza di sapori![*] *Havia comida para me deliciar por três meses. Meus olhos brilharam ao vislumbrar uma vigorosa fatia de queijo de alce, um dos mais caros do mundo. Peguei um pedaço e mordi com vontade. Após saboreá-lo demoradamente em minha boca, engoli. Foi então que algo estranho começou a acontecer. Minha barriga passou a revirar, senti uma dor lancinante por todo o meu corpo. Caí de costas na mesa. O que estava acontecendo? Foi então que compreendi; havia sido enganado.*

– Fui envenenado!

Rapidamente, Adir, Ágata e o Príncipe ganharam nova forma, sua real forma: eram feiticeiros disfarçados. Eles riam de meu sofrimento.

– Bastardos! Vocês me pagam!

Logo começaram a surgir incontáveis bonecos de pano pela sala. Era um pesadelo terrível! Estava suando frio, o que fazer?

– Adeus, rato insignificante. Não há nada que possa fazer, desista de lutar por sua vida. Ela chegou ao fim, e seus amigos serão os próximos!

BBBaaaaammmmmmm!

– Que foi isso? – gritei.

Havia acordado de meu sonho. Meu corpo estava molhado de suor. Minha cabeça latejava um pouco. Porém,

---

[*] Mas que maravilha! Quanta riqueza de sabores! (tradução do idioma italiano) (NA).

aparentemente o barulho que havia escutado era real, pois notei que o Príncipe e o Hugo também haviam se levantado, assustados. Olhei para o relógio carrilhão recostado a uma parede: eram 23h. O que podia ser a uma hora destas? Logo notei que tanto o Hugo como o gato me observavam como se esperassem que eu tomasse uma atitude. Ora, só porque sou menor e mais imperceptível não significa que deva ser sempre eu a correr o risco. Sem muita paciência para discutir, corri pelo chão em direção à entrada da casa, sempre me escondendo de tempos em tempos por detrás de algum objeto. Foi quando notei um vulto se aproximando. De início não soube distinguir, mas logo pude notar de quem se tratava. Conhecia aquela pessoa, e revê-la me trouxe grande alívio e emoção. Fiquei petrificado, o que foi um grande erro; esqueci de voltar para avisar os dois. Logo ouvi a voz de Hugo, que se aproximava.

– Eleanor? Você está aí? Está tudo bem? O que era o barulho?

Tudo se passou em uma questão de segundos, não tive como agir. O homem ouviu a voz e se escondeu atrás de uma parede. Revirou o interior de uma maleta procurando por algo. Então o Hugo surgiu à minha procura. Neste momento entendi o que aquele senhor buscava fervorosamente em sua mala: um *spray* de pimenta. Hugo não teve a menor chance de reagir; Edgar espirrou a maior quantidade de *spray* em seus olhos que fora capaz.

– Ahhhhh!!! Pare!!! – Hugo gritou.

– Seu ladrão desgraçado! Vou chamar a polícia! Vai aprender a não violar a residência alheia!

Hugo esfregava freneticamente os olhos quando, para piorar a situação, Edgar acertou-lhe uma joelhada no meio das pernas. Hugo caiu de joelhos, gemendo dolorosamente. Neste momento, vi mais adiante o Príncipe surgir com a pistola em suas patas, pronto para atacar, para defender Hugo; porém acenei freneticamente para ele parar. Por sorte o recado foi entendido.

– Ei, espera um instante... Conheço você! – Edgar exclamou enquanto pegava seu celular para ligar para a polícia. – É o rapaz que trouxe minha carteira ano passado!

– Edgar? – Hugo perguntou, tentando inutilmente se recuperar do chute e do *spray* nos olhos.

– Que está fazendo aqui, rapaz? Anda me perseguindo, é? O que quer de mim? Fale antes que ligue para a polícia!

– Ai... Espere! Não precisa ligar para a polícia! Não estou lhe seguindo. Tudo não passa de um mal-entendido – Hugo respondeu pausadamente, enquanto se levantava.

– Ah, um mal-entendido, é? Acho bom que tenha uma ótima explicação para estar em minha casa, e rápido!

– Sua casa?

– Sim, minha casa! E isso não é da sua conta! O que faz aqui?

– Mas o senhor não mora no Brás?

– Ora, mas que enxerido. Estou perdendo a paciência com você. Moro no Brás por opção. Esta é a casa de meus pais, porém prefiro viver lá. Agora seu tempo se esgotou, vou chamar a polícia.

– Não! Espere!

[Silêncio.]

– O senhor é filho de Adir Wosky e Ágata Finnigan? – Hugo perguntou.

Ele havia falado as palavras-chave. Fiquei tenso, estático. Não conseguia mover nenhum músculo, apenas ouvia a conversa entre os dois.

– O que sabe a respeito de meus pais?! Quem é você, afinal?

– Senhor Edgar, acredito que temos muito o que conversar... Se me der a chance...

– Eu acho bom que suas desculpas sejam no mínimo plausíveis, rapaz.

– Posso apenas lavar meu rosto antes?

Cinco minutos depois, Hugo havia lavado o rosto na tentativa de atenuar parte da latência em seus olhos, sendo vigiado o tempo todo por Edgar. Ambos estavam agora sentados no sofá onde há pouco Hugo repousava. Eu acompanhava tudo, tentando não ser descoberto, o que era mais fácil para mim do que para o gato, que também tentava se manter por perto.

– Agora diga! O que faz na casa de meus pais?

– Bom, será uma longa história... E bem maluca também.

– Sou idoso, já tive que ouvir longas histórias antes. E nenhuma tão longa quanto minha própria história que escrevo há oitenta e dois anos. Portanto, pode começar.

– Tudo bem. Começa quando fui a uma livraria na Avenida Paulista e acabei conhecendo alguém, digamos diferente.

– Continue.

– Pois bem, na noite em que apanhei sua carteira na rua, estava na realidade indo conhecer esse novo amigo.

– E?

– Esse amigo me contou que não era de São Paulo, e que o local onde vivia estava passando por grandes apuros. Pediu minha ajuda, ou melhor, me intimou a ajudá-lo – Hugo falou em tom de leve provocação. Olhei para o Príncipe e este soltou uma leve risadinha.

– Tudo bem, e quando essa história irá explicar o fato de você estar aqui?

– Calma, o senhor irá compreender. Precisávamos encontrar um objeto, porém meu amigo chamaria muita atenção andando pelas ruas. Por esse motivo pedi ao senhor que fizesse uma túnica.

– Daquele tamanho? Quem era seu amigo, uma criança? E por que chamaria muita atenção?

Percebi que o gato não pareceu gostar muito desse comentário. Torceu o rosto como se sentisse que alguém havia afrontado sua imponência e poder.

– Sim, ele é do tamanho de uma criança. Chamaria a atenção por ser, digamos, diferente.

[Breve silêncio.]

– Bom, no dia em que lhe entreguei a carteira eu não sabia, mas estávamos nos tornando cada vez mais profundamente ligados.

– Nós dois? É uma piada? Algum tipo de gozação barata?

– Não, de maneira alguma, senhor. Meu amigo veio de um lugar que seu pai, Adir Wosky, conhecia muito bem. Há poucos dias eu acabei conhecendo também. Na busca pelo objeto, esse meu amigo acabou conhecendo outra pesso... hã, quero dizer, como poderia me expressar, outro elemento, que era amigo íntimo de seu pai.

ELEMENTO? Ora, mas que ultraje! *Monsieur, qui manque de traitement!*[*] Nunca fui tão insultado! Esse Hugo não

---

* Senhor, mas que falta de trato! (tradução do idioma francês) (NA).

tinha a menor habilidade com as palavras mesmo! Um primata rudimentar e precário no trato da língua. Ora...

– Foi justamente esse elemento que nos trouxe à antiga casa de seus pais, na busca por pistas do que procuramos.

– Ora, e vocês se acham no direito de ocupar minha residência? Como entraram? Quem é essa pessoa tão amiga de meu pai que acha que pode invadir sua antiga casa?

– Bom, Edgar, terei que entrar em assuntos um pouco mais, vejamos... Complexos e quiméricos.

Quiméricos? Bom, retiro o que pensei sobre o Hugo. Ou será que ele está consultando um dicionário?

– Seu pai, Edgar, alguma vez lhe contou histórias a respeito de um mundo diferente? – Hugo perguntou.

Observei atentamente as feições de Edgar mudarem um pouco; parecia incomodado com a pergunta.

– Sim, meu pai contava diversas histórias malucas, mesmo com minha total reprovação. E o que isso tem a ver? Como sabe dessas coisas?

– Pois bem... Vamos chegar a esse ponto. Alguma vez ele lhe contou sobre Marshmallow?

– Quem é você rapaz? Por um acaso faz parte de alguma seita que ele frequentava também?

– Garanto-lhe que nunca fui partidário de seita alguma e que em um primeiro momento minha reação foi exatamente a mesma do senhor com seu pai.

– Ok, então agora você me dirá que tudo o que ele me contava é realidade, estou certo?

[Silêncio.]

– Meu amigo de proporções diminutas é na realidade um gato falante de Marshmallow. E seu novo amigo é uma criação de Adir; pode-se dizer que seja seu irmão. É um rato extremamente inteligente, chamado Eleanor.

Confesso, neste momento fiquei comovido. Meus olhos marejados de lágrimas. Afinal, ele reconhecia algumas de minhas grandiosas habilidades, modéstia à parte.

– Você andou tomando *ayahuasca* rapaz? Para mim chega, vou ligar para a polícia e pedir que mandem algum representante do hospício junto. O que infelizmente nunca tive coragem de fazer com meu pai, terei a bondade de fazer com você. Irá me agradecer por isso um dia, quando estiver tratado e compreender os absurdos que disse – falou exasperadamente, enquanto pegava seu celular.

– Edgar, espere! Seu pai nunca teve meios para lhe demonstrar a veracidade do que dizia, porém hoje posso lhe comprovar.

– Você tem três minutos antes que eu de fato ligue à polícia! – Edgar falou após refletir um pouco.

– Seu pai nunca teve como lhe provar porque Eleanor, a única prova viva que havia para se fazer compreender, tem uma peculiaridade. Eleanor é um rato falante, porém só pode ser ouvido por quem já esteve em Marshmallow antes. Sendo assim, o máximo que você veria é um rato comum e teria a maior convicção de que seu pai era louco. Porém, eu tenho como lhe mostrar algo que fará acreditar em mim: um habitante de Marshmallow que poderá lhe confirmar tudo o que tenho dito.

[Silêncio.]

– Edgar, apresento-lhe o Príncipe Gato de Marshmallow!

Tensão! Eu estava petrificado. Borbulhava adrenalina em minhas veias. Olhei para o gato. Ele havia compreendido que era o momento de aparecer para mais alguém deste mundo, embora parecesse ligeiramente receoso. Ele finalmente projetou alguns passos para fora de seu esconderijo, caminhando para frente do sofá, onde estavam Hugo e Edgar.

– É uma honra conhecê-lo, Edgar, herdeiro do saudoso Adir Wosky! – O Príncipe cumprimentou em cortejo.

Raízes anciãs

Príncipe Gato

– Aaaaaaahhhhhhhhhhhhhh!!!

Foi tudo muito rápido. Edgar se assustou. Sacou repentinamente o *spray* de pimenta para me atacar, porém eu estava preparado. Puxei rapidamente minha pistola, pronto para apertar o gatilho e desfigurar o rosto de meu oponente com ácido.

– Nem pense! Abaixe a arma! – gritei ofensivamente.

– Esperem! Os dois! Acalmem-se, por favor! – Hugo pediu nervosamente.

Estávamos nos encarando sem piscar e sem baixar nossas armas.

– Que espécie de brincadeira é essa? – Edgar perguntou a Hugo. – Você pediu para uma criança se fantasiar apenas para me convencer? Acha que sou burro? Péssimo gosto!

Não gostei nada do que ouvi, posso afirmar. Minha vontade de apertar o gatilho era grande, porém algo me segurava, afinal estava diante do filho de Adir Wosky, e isso impunha certa carga de respeito.

– Receio lhe informar, Edgar, mas não é uma brincadeira; muito menos uma criança fantasiada. Por que vocês dois não abaixam suas armas para que possamos conversar de forma civilizada? – Hugo pediu.

Contudo, nós dois estávamos obstinados a nos enfrentar. Ninguém ameaça o Príncipe de Marshmallow e sai ileso. Não iria baixar a guarda assim tão fácil.

Edgar me mirava curioso. – Estaria bolando uma estratégia de ataque? Porém, após cerca de um minuto de muita tensão, o filho de Adir se pronunciou:

– Você é um habitante de Marshmallow? – inquiriu, desconfiado.

– Sou o Príncipe de minha geração e estou aqui em busca de salvação para meu povo – respondi ainda secamente, não deixando de apontar minha pistola para sua testa.

– Salvação?

– Sim, o mesmo que seu pai ajudou a fazer no passado eu devo fazer em meu tempo!

– Você conheceu meu pai?

– Infelizmente não, porém apreciaria ter tido a honra. Seu pai é um homem muito respeitado em minhas terras até os dias de hoje. Contudo, vivemos em épocas distintas.

– Pois bem... De que cor é o céu de Marshmallow? – perguntou em tom de desafio.

Ora, mas que pergunta estúpida era aquela? Um humano me testando para descobrir se conheço a cor que tem o céu em meu mundo? Que desaforo!

– Tons de vermelho, laranja e roxo.

– Hum... E o que acontece quando se entra em contato com um Flip?

Curioso! Apesar do tom ridículo de desafio, essa pergunta havia sido interessante. Aquele humano sabia o que era um

Flip! Ao que me parece, Adir não deixara seu filho na completa ignorância.

– Quem entrar em contato com o veneno do Flip terá uma das mais terríveis mortes possíveis em Marshmallow. Deseja que entre em detalhes a respeito do que ocorre?

Neste momento surpreendi-me: Edgar lentamente baixou guarda e guardou seu *spray*.

– Não será preciso... – ele respondeu.

Não tive alternativa senão dar trégua e tirar minha pistola da direção de seu rosto.

– Ótimo! Perfeito! Muito obrigado aos dois! – Hugo agradeceu e pude notar seu alívio. – Agora, alguém poderia me dizer o que é um Flip? – indagou, porém sua pergunta foi ignorada por todos.

– *Finalement la paix! Au moins un peu de trêve.** Ufa! *¿Quién sabe ahora no podemos hablar tranquilamente?*** – ouvi Eleanor exclamar. Mas que porcaria aquele rato estava falando? Acha que os outros são obrigados a compreender outras línguas? Nem deste mundo sou! Não entendo por que os seres daqui falam tantos dialetos diferentes. Não seria muito mais fácil se todos falassem o mesmo idioma, como em Marshmallow?

– Edgar, você, assim como eu, sabe que não se trata de uma fantasia – Hugo continuou, após ouvir as palavras de Eleanor. – Entendo como é difícil compreender, afinal passei pelo mesmo momento que está passando. Mas está na hora de aceitar que seu pai falava a verdade.

---

* Finalmente a paz! Pelo menos um pouco de trégua. (tradução do idioma francês) (NA).

** Quem sabe agora não podemos conversar tranquilamente (tradução do idioma espanhol) (NA).

[Silêncio.]

– Impossível... – Edgar suspirou.

– Nada mais creio ser impossível, meu caro Edgar. Meus parâmetros da realidade mudaram drasticamente nos últimos meses – Hugo continuou.

– Seu pai foi um homem muito respeitado em meu mundo! – falei, com notas de admiração na voz. – Eu diria que seus feitos são quase inigualáveis.

– Pois bem, uma última pergunta então...

– À vontade – respondi, embora não estivesse com muita paciência para responder perguntas.

– Qual é o maior medo de um Feiticeiro? Ou seja, qual seu maior ponto fraco?

Olhei para Hugo e para Eleanor e ambos pareciam tão espantados quanto eu.

– O senhor conhece os Feiticeiros? – Hugo perguntou, espantado.

– Não pessoalmente, óbvio. Nunca havia confirmado a existência de nada de Marshmallow. Porém, meu pai contava muitas histórias, que, para mim, mais pareciam alguns contos de fadas de um velho bastante criativo.

– Não sou um conto de fadas! Sou real!

– Sim, agora começo a entender...

– Mas se houve uma pessoa que conheceu a fraqueza dos Feiticeiros, a única pessoa possível é Adir Wosky. Não sei lhe responder! Mas, por favor, diga-nos, você sabe? Ele lhe contou?

– Sim!

Inacreditável! Estávamos prestes a conhecer a única forma de vencer os Feiticeiros. Quando soube da morte de Adir, minhas esperanças foram por água abaixo, contudo agora a adrenalina voltava a correr por minhas veias.

– Mas então o que está esperando? Conte-nos! – Hugo se desesperou.

Neste momento, ouvimos um grande barulho do lado de fora da casa. Edgar se levantou e eu o acompanhei até o batente da janela, porém não havia ninguém do lado de fora.

– O que é aquilo? – Edgar perguntou apontando em direção ao jardim.

A majestosa e milenar Paineira estava se mexendo lentamente, porém de uma forma incomum para as árvores daqui; parecia se contorcer de leve, como se algo a incomodasse. Se estivesse em Marshmallow não me espantaria tanto, mas aqui?!

– Nunca vi essa árvore agir dessa forma! O que está acontecendo? – Edgar perguntou, porém eu não tinha respostas.

De fato notei há certo tempo que aquela não era uma árvore comum. O evento dentro do escritório havia comprovado isso. Mas nunca vi algo como aquilo. Sentimos uma forte brisa de arrepiar os pelos, vindo do jardim e entrando pela janela; então decidimos fechá-la.

– Eleanor, tem ideia do que pode estar acontecendo à Paineira? – perguntei curioso.

– Não faço ideia, *monsieur*. É de fato muito estranho. Talvez devêssemos averiguar de perto.

– Eleanor? – Edgar perguntou, confuso. – Com quem você está falando? O nome dele não é Hugo?

Neste momento Edgar notou Eleanor em cima do encosto do sofá.

– Um rato! Hugo, não se mexa! – Edgar ordenou, pegando um livro pesado de uma estante e se preparando para esmagar o pobre roedor.

– Nãããooooo!!! Espere! – gritei.

Porém, ao pegar o livro e preparar o golpe, Edgar parou momentaneamente.

– Espere um pouco... Eu o conheço! O hamster do meu pai!

Olhei para Eleanor e ele parecia perplexo e sem ar, ofegante. Logo percebi que a adrenalina não era por conta de quase ser esmagado.

– Nã... o... posso... ac... acre... ditar...

[Breve silêncio.]

– RATO?! – Eleanor exclamou esbaforido, após recuperar pouco de seu fôlego. – HAMSTER? Palavras estas vindas do filho de meu mestre?! I-NA-CRE-DI-TÁ-VEL!

Aquele rato era simplesmente inconcebível! – pensei com meus botões. Botões? Que botões? Bom, de pouco importa. O fato é que Eleanor quase virou uma panqueca peluda e entrou em estado de choque porque haviam-no chamado de rato? Ora, e o que ele esperava? O que ele achava que era, na realidade?

– Mas como você está vivo, Eleanor? Um ser da sua espécie não vive tantos anos!

Olhei para meu amigo de bigodes bem cuidados e notei que ele havia fechado a cara para Edgar. Não que isso fizesse diferença, já que, mesmo que respondesse, o velho filho de Adir não seria capaz de ouvir.

– Na realidade, Eleanor esconde mais mistérios do que você imagina, Edgar – Hugo esclareceu brevemente.

– Como as...

– Pessoal, não vamos perder nosso foco – falei, cortando Edgar e tomando as rédeas da situação. – Precisamos averiguar o que há de errado com a árvore... Mas antes, diga-nos, Edgar: qual é o ponto fraco dos Feiticeiros?

– Eu não sei ao certo, meu pai nunca me contou diretamente, porém me deu uma dica certa vez.

– E qual seria essa dica? – Hugo insistiu.

– Ele me contou que o que os Feiticeiros mais temiam era justamente aquilo que eles melhor dominavam.

[Silêncio.]

– Mas não sei o que ele quis dizer com aquilo – Edgar continuou contando.

– Bom, eu também não saberia dizer assim de cara – respondi com sinceridade. – Mas teremos de pensar nisso depois. Ao menos temos uma grande pista para descobrir como derrotá-los. Agora vou até a árvore averiguar o que está acontecendo. Alguém gostaria de ir junto? – perguntei torcendo para ao menos uma pessoa responder afirmativamente. Não que eu tivesse receio de ir sozinho, não é isso, mas saber que ninguém estaria ao meu lado não seria muito animador.

Para meu contentamento, Edgar acenou afirmativamente com a cabeça, e em seguida Hugo. Olhei para Eleanor e ele também afirmou positivamente, embora fizesse questão de deixar claro o quanto se mantinha aborrecido.

Poucos minutos depois estávamos todos no interior da árvore. A Paineira havia parado de se contorcer. Edgar parecia ligeiramente incomodado de voltar àquele local.

– Estar aqui me traz muitas lembranças de meu pai – afirmou. – Eu não entrava muito neste escritório, não me sentia bem. Mesmo assim...

A primeira coisa que me chamou a atenção foi o relógio, que parou de trabalhar loucamente – na realidade, ele estava quebrado. Será que os ponteiros não haviam resistido aos intermináveis e acelerados giros? Edgar começou a analisar os detalhados desenhos de seu pai.

– Gato, aparentemente não há nada de errado aqui! – Hugo afirmou. De fato, tudo parecia no lugar.

– Quem é este ao lado de meu pai? – Edgar inquiriu, apontando para um desenho. Todos nós nos debruçamos sobre a mesa onde ele estava.

A imagem representava Adir ao lado de Fiurin, de frente para uma caverna em uma planície. O fauno estava tocando sua flauta e algumas pedras pareciam se mover. Não saberia dizer se estavam em Marshmallow ou neste mundo, há milhares de anos.

– Este é Fiurin Sianor, um dos maiores Príncipes que Marshmallow já conheceu.

– Hum... Um fauno? – indagou Edgar.

– Sim! – respondi.

– Mas há algo errado aqui!

– Como assim? – perguntei absorto.

– Faunos tocam flautas de bambu, não?

– Sim... Mas fale logo, o que encontrou?! – questionei, perdendo a paciência. Notei que Eleanor estava analisando curioso o desenho. Parecia ligeiramente incomodado por terem percebido algo que ele mesmo não foi capaz de notar. Como não tínhamos reparado naquele desenho antes?

– Hugo, veja se ainda há uma lupa na segunda gaveta dessa mesa!

Hugo apressou-se e logo entregou uma lupa ao Edgar, que passou a analisar o desenho mais atentamente.

– Não é uma flauta que o fauno está tocando! É outro objeto.

– Dê-me esse desenho e essa lupa! – exclamei. – Deixe-me ver de perto.

Aquele humano estava certo. Era um detalhe quase imperceptível no desenho. Realmente não era uma flauta que Fiurin estava tocando. Adir era realmente um homem muito perspicaz. Escondera durante muitos anos uma pista de forma quase imperceptível.

– As pedras parecem se mover no desenho, como se estivessem dando passagem aos dois! Esse deve ser o local onde está a Ampulheta! E algo nesse objeto deve ser a chave! – concluí animado.

– Impressionante! – Eleanor afirmou.

– Finalmente estamos fazendo algum progresso! – Hugo concluiu. Aquele comentário era totalmente dispensável.

Edgar tomou o desenho novamente de minha mão e continuou a analisá-lo.

– Mas ainda há dois problemas: onde encontrar esse bendito objeto, e onde está a entrada para o esconderijo da Ampulheta?!

Ao término de minha frase, todo o ânimo que tinha brotado em meu peito pareceu desvanecer como o leite escorrendo de uma tigela furada. Notei que Hugo e Eleanor demonstraram desânimo também.

– Acho que posso ajudá-los! – disse Edgar.

– QUÊ?! – perguntei perplexo.

– Sim... Eu conheço esse objeto!

– Não acredito! – Hugo exclamou.

– Meu pai me entregou um presente antes de falecer... Disse-me que era o pertence mais valioso que ele possuía. Na época desacreditei, achei que fosse mais uma das loucuras de sua cabeça. Afinal, para um homem que possuía casas e riquezas, que valor possuía um simples objeto de madeira?

[Silêncio.]

– Hoje finalmente compreendi o que ele quis dizer anos atrás. De fato, este é o pertence mais valioso que ele podia me deixar. Afinal, seu valor não pode ser medido com dinheiro nem com riquezas mundanas. Esse objeto possui o valor de salvar milhões de vidas, e nada pode ser mais precioso do que isso – concluiu sabiamente Edgar.

Não fosse pela ansiedade borbulhando em meu peito, confesso que lágrimas poderiam ter escorrido de minha face. Porém, a urgência de minha situação e as recentes lembranças do evento com minha irmã me faziam não querer perder tempo.

– Mas onde está esse objeto? Diga-nos! O tempo urge! Vidas estão em jogo! – Hugo se exasperou.

– Guardei-o em minha casa. Não está aqui.

– Você tem que nos ajudar! Precisamos dele! – falei.

– Façamos o seguinte... Vou buscá-lo! Vocês me esperam aqui!

– Como saberemos que não está mentindo? Como posso ter certeza de que não fugirá com o objeto, agora que sabe de seu valor? – questionei.

– A importância que ele tem só existe se bem utilizado, Príncipe, senão de nada valerá. E o mínimo que posso fazer para honrar meu pai, após uma vida de descrença de sua palavra, é ajudar a salvar o mundo que ele tanto amou.

Tudo bem... Foram sinceras suas palavras. Não havia como duvidar. Podia sentir isso. Notei essa vontade – de um filho desejando se orgulhar do pai. Teria de confiar.

– Ok, Edgar, vamos esperá-lo no casarão – Hugo falou, quebrando o silêncio.

– Combinado. Não irei demorar muito. Dentro de poucas horas estarão em posse da chave de que tanto necessitam. Acho que foi por isso que meu pai a deixou comigo. De alguma forma devia saber que iríamos nos encontrar.

Olhei para a mesa – ou o que ainda restava dela –, lembrando-me de minha irmã, à beira da morte, sacrificando-se duramente para me alertar, para salvar Marshmallow. Que felina corajosa! Com essas lembranças todas, não consegui pronunciar nada mais além das poucas palavras que se sucederam:

– Edgar?! Por favor... Não demore...

Estávamos sozinhos no escritório havia poucos minutos. Eleanor ainda analisava calmamente os desenhos de seu mestre. Não me sentia muito bem dentro daquele lugar; minha barriga dava reviravoltas como se eu tropeçasse e rolasse montanha abaixo nas colinas de Marshmallow. Não que isso tenha algum dia ocorrido, mas imagino como seria desagradável. Contudo, Hugo e Eleanor estavam tão atentos e silenciosos que não reuni forças para sugerir nossa saída. O que foi bom, pois o que ocorreu nos momentos seguintes mudou o trajeto de nossa história. Notei que o magrelo se assustara com algo.

Estava apontando em direção ao antigo relógio e sua boca mostrava-se semiaberta; parecia perplexo.

– O que foi, bunda-mole? – perguntei sem paciência. A imagem daquele humano às vezes me tirava do sério.

– Há algo estranho nesse relógio... – respondeu.

– Do que está falando? Deixe-me ver...

Desaparecido

Príncipe Gato

Aproximei-me de onde Hugo estava, enquanto ele abria uma estranha portinha no pilar do relógio carrilhão. Eleanor se interessou também e perdeu seu foco dos desenhos.

– Há uma arma aqui! – Hugo expressou-se atônito. – Mas...

Neste momento, não deixei Hugo terminar de falar; dei--lhe um chute nas canelas e o empurrei para o lado. Tinha que conferir o que era. Logo que vislumbrei o interior do relógio, impressionei-me com o brilho que aquele artefato emitia e pela riqueza de seus materiais. Não era à toa que o humano estava boquiaberto. Era uma adaga prateada com rubis e jades incrustados. Havia fios de ouro adornando seu punhal. Fascinado por sua beleza, quase hipnotizado, eu diria, logo movi minha pata na intenção de apanhá-la.

– Meleca!!! Droga!!!

Larguei imediatamente aquele objeto maldito.

– Minhas almofadinhas!!! Este negócio queima! Maldição!

– Está vendo! Isso que dá ser apressado! Da próxima vez irei chutar suas canelas também! – Hugo respondeu, colocando as mãos nas pernas. – Deixe-me ver isso.

– Cuidado! Não sabemos o que este artefato pode fazer, nem de onde provém – Eleanor afirmou de forma sombria.

Mesmo assim, Hugo, em um raro momento de coragem, porém com óbvia cautela, encostou de leve no punhal da adaga, removendo imediatamente sua mão.

– Ei, mas ela está fria! Por um acaso essa é mais uma de suas brincadeiras, gato? – Hugo inquiriu, pegando a adaga em suas mãos e contemplando-a próximo dos olhos.

– Impossível! Deixe-me ver de novo! – afirmei incrédulo enquanto Eleanor cutucava o focinho com seus dedos miúdos.

Logo percebi que não deveria ter pegado a arma novamente.

– Aaaaiiiiiii!!!

– Que estranho. Você realmente não consegue tocá-la, gato? Quando a toco sinto o metal frio como qualquer lâmina! – Hugo falou.

– *Magnificent!** – Eleanor exclamou, surpreso. – Realmente impressionante.

– Impressionante coisa nenhuma! Como eu, Príncipe de Marshmallow, salvador dos novos tempos, não consigo pegar esta bendita adaga e o cabeçudo consegue?

– Olhe, tem algo escrito no punhal! – Hugo exclamou.

Temendo novas queimaduras em minhas almofadinhas, não tentei pegá-la novamente, porém observei curioso enquanto Hugo anunciava sua descoberta:

– Adir Wosky!

– *Mamma mia!*** Mais um mistério que Adir nunca me revelou! Quantos segredos meu amo guardava! Estou estupefato! – Eleanor expressou-se, enforcando-se com seu próprio rabo, em uma clara representação de sua indignação, como se

---

* Magnífico! (tradução do idioma inglês) (NA).

** Meu Deus! (expressão adaptada do idioma italiano) (NA).

estivesse se sentindo menos importante ou menos confiável para Adir. Posso estar enganado, mas essa foi minha impressão.

– Por que estava guardada neste lugar? – Hugo levantou a questão.

– Algum motivo especial deve ter para Adir ter escondido até mesmo de Eleanor e de seu filho Edgar – afirmei conclusivo.

– O mais impressionante é apenas o Hugo estar conseguindo tocá-la sem se ferir – Eleanor completou.

– Sinceramente, desconheço os mistérios envoltos nesta adaga. O que sei é que meus pés estão congelando de frio! Por que não continuamos nossa conversa dentro de casa? – Hugo sugeriu.

Ele estava certo; a ideia foi agraciada por todos. Eu também não queria continuar no escritório, porém por outros motivos que os dois desconheciam ou ignoravam: minhas dores estomacais e principalmente emocionais. Afinal, naquele local, há poucas horas, encontrava minha irmã à beira da morte.

– Já não era para ele estar de volta? – falou Hugo, enquanto analisava calmamente sua nova adaga. Eu já estava conformado com isso; jamais poderia utilizá-la de qualquer forma. – Será que aconteceu alguma coisa? Disse apenas que pegaria o objeto e voltaria na sequência... Mas já faz muitas horas...

– Como vou saber? – falei. O magrelo costumava fazer cada pergunta besta. Poxa, não sei... Não tenho a visão ampliada de Chasmalin, sábia suprema de Marshmallow. – Temos de esperar; há outro modo?

Eleanor andava de um lado ao outro do tapete da sala; parecia alheio ao mundo, ou melhor, preso em seu próprio mundo interior. Eu poderia jurar que o roedor estava de alguma forma enciumado.

O silêncio tomara conta do ambiente há certo tempo. Havíamos conversado longamente, porém não chegamos a grandes conclusões a respeito da arma de Adir. Apenas conferimos que aquela adaga produzia o mesmo efeito com Eleanor; ou seja, queimando o coitado, que levou rapidamente os pequenos gravetos – que ele chama de dedos – à boca.

A dor da perda ainda me assombrava. Tentava não pensar tanto a respeito, mas a figura de minha irmã, Silen, costumava surgir inúmeras vezes em minha mente, trazendo cenas do passado e também criando imagens que jamais aconteceriam. Ela estava morta – eu teria que me acostumar com essa dura realidade.

– Deveríamos ir atrás dele? – Hugo questionou.

– Algum imprevisto pode ter surgido no caminho de Edgar, herdeiro de meu amo Adir – tomou a palavra o rato Eleanor –, atrasando-se, por conseguinte. Acho provável que tenha parado para alimentar-se... Edgar era um grande apreciador da gastronomia e dedicava um bom tempo preparando iguarias... Lembro-me de um bolo de tâmaras e noz-moscada espetacular, e ainda um bolo de café com licor, e o ravióli de ervas aromáticas, e aquele *frappé* de manga acompanhado dos pasteizinhos de limão... E a torta de abóbora, então... Hummmm...

– Acho que estamos com fome, Eleanor – disse Hugo com um sorriso amarelo. – Seria bom parar de nos tentar... Afinal, não temos esses pratos gostosos aqui.

– Abóboras?! Temos muitas abóboras em Marshmallow. Gigantescas, aliás – contei, lembrando-me automaticamente dos Guaxinins, seres das minhas terras, comumente chamados de Ladrões. Às vezes penso que a vida deles é se apossar das abóboras, fazendo-as, assim, de suas moradias; noutras vezes penso a mesma coisa.

– Bem, quanto a ir atrás de Edgar ou não... Você sabe onde ele está morando, Hugo? – investigou Eleanor.

– Sim, sim... Eu sei! Ele mora no Brás.

– *Fantastique!** Minha opinião é de que devemos esperar até o dia amanhecer, afinal, acho que não falta muito para isso. – Eleanor olhou através da janela, em direção ao céu anoitecido. – Então poderemos pegar o metrô logo pela manhã, quando o sol ainda não estiver no alto. Assim daremos um pouco mais de tempo ao Edgar...

– Está certo, sairemos um pouco antes de o sol nascer, quando gradativamente as sombras começarem a sumir. O gato vestirá a túnica e você poderá se esconder nela – Hugo disse, como se fosse o comandante do pedaço.

Olhei para o magrelo com olhos de esguelha. Adoraria atirar uma de minhas bombas de farinha em sua cabeça. Ou empurrá-lo no chão e chutar-lhe a costela. Por quê? Eu vou dizer o porquê!

[Silêncio.]

... É verdade, eu não sei o que dizer. Pouco importa.

– O que temos para comer? – perguntei, empinando meu focinho.

---

* Fantástico (tradução do idioma francês) (NA).

– Temos bolachas recheadas – disse Hugo, feliz demais para o meu gosto. Naquele momento, senti certa raiva de Eleanor; aquele roedor pulguento havia falado de uma série de comidas apetitosas, e... e... Teríamos que comer bolachas?! Ah, mas que tormento! Eu queria é um peixe gordo e dourado, e ainda tigelas e mais tigelas de leite de cabra. Não via a hora de voltar para casa.

Fui acordado. – Foi quando me dei conta de que eu havia de fato cochilado. Arregalei os olhos, ainda meio perdido, sem saber onde estava e quem eu era. Muitas migalhas de bolacha, salpicadas sobre meus pelos, caíram quando levantei de súbito com minhas garras para fora.

– O que quer? O que quer?

– Calma, felino real. Sou eu, Eleanor. Vim lhe acordar, pois devemos sair brevemente.

– Vai assustar sua mãe, seu pulguento!

– Ora, mas que injúria! – disse o rato, ofendido, e virou as costas para mim.

Logo que fiquei mais consciente, cheguei à conclusão de que fui um pouco grosso com Eleanor, mas ninguém merece ser acordado no susto. Acredito que alguém possa até morrer dessa forma, não sei, talvez essa transição sonho-realidade possa gerar um curto-circuito nas estruturas. Enfim...

Em poucos minutos, o magrelo e o anão do anão de jardim estavam prontos e me olhando com cara de peixe morto. Devido à pressão, vesti-me: túnica, botas, luvas e máscara. A minha sorte era que estava frio, caso contrário eu seria realmente um forno ambulante. Confesso que eu estava um pouco irritado, não sei bem o porquê, mas deveria ser a pressão que o tempo, ou melhor, a falta dele, causava em mim, em minha missão. O desejo por aquele objeto, que o Fauno Fiurin utilizava, ilustrado naquele desenho, era incontestável. Eu precisava dele. A Chave. Sem ela, provavelmente não encontraria o local em que a Ampulheta do Tempo se esconde.

Um pouco antes de sairmos da propriedade, enquanto passávamos pelo jardim, olhei para o túmulo de minha irmã, conferindo a tigela de leite, que eu ali havia depositado. O que vi não era nada do que eu estava esperando. E ajudou apenas a intensificar minha angústia. O leite ainda jazia na tigela... E isso, para mim, significava que a alma de Silen ainda não havia encontrado a saída do mundo de concreto. Isso era péssimo. Triste. Uma lágrima escorreu entre minhas bochechas. Mas a máscara escondera meus sentimentos de Hugo e Eleanor. Fiquei em silêncio por todo o percurso. *Ela ainda encontrará a saída* – pensei, otimista.

Pegar o metrô não foi nada difícil. Eleanor viajou dentro do bolso de minha túnica – fazendo-me muitas cócegas, por sinal. Hugo vestia uma roupa diferente, o que por um lado era ótimo, pois as antigas já estavam fedendo demais; dissera-me que encontrara uma camisa e uma calça em um guarda-roupa do casarão. *Provavelmente eram de Edgar* – pensei –, *e ele não iria gostar nada daquilo.* Mas nem cheguei a falar nada para o Hugo, eu queria é ver o circo pegar fogo, como dizem por aqui.

Não havia tantos humanos pelas ruas, era praticamente madrugada ainda. Claro que muitos olhares nos acompanharam por todo o percurso, alguns até fizeram cochichos sobre nós; não posso negar, tive vontade de apanhar minha pistola e sair atirando naqueles curiosos almofadinhas! Mas Hugo pressentiu; aquele magrelo parecia me conhecer bem, de fato, e apenas me olhou, censurando-me, como se dissesse: "Calma, gato, não perca tempo se irritando, logo salvaremos o mundo, ou melhor, seu mundo". É, acho que ele me diria algo parecido.

Estávamos em frente a uma casa velha – segundo o Hugo, a alfaiataria de Edgar. As construções adjacentes também em nada me agradavam. Talvez eu estivesse acostumado com o casarão de Adir, mas não creio que fosse isso, pois preferiria até mesmo aquele chiqueiro do apartamento do Hugo. Mas claro que nada se compararia às construções dos felinos nas árvores de Marshmallow; meu desgosto pela casa de Edgar, portanto, tinha alguma outra resposta. Talvez fosse o cheiro, talvez algum pressentimento, não sei dizer.

Hugo tocou a campainha. Após alguns minutos nos olhamos.

– Sim, há algo errado! – ele concluiu.

Eleanor se remexeu dentro de meu bolso e logo saltou para o asfalto; em seguida parou, contemplando a porta:

– Vamos entrar!

– Você quis dizer invadir, não é? – Hugo sugeriu com um tom irônico. O roedor apenas levantou as duas patinhas para o alto, como se dissesse: "Tem outro jeito?".

Não, não tinha outro jeito. E aquele era um trabalho para o Príncipe Gato de Marshmallow, claro, eu mesmo. Cheguei perto da maçaneta, botei minhas garras para fora, e, com muita perícia e cautela, *clac*, destranquei a porta. Não levara mais do que um minuto. Hugo me deu cobertura, vigiando a rua, por momentos assobiando alguma canção desafinada entre os beiços. Entramos.

– Mas que chiqueiro! – não consegui me conter.

– Deixe de ser tonto, gato. Não está vendo que há algo errado? – Hugo afirmou, retirando rapidamente a adaga que estava presa à cintura. Parecia se preparar para uma batalha.

Apanhei minha pistola de imediato. Se alguém tivesse invadido a casa antes da gente, esse alguém ainda poderia estar por lá, escondido pelos cantos, pronto para nos atacar.

– APAREÇA! – gritei.

Hugo hesitou perto da porta. Eleanor, ligeiro como só ele, saltou sobre livros e tecidos que jaziam espalhados pelo carpete e alcançou uma mesa retangular e grande. Seu focinho farejava como nunca. Continuou saltando como uma pulga.

– Hummm, sanduíche de pasta de amendoim e geleia de framboesa – disse Eleanor, fungando um prato no balcão da cozinha. – Está intacto. Edgar não teve tempo nem ao menos de lhe dar uma mordida.

– Mas que maldição! – Hugo afirmou sem abaixar a guarda. – Edgar, Edgar, o senhor está aqui?

Vasculhamos todos os cômodos, inclusive os do segundo andar, afinal era um sobrado; mas não havia sinal de Edgar. Alguém o levara dali, só podia ser isso.

– Ele pode ter fugido – Hugo falou.

– A porta estava trancada – lembrou-se Eleanor. – Muito estranho, não acham? Se tivesse fugido, por que se preocuparia em fechar a porta?

– Pode ter fugido pelas janelas?! – tentei. Aquele sanduíche estava me chamando...

– Hum, estão fechadas também.

– Isso me parece coisa dos Feiticeiros. Eles adoram revirar cômodos. Lembra-se de como ficou meu apartamento? – Hugo falou olhando para mim. Sim, eu me lembrava.

– Lembro-me também de como me expulsou de lá.

– E me lembro de quando acordei e te vi em meu sofá, como se nada tivesse acontecido, babando como uma...

– Crianças, vocês querem parar com isso! – disse Eleanor, engrossando de leve sua voz. – Brigar não nos levará a nada. Creio estarmos diante de algo sumamente delicado e importante. Edgar pode estar em grandes apuros. Preciso averiguar... Deem-me alguns minutos, por favor.

O silêncio invadiu a alfaiataria. O roedor mostrava-se extremamente concentrado, analisando cada canto dos cômodos com absoluta cautela. Levava uma das pequenas patas ao queixo e, enquanto andava de um lado ao outro, falava:

– Farei uma reconstituição da cena do crime. Com sinceridade, precisaria de mais tempo e de algumas análises mais profundas, talvez até mesmo em algum laboratório, mas o tempo é escasso, então peço que me perdoem e considerem uma margem de erro razoável para os meus próximos relatos.

Não fiquei muito admirado com as palavras de Eleanor. Creio que o Hugo também não tenha se surpreendido. Digo isso porque já conhecíamos aquele rato, sabíamos que ele era uma caixinha de surpresas. Poliglota, terapeuta, lavador de louça, além de muitas outras especialidades, e agora um perito em cenas de crime... Gostaria de vê-lo em Marshmallow, tentando desvendar algumas das trapaças dos Guaxinins em seus muitos furtos alimentícios.

Eleanor voltou para a porta de entrada.

– Edgar entrou. Então acomodou seu paletó naquele pendurador de parede ali – dizia o rato, pausadamente. – Na sequência, deixou sua maleta sobre a mesa da sala. Provavelmente seguiu para a cozinha a fim de preparar um rápido lanche, este que agora está na barriga do Príncipe. – Olhou para mim. Apenas dei um sorriso em resposta. – Agora surge uma parte mais complexa na história... Encontrei algo revelador. Temos uma prova importantíssima... Trazendo toda a resposta ou grande parte dela. Edgar foi atacado por um espião!

– Como sabe? – Logo interrompi.

– Vejam com seus próprios olhos, meus queridos – disse Eleanor. Então correu para um móvel encostado na parede. – Edgar avançou até a mesa, apanhou este jornal aqui, enrolou-o e usou-o como arma contra o espião.

Quando Eleanor levantou aquele rolo de papel, pudemos ver uma gosma escura se esticar da madeira do móvel para o jornal erguido, como uma teia de aranha, ou ainda um chiclete mascado. E lá estava o besouro esmagado, todo esbugalhado.

– A julgar pelo olfato, este besouro foi morto há umas três horas. Como isto fede! – O perito em cenas de crime falou. – Sem delongas, os Feiticeiros devem ter invadido a casa, e fizeram isso sem arrombar a porta, como pudemos conferir. Alguns arranhões sobre a mesa... Parecem-me recentes. Aquele vaso de porcelana quebrado e aquele bonsai de pinheiro-negro tombado me fazem crer que Edgar reagira contra os invasores. Não deve ter se entregado assim tão facilmente.

– No mínimo tentou usar o *spray* de pimenta! – tomou a palavra, Hugo, levando as mãos aos olhos, friccionando-os; com toda a certeza lembrara-se do encontro com Edgar no casarão.

Coitado, pensei maliciosamente, *estava traumatizado.*

– Já deviam estar de olho em nós – falei. – Os Feiticeiros estavam um bom tempo em silêncio, só poderiam estar aprontando alguma. Provavelmente havia espiões no casarão, ouvindo tudo o que Edgar dissera sobre o objeto. E então devem tê-lo seguido até aqui...

– Sim! – disse Hugo. – E o levaram! Ele e o objeto! Só pode ser...

Eleanor mostrava-se calado, absorto ao extremo. Achei que poderia não estar ainda muito certo sobre a reconstituição das cenas do crime por ele mesmo pensada.

– Empreste-me esse jornal, Eleanor – falou Hugo, um pouco afobado. Mantinha uma feição estranha, os olhos completamente arregalados.

O segredo da adaga

Príncipe Gato

O Silêncio dominou a sala – pelo menos por instantes – até eu me aproximar de Hugo, tentando agarrar o jornal, a fim de dar uma boa conferida na notícia, mas o magrelo me afastou e leu em voz alta:

São Paulo - Metrópole: Curiosidades

Boneco de pano é encontrado nos trilhos da estação Jabaquara do metrô

Um operário de manutenção dos túneis do metrô encontrou um boneco de pano na madrugada dessa terça-feira, (20 de fevereiro). "Realmente é curioso, não imagino como esse brinquedo foi parar nos trilhos, afinal não o encontrei próximo à plataforma de embarque e desembarque, e sim lá para dentro do túnel" – disse o operário para o jornal São Paulo-Metrópole. "Talvez alguma criança tenha jogado o boneco pela janela do vagão" – sugeriu um agente de segurança do metrô, não muito certo de suas palavras.

Essa é a primeira vez que algo do gênero é encontrado. "Caso os pais, com a criança, após esta notícia, não venham retirar o brinquedo nos Achados e Perdidos, ele ficará exposto dentro de uma redoma de vidro, como uma das curiosidades encontradas no metrô" – revela uma das funcionárias.

Notei a feição de Eleanor; não era uma expressão fácil de descrever; mas era como se tivesse comido algo estragado e ao mesmo tempo descoberto um magnífico parque de diversões para ratos solteiros.

– Mas vejam só que revelação! Estamos diante de uma pista e tanto! – exclamou o roedor. – Pelas barbas do profeta.

– Que coincidência, será que Edgar sabia? Teria usado este jornal de propósito no ataque ao besouro, para que ficássemos cientes da notícia? – Hugo levantou a questão um pouco atônito; levava os compridos dedos aos lábios ressecados. – Ele deve saber sobre os bonecos de pano, afinal nos mostrou que conhecia mais do que imaginávamos.

– Não importa! – falei, pegando o jornal em minhas próprias patas para certificar-me de que o Hugo não havia inventado tudo aquilo. E não, era verdade, a notícia estava correta.

– Como sabemos, os Feiticeiros não saem quando é claro, quando o sol está imponente no céu – tomou a palavra, Eleanor. – Portanto, precisariam de algum lugar envolto em sombras para aguardar até que cada noite irrompesse... Se vocês não sabem, como a notícia aponta, Jabaquara, em tupi-guarani, significa: Jaba – fugir, quara – buraco ou refúgio. Teriam ciência desse fato ou por força do destino tomariam esse local como abrigo? Creio que não temos uma resposta!

– Eleanor, você é fantástico. Isso é brilhante! Só pode ser... Agora sabemos onde é o esconderijo dos Feiticeiros. Devem ter levado Edgar e o objeto para lá! – Hugo disse com uma notável empolgação. Faltou apenas dar alguns pulinhos para ficar pateticamente infantil, não que isso fosse uma implicância minha.

– É, acho que estamos diante de uma pista valiosa, sim – concordei. Não poderia deixar de admitir, Eleanor era inteligente –, porém não estamos lidando com apenas um besouro, ou qualquer ameaça que esta cidade cinzenta possa nos oferecer, estamos falando dos Feiticeiros em si, três deles, por sinal... Quanto tempo acha que ficaria em pé, Hugo? Eles acabariam com sua vida em segundos, o transformariam em um asqueroso boneco de pano! Seu corpo despencaria repentinamente no solo.

Depois que falei essas últimas palavras, arrependi-me. Hugo ficou quieto. *Ele está querendo me ajudar, apesar de acreditar que a Ampulheta possa lhe dar mais tempo de vida... Mas está comigo, estávamos juntos nisso, assim como Eleanor* – pensei. Em seguida tentei consertar:

– Talvez você dure alguns minutos, magrelo. De qualquer forma, estarei lá para te proteger caso lhe peguem desprevenido.

– Fico honrado, meu guardião – respondeu Hugo, em um misto de ironia e gozação.

De certa forma, eu estava gostando daquele humano. Isso era inacreditável, pois jamais imaginei qualquer tipo de amizade com ele, sequer um sinal de afeição ou de simpatia. E não era por conta da ajuda que ele me oferecia em minha missão, havia algo além, algo que ainda não conseguia definir com exatidão... Isso por momentos me deixava mal, arrependido, pois eu havia lhe dado falsas esperanças a respeito da Ampulheta do Tempo. Hugo estava doente, com os dias contados; eu reparara o quanto seus lábios ganharam tons arroxeados e que a tosse era constante, além das feições de dor que tentava conter – ele não parecia tão bem, embora quisesse demonstrar o contrário. Eleanor mostrava-se preocupado também, e em alguns momentos nos olhávamos em silêncio, mas sabíamos o que queríamos dizer um ao outro. De qualquer forma, eu parecia impossibilitado de revelar a verdade para o Hugo, contar que não existia uma forma de curá-lo, que minha promessa não passava de uma mentira de mau gosto – confesso, aquilo estava me fazendo mal.

– Estive refletindo a respeito daquela viagem que Hugo fizera para Marshmallow, levado pelos Feiticeiros, recordam?... – dizia Eleanor. – E chego a crer que já não tenham o mesmo interesse nele como antes.

– Não entendo – disse Hugo honestamente.

– Como haviam me contado, os Feiticeiros estavam atrás de você, reviraram seu apartamento e o perseguiram, no entanto não o queriam morto. Acredito que estivessem desconfiados... Você poderia ser o herdeiro de Adir Wosky, representando um suposto conhecimento elevado a respeito da Ampulheta. Seria uma verdadeira preciosidade, na cabeça deles. Portanto, quando descobriram a verdade, o enviaram de volta.

– Eles não o teriam matado, então? Já que não servia para nada? – sugeri, ajeitando as bombas de farinha em meu cinto.

– Talvez tenham pensado em outra solução! – exclamou o rato, com aqueles olhos arregalados.

– Aonde quer chegar?

– Quanto à solução que teriam dado a respeito do Hugo, não poderia afirmar com certeza. Talvez tenham poupado sua vida para deixá-lo lhe ajudar, Príncipe. Não acredito que tenham conhecimento do local em que a Ampulheta se esconda. Podem estar esperando que nós a encontremos, nos vigiando pelas sombras – opinou Eleanor –, mas, enfim, se estamos marchando para o provável esconderijo dos Feiticeiros, com o intuito de recuperar o objeto que aponta ser de suma importância para encontrarmos a Ampulheta do Tempo, e ainda ajudar o filho herdeiro, é bom nos prepararmos. Talvez seja propício, apesar de estarmos munidos de coragem, buscarmos uma excelente forma de combatê-los. Não acho que pouparão nossas vidas, principalmente agora que estão em posse do objeto e de Edgar.

– E não acho que deveríamos poupá-los! – falei, com firmeza na voz. – Mas nunca houve um ser capaz de matar um Feiticeiro. Eles não têm alma. São vazios. Frios. Não podem morrer.

Com minhas próprias palavras desanimei – desabando sobre um sofá de couro. Ficamos quietos por um tempo incerto. Eleanor andava calmamente pela sala, saltando pela bagunça espalhada no chão. Ficou admirando um velho retrato, em que uma família feliz estava representada: Edgar, Adir e Ágata. *Toda a família do roedor!* – pensei. Ele devia estar triste, sentir saudades. E eu bem sabia o que era isso, aquele sentimento que aperta nosso peito, que nos deixa até mesmo sem ar por instantes. *Minha irmã, Silen, teria encontrado a saída da terra dos mortos? E Marshmallow, quanto tempo ainda restava para sua completa extinção?* Hugo também conhecia essa dor; afinal, senti o peso das palavras e as sensações que me passaram, quando ele me contara sobre sua amada. Nós três tínhamos dores em comum, não exatamente iguais, e não havia motivos para comparações... Mas estávamos ligados, de alguma forma, por um laço invisível e sutil. Não poderíamos morrer sem lutar.

– Qual era mesmo a frase que Edgar disse lá no casarão? Aquela dica sobre os Feiticeiros? – eu questionei, quebrando o silêncio. Hugo estava recostado a um canto, girava a adaga brilhante nas mãos. Eleanor se desprendeu das memórias que aquele retrato suscitava-lhe e recordou, com uma voz sombria:

– Os Feiticeiros temem justamente aquilo que eles melhor dominam.

Mergulhamos novamente no silêncio. *Aquilo que eles melhor dominam?* – repeti a frase dezenas de vezes em minha mente felina. Acredito que os dois também pensavam em alguma solução. Na verdade não me parecia tão difícil assim...

– Os Feiticeiros são os "senhores da morte", mediadores da transitoriedade da vida, ou pelo menos eram... O que melhor dominam é a manipulação de almas! – concluí com veemência.

Eleanor mostrou-se interessado em minhas palavras, inclusive esboçara um sorriso com aqueles dentões que lhe eram peculiares. Aproximou-se e falou com aquele timbre agradável, que apenas ele tinha:

– O que os Feiticeiros mais temem é a morte!

Filetes de luz transpassaram pelos vidros da janela trazendo novo ambiente à sala. O sol nascera, e com ele a esperança.

– Ei, há algo estranho aqui... – Hugo chamou nossa atenção. Com a entrada dos raios matinais, a adaga que ele empunhava ganhara um brilho diferente. Levei minha pata aos olhos, Eleanor fez o mesmo. Foi um clarão repentino, uma brancura descomunal que irrompera daquela lâmina de prata; a luz cresceu e tomou conta de toda a sala. Imaginei a alvura avançando e subindo para os cômodos do andar de cima, e certamente foi o que ocorreu. Em seguida, o brilho desapareceu em fração de segundos, como se nunca tivesse estado ali.

Hugo foi o único que não levou as mãos aos olhos; a claridade excessiva não parecia tê-lo incomodado nem um pouco.

– Havia uma frase aqui na lâmina, mas agora sumiu! – exclamou Hugo. Sua expressão era enigmática.

– E o que estava escrito, então? – logo perguntei, curioso e um pouco atordoado pela alvura celestial que aquela adaga emanara.

– A morte não existe! – disse Hugo.

– Era isso que estava escrito?

– Não, não. Digo isso retrucando o que Eleanor disse sobre os Feiticeiros temerem a morte! Não creio que seja isso. Não sei, mas essa luz que brotou da adaga também trouxe luz para minha mente – Hugo falava, e por momentos imaginei aquelas mesmas palavras vindas da boca de Eleanor. – Eles não temem a morte, eles temem a vida!

Fiquei pensativo. Hugo estava um pouco estranho; aquela claridade toda que engolira a sala, pouco tempo antes, devia ser a responsável por essa mudança. Eleanor soltou um som desconexo; mantinha uma feição até mesmo engraçada. Sua boca estava semiaberta, parecia uma estátua de pedra suja parado daquele jeito; estava sobre uns livros de capa dura que jaziam em meio à bagunça.

– Estou muito interessado... Continue sua reflexão, meu rapaz – disse o roedor, nitidamente deslumbrado. Imaginei aquele danado com a mesma expressão apaixonada fitando os olhos de uma roedora do cemitério, em algum de seus encontros românticos ao som de cigarras e ao brilho dos vaga-lumes, entre os túmulos mais escondidos.

– Hum... Como o Príncipe havia dito, os Feiticeiros são desprovidos de alma, portanto não têm a essência da vida. São seres vazios, como ele bem nos disse. E sendo eles os responsáveis pelo renascimento dos seres de Marshmallow, os que possuem dons para lidar com as almas dos outros... O que eles mais temem é a alma. É a vida!

– Esplêndido! *Ma quanta ispirazione!** – Eleanor exaltou-se, saltando dos livros em sua maior demonstração de empolgação até então...

Para ser bem franco, ainda não havia conseguido entender bem a charada, se é que existia alguma. *Eu estaria sendo passado para trás? Hugo era mais inteligente do que eu?* Isso não era possível, não podia ser...

– Se encontrarmos uma forma de manipular alguma alma para dentro de um Feiticeiro, ele se tornaria mortal?! E então poderíamos atacá-lo... – eu disse, tentando não transparecer minha incerteza.

Eleanor permaneceu pensativo.

– Acho que sei como! – Hugo falou, de alguma forma se mostrando corajoso.

– Fale logo! – exclamei, desafinando de leve no tom.

Hugo ergueu a adaga, olhando-a com os olhos brilhantes e, em seguida, após estufar de leve o peito, disse:

– Tenho em mãos a arma contra os Feiticeiros!

[Breve silêncio.]

– Por que acha isso? – perguntei perplexo. Ele só poderia estar de brincadeira. *Como aquela faquinha poderia matar um Feiticeiro?*

---

* Mas quanta inspiração (tradução do idioma italiano) (NA).

– Eu não saberia explicar, me expressar como gostaria. Mas vocês se lembram de quando eu disse que havia uma frase na lâmina da adaga? De fato posso jurar que li a frase, mas é como se ela tivesse escorregado da minha mente, tornando-se apenas um brilho eterno na minha memória; tal luz que, embora eu a sinta, não conseguiria tocá-la.

Fiquei parado, olhando para o Hugo. Eu estava confuso. Como alguém lê uma frase e, dois segundos depois, se esquece? *Ele estaria falando a verdade?* Creio que sim, afinal o magrelo não era um bom ator, tenho certeza disso; se estivesse mentindo eu perceberia.

– Interessante! – foi tudo o que Eleanor disse.

– Então como pode afirmar que esta adaga é a arma contra os Feiticeiros, se não se lembra nem do que estava escrito nela? – eu disse. Aquele assunto era sério, não podia ser deixado sem respostas.

– Algo me diz que é isso. Como disse, não me lembro do que estava escrito, mas sinto aqui dentro a verdade, e não existe uma língua para descrever essa sensação.

– Eu acredito! – exclamou o roedor. – Consigo sentir uma nova energia vibrando de nosso amigo Hugo. Esta adaga certamente tem peculiaridades mágicas, e pode ter-lhe conferido essa magia. E, como sabemos, foi feita por meu saudoso Adir Wosky; vide sua assinatura no punho da arma. Como sabemos, ele viveu com os Feiticeiros quando estava em Marshmallow; sendo assim, me parece plausível pensar que Adir pudesse criar um artefato de tal dimensão... Se existiu alguém que conhecia os Feiticeiros, esse alguém era Adir Wosky. Meu amo deve ter percebido as más intenções daqueles seres encapuzados, que mais parecem cachorros humanoides, e, portanto, desenvolveu uma forma de combatê-los... Pesa ainda o fato de a arma ser empunhada apenas por Hugo, como pudemos conferir quando queimamos nossas patas ao tentar apanhá-la. Pode ser uma defesa da própria adaga; talvez só os humanos consigam utilizá-la, ou até mesmo somente o Hugo.

– E se isso estiver errado? – indaguei.

– Teremos que confiar! – respondeu Eleanor, começando a alongar suas patinhas. – Precisamos nos preparar, em instantes iremos para a estação Jabaquara do metrô, como nos aponta a notícia; diretamente para o covil dos Feiticeiros. Prepare sua pistola, felino real, cheque suas bombas de farinha. E se esta for nossa última marcha, que seja com honra!

– Não iremos falhar – Hugo falou, dando um sorriso confiante.

Eu concordei com o plano, mas não posso negar, um frio na barriga surgiu de forma avassaladora... Os Feiticeiros eram poderosos, astutos... Não seria nada fácil. Eram três deles contra nós três... E uma arma que ainda não havia sido testada poderia muito bem falhar. Mas o tempo urgia, e aquele objeto, a Chave, deveria ser resgatado. Marshmallow gritava por ajuda. A Ampulheta do Tempo precisava ser encontrada o quanto antes; caso contrário, a morte de minha irmã teria sido em vão e, ainda, a morte de todo o meu mundo...

– Vamos sair logo daqui – eu disse entre dentes –, vamos caçar Feiticeiros!

A estação escondida

Hugo

Lá estávamos, na estação terminal do metrô, sentido norte--sul. Havia uma aglomeração de pessoas esperando pelo trem para embarcar, cada uma com sua jornada, cada qual com seu destino. Nós também tínhamos o nosso, e certamente era o mais perigoso entre todos os objetivos dos humanos ali presentes. Ao chegarmos à área de embarque e desembarque, nos deparamos com nossa primeira dificuldade. Após a Jabaquara, a última estação, os trilhos prosseguiam, porém em uma área aberta, onde os trens podiam realizar manobras – não havia mais túneis adiante. Somado a isso, por mais que tivéssemos prestado especial atenção durante todo o percurso, não conseguimos localizar nenhuma saída alternativa, ou beco nos túneis que ligam as estações Conceição e Jabaquara. As pessoas estavam muito interessadas no Príncipe vestido em sua túnica, e isso me incomodava a ponto de não conseguir raciocinar direito.

– Só há uma saída! O local tem que ser no sentido norte, deve ficar entre esta estação e a Conceição – concluí.

– Mas não vimos nada de anormal no caminho – Eleanor replicou. – Fiz questão de vir do lado de fora do vagão justamente para me atentar a quaisquer becos ou saídas!

– Sim, e talvez também porque um rato dentro do trem causaria certo tumulto – o Príncipe comentou, rindo sozinho.

– Muito engraçado, realeza! Não mais engraçado, porém, do que suas vestes ridículas, que o fazem parecer uma espécie de cópia barata do *Zorro*.

– Crianças! Sem mais confusão, por favor! Já temos muito com o que nos ocupar – afirmei, tendo como resposta um notório resmungo de ambos os lados. O gato saberia quem era *Zorro*? Acho que não... – Temos de entrar no túnel. A pé!

– Está tentando cometer suicídio? – ouvi o gato comentando. – Pode cometer sozinho.

– Teríamos de parar os trens! – Eleanor afirmou com um olhar alucinado.

– E remover todas as pessoas daqui para que não fôssemos vistos. Além de desligar as câmeras de vigilância – o Príncipe completou.

– Ou seja, estamos perdidos, não é mesmo? – concluí.

Poucos instantes após minha conclusão desanimadora, Eleanor e Príncipe Gato trocaram olhares, e um sorriso brotou em suas faces.

– Ora, onde está aquele ânimo todo de quem queria matar Feiticeiros? – o Príncipe me perguntou, empolgado. – Esqueceu-se de quem está do seu lado? Vamos nessa! Eu tiro as pessoas da estação.

– E eu paro os trens e as câmeras! – Eleanor completou. Parecia quase dar pulos de empolgação.

Senti a adrenalina correr em minhas veias. *O que aqueles dois estavam aprontando?* Caminhamos até o extremo da estação e Eleanor pulou para fora do bolso da túnica do Príncipe, correndo para dentro do túnel. Parecia saber exatamente como agir. Seguiram-se momentos de extrema tensão. *O que aquele rato estaria fazendo? Que cartas mais escondia nas mangas? Aliás, que mangas?* Bom, isso pouco importava no momento.

Alguns minutos depois, finalmente compreendi. Ouvi um grande estrondo. Em seguida todas as luzes se apagaram e a estação ficou em completa escuridão. Foi possível ouvir uma grande balbúrdia entre as pessoas. As luzes voltaram a se acender, porém ficaram piscando lentamente. Olhei para um dos monitores que apresentavam as imagens da câmera local: estava apagado.

– Genial! – exclamei.

– Minha vez! É hora do show! – o Príncipe exclamou, impondo respeito na voz.

O gato caminhou por entre as pessoas que aguardavam o retorno da normalidade e aproveitavam para gritar e falar mal do sistema do metrô. Então, momentaneamente, ouvi um grito diferente, de uma mulher no outro extremo da estação.

– Aaaaaaahhhhhhhhhhhhh!

Logo reparei em uma fumaça branca se levantando e tomando conta do local. Eu me lembrava daquilo, havia presenciado brevemente no episódio de perseguição em meu prédio. Pobre Jorge! Lembrei-me dele – não por muito tempo, pois logo outra fumaça surgiu, e mais outra, e outra. Era o caos! As pessoas correram alucinadamente em direção às escadas. *Mas que pilantra!* – pensei. *Esse gato e suas bombas de farinha!*

– Eu sou demais! – ouvi uma voz familiar comentar. Neste momento, um vulto se aproximou de mim em meio à névoa branca. – Ninguém pode com o Príncipe Gato!

Então Eleanor surgiu no início do túnel e nos alertou de agir com urgência. Não teríamos muito tempo até um funcionário chegar.

– O que vocês estão esperando? Vamos! Para dentro do túnel e avante!

Foi o que fizemos. Caminhamos pela estreita calçada existente entre os trilhos e as paredes. Aos poucos os gritos iam diminuindo, tornando-se mais abafados. Estava pensando nas notícias nos jornais do dia seguinte e nos noticiários na TV. Não havíamos avançado muito quando Eleanor exclamou:

– Vejam! Há algo aqui!

De fato, jamais teríamos notado aquele detalhe passando em alta velocidade no trem em movimento. Havia uma tampa de concreto, e ela parecia dar passagem a um andar mais abaixo.

– Deixe comigo! – afirmei, arrependendo-me logo a seguir. A tampa era extremamente pesada, e apenas com muito esforço consegui removê-la. O gato parecia estar se divertindo com minha dificuldade. Eleanor foi o primeiro a entrar, seguido pelo Príncipe e eu. Era uma pequena escada, que dava passagem apenas para um descer por vez, e levava a uma galeria abaixo dos trilhos. Era apertado naquele local, e obviamente eu era o que me sentia mais incomodado com o aperto.

– Olhe! Há outra escada naquela direção... Para cima... – ouvi o Príncipe comentar. Neste momento, eu estava ocupado tentando não espirrar com todo aquele pó.

Eleanor novamente foi o primeiro a avançar, farejando freneticamente. Subimos as escadas e elas nos levaram a um túnel, similar aos utilizados pelos trens. Este, no entanto, estava inacabado, parecia abandonado. *Estranho... Será que planejariam inaugurar mais alguma estação? Mas não fazia sentido... Além do mais, se esse fosse o caso, teriam anunciado.* Lá, a escuridão habitava profundamente. Para nossa sorte, localizamos dois candeeiros. Utilizando suas recém-reveladas habilidades de escoteiro, Eleanor os acendeu com duas pedras que retirou da parede. Sem os candeeiros jamais seria possível prosseguir; não havia iluminação por lá.

– Que lugar aterrorizante – o Príncipe comentou. – Perfeito para os Feiticeiros!

– Acho melhor evitarmos conversar a partir de agora! – Eleanor cortou. – É possível que estejamos próximos deles.

O rato tinha razão, poderíamos estar na toca dos lobos, e estes não eram lobos comuns. Conforme avançávamos pelo enorme túnel, eu sentia um ar sinistro que não era capaz de explicar. O ambiente era bem úmido, e o ar rarefeito.

– Olhe, Eleanor! – o gato exclamou baixinho, apontando para uns ratos que passavam. – Alguns parentes seus! – *Que comentário mais inoportuno*, pensei. Ele não devia ter dito aquilo.

Eleanor virou a cara para o Príncipe de uma forma que nunca havia visto. Será que aquele gato não conseguia fechar a matraca nunca? Bem, estava tão intrigado com aquele túnel que não conseguia me ocupar com o clima de briga entre os dois. Foi quando algo no chão barrento me chamou a atenção.

– Estranho... Uma carteira, aqui? – sussurrei, temendo a reprovação de Eleanor, cujo humor já não estava dos melhores.

De fato havia uma carteira parcialmente enterrada no solo. Tinha um aspecto envelhecido e ligeiramente deteriorado. Apanhei-a e limpei um pouco do barro que a envolvia. Ao abri-la, localizei alguns cruzeiros, moeda brasileira de algumas décadas atrás. Havia também a foto de uma mulher, provavelmente companheira do dono da carteira na época. Bateu-me logo uma dor forte no peito, não física, mas puramente emocional. Eu estava pronto para lançar a carteira longe, desanimado, quando notei um papel cuidadosamente dobrado no interior. Peguei-o com cuidado, pois parecia bastante desgastado pelo tempo e pelas traças. O Príncipe e Eleanor se aproximaram mais, curiosos. Era uma carta. Comecei a ler baixinho, quase sussurrando:

São Paulo, 21 de agosto de 1972.

Oi, meu amor, como você está? Sinto saudades de você e de toda a minha família. Por aqui as coisas estão um tanto quanto estranhas. Tenho trabalhado muito para poder voltar para casa com um pouco mais de dinheiro, mas tem sido cada dia mais difícil continuar meu trabalho. Tenho pensado muito em você e em nosso pequeno raio de luz que está crescendo em sua barriga neste momento.

O clima nas escavações está pesado. Estamos muito próximos do fim desta obra, mas chegamos a um ponto do qual não conseguimos prosseguir. Quanto mais tentamos avançar, mais parece que somos impedidos. Tudo está dando errado, como se algo estivesse conspirando contra. As máquinas estão quebrando, pessoas adoecendo, e recentemente o pior aconteceu. Acabo de perder um grande amigo nestes túneis. Ele estava à frente das escavações, mas um terrível acidente lhe tirou a vida. Confesso que estou com medo. Temo não poder ter a chance de lhe rever mais uma vez e de poder ser abençoado com a oportunidade de conhecer nosso amado filho.

Os engenheiros estão quase convencidos de que será necessário desviar o trajeto para concluir a obra. Perderemos um pouco de trabalho já realizado neste túnel, mas seria o mais sensato a fazer. Forças misteriosas parecem nos impedir de avançar por este local. Você sabe que não sou chegado a misticismos e coisas parecidas, mas realmente este lugar é sinistro. Os responsáveis pela obra estão abafando os casos; não querem que nada chegue à mídia, pois isso poderia trazer grandes complicações para a continuidade do projeto.

Bom, estou lhe encaminhando esta carta para mantermos contato e matarmos sempre a saudade. Espero sinceramente que esta não seja a última e que tenha a oportunidade de lhe falar frente a frente o que escreverei abaixo:

Te amo!

Com amor,
Jean

O silêncio permaneceu por longos instantes após a leitura. Minha tristeza se aprofundou. Senti certa similaridade com minha própria história. Será que o homem havia conseguido reencontrar sua amada?

– Curioso... – Eleanor comentou quebrando o silêncio.

– O que é curioso? – o Príncipe inquiriu.

[Silêncio.]

– Ah, nada não – respondeu. – Deixe para lá. Estava só refletindo sobre os eventos neste túnel.

– Então, na realidade, este era o trajeto original... Era por este local que os vagões deveriam passar hoje. Porém, algumas complicações os obrigaram a desviar a obra – falei, pensando alto.

O que poderia ter acontecido? Aliás, para esta carteira estar sepultada neste local, teria ocorrido algo com o homem, o Jean? De fato tudo havia sido muito bem ocultado, pois jamais soube de qualquer acidente terrível ou mortes naquele lugar. Por sinal, duvido que qualquer pessoa soubesse da existência daqueles túneis soturnos, daquela estação oculta que jamais chegara a existir. A cidade guardava mais mistérios do que podia imaginar.

– Também acho tudo muito misterioso e interessante – o Príncipe, que há muito se mantinha calado, falou –, mas não podemos perder nosso foco. Não podemos nos esquecer do motivo de estarmos aqui. Viemos à caça dos Feiticeiros! Viemos resgatar um homem que tentou nos ajudar, e que por esse motivo foi capturado. Estamos à procura do objeto que pode significar a salvação de meu mundo e meu povo!

– Tem razão, realeza! – Eleanor afirmou.

– Então, o que estamos esperando? Vamos seguir adiante! – concluí, largando a carteira no chão, lançando a carta junto a ela e segurando o punhal de minha adaga, presa à cintura.

A morte da morte

Hugo

Havia um som de gotejar que estava começando a me incomodar. A tensão de nossa empreitada, somada às condições do local, já eram bastante estressantes. Após mais alguns poucos minutos de caminhada, chegamos ao final do túnel. Deparamo-nos com uma grande parede de terra.

– Fim da linha! – exclamei. – Não há nada aqui e não temos como prosseguir.

– Não é possível! Estivemos enganados esse tempo todo? Não há esconderijo algum aqui! – o gato completou, abismado.

– Ou então fomos enganados propositadamente! – Eleanor exclamou. – Terá sido uma emboscada? Talvez os Feiticeiros tenham intentado nos chamar até aqui por meio do boneco nos trilhos.

– E agora? O que será de Marshmallow? – o Príncipe questionou, lembrando-se de seu mundo, enquanto apoiava--se na parede. – Não posso deixar meu mundo acabar desse jeeeeeiiiiiiitooooooooooo...

Repentinamente, o gato desapareceu. Olhei no mesmo instante para Eleanor, tentando entender o que ocorrera. Ele parecia ainda mais confuso. Logo me lembrei de meu episódio em Marshmallow e compreendi. Meu amigo havia sido engolido pela terra. Pulei sem medo em direção à parede, certo de que ela não ofereceria obstáculos, e foi isso que de fato aconteceu. Em um instante, vi-me do outro lado, em uma espécie de salão improvisado. O Príncipe estava caído no chão, xingando como nunca. Tentei ajudá-lo a se levantar, mas ele, orgulhoso ao extremo, não permitiu, fazendo questão de fazê-lo sozinho. Logo a seguir, Eleanor surgiu também, atravessando a parede, aparentemente sólida, porém totalmente ultrapassável.

– Que lugar é este? – o gato perguntou. – E que brincadeira de mau gosto foi aquela?

– Receio que não tenha sido uma brincadeira, realeza! Estamos no *QG* dos Feiticeiros!

– Ah, sim, claro... Logo percebi!

Para nossa sorte, a sala estava vazia. Não havia Feiticeiro algum, o que era estranho, afinal, com o sol a pino no céu, era de se esperar que estivessem recolhidos. Talvez se escondessem em outro esconderijo.

– Não vejo Edgar em lugar algum! – comentei. – Terá acontecido algo com o pobre?

– Não, espero que não... – Eleanor respondeu sem muita convicção na voz. – Devem tê-lo levado a outro local.

– Vejam! – ouvi o Príncipe exclamar, embora em baixo volume de voz. – Em cima daquela mesa!

Logo reparei em um objeto de madeira, cilíndrico, ricamente talhado, repousando em cima de uma mesa velha. Parecia uma miragem, mas era de verdade; pelo desenho logo reconheci: a Chave estava bem diante de nossos olhos. Alguns bonecos de pano, amontoados, jaziam a um canto, como meros brinquedos de criança. Porém, sabia que em cada um deles uma alma presa ansiava por liberdade. *Espero que não levantem e nos ataque* – pensei.

– O que estamos esperando? Edgar não está aqui! Vamos ao menos apanhar o objeto e dar o fora deste lugar, antes que tenhamos companhia! – expressei com veemência.

Era muita sorte não ter encontrado nenhum Feiticeiro protegendo a relíquia; provavelmente não esperavam que fôssemos até aquele local inóspito, mas não podíamos dar sorte ao azar, como dizem. Imediatamente, o Príncipe apanhou o objeto e o guardou dentro de suas vestes.

– Vamos dar o fora daqui! – Eleanor exclamou. – Depois traçamos nossos planos para encontrar Edgar.

Ao término dessas palavras, não perdemos tempo e atravessamos a falsa parede de barro. Avançamos rapidamente em direção à saída, encorajados por nosso sucesso. No entanto, logo descobrimos que não poderíamos ter tanta sorte assim. Estávamos encrencados, essa era a verdade!

– Ora, ora, vejam só quem encontramos por aqui – um Feiticeiro afirmou. Parecia debochar, mas ao mesmo tempo aparentava surpresa.

Este era o momento da verdade. O obstáculo mais difícil que teríamos de enfrentar em todas as nossas vidas. Bem diante de nós, transpondo nosso caminho, havia três Feiticeiros, sedentos por matança.

– A não ser que muito me engane, acredito que estejam carregando algo que nos pertence. Entregue-nos o objeto e vossas mortes serão mais rápidas e indolores.

– Muito pelo contrário, Feiticeiro. Não estamos com nada além do que é nosso por direito – o Príncipe retrucou em um ato de coragem. – Vocês, no entanto, nos roubaram algo precioso. Onde está Edgar?!

Um dos Feiticeiros, que se mantinha quieto até o momento, riu falsamente, porém sua risada parecia muito mais um grunhido maléfico. Em seguida ele falou:

– Fique tranquilo, bola de pelos imunda, ele está seguro, bem longe daqui!

– Vamos acabar logo com isso! – o terceiro Feiticeiro exclamou. – Não temos tempo a perder! Acredito que você também não, não é mesmo, gato? Neste momento, sua amada terra está sendo engolida pela destruição. Pobre Marshmallow! – ironizou. – Terá o mesmo fim grotesco que o de sua miserável irmã... A morte sem retorno!

Não tive tempo nem de ao menos assimilar aquelas palavras. O Príncipe, em um ímpeto de fúria, sacou sua arma e pulou na direção do Feiticeiro provocador, disparando ácido freneticamente e gritando com fúria. Um dos disparos o atingiu, pegando-o desprevenido. Marcou-lhe a face com uma cicatriz. Imediatamente, notei Eleanor saltar em direção a um segundo oponente, em uma espécie de voadora muito bem aplicada. *Espantoso!* Aquele rato me surpreendia até nos momentos de maior tensão – afinal, ele conhecia artes marciais?

Em seguida, os Feiticeiros desataram a disparar golpes mágicos contra nós. A guerra estava iniciada. O túnel sombrio se iluminou com o brilho emitido pelos feitiços errantes, que muitas vezes ricocheteavam nas paredes. Luzes azuis, brancas, verdes e arroxeadas que piscavam fantasmagoricamente. De fato, estávamos loucos quando decidimos enfrentá-los. A chance de ser atingido por um dos feitiços e perder a vida era astronômica. Ainda deslocado – sem saber o que fazer e apenas desviando como podia dos golpes –, notei que, enquanto Eleanor atacava um Feiticeiro, mordendo-lhe a orelha, outro virava em sua direção, pronto para subjugá-lo pela retaguarda. Não podia reagir de outra forma: pulei nas costas daquele maldito, segurando-lhe os braços. Eleanor notou minha movimentação e logo saltou da cabeça do outro Feiticeiro em direção à face deste que eu segurava, aplicando-lhe um chute certeiro no nariz, após uma magnífica pirueta.

– Hugo! O que está esperando?! – ele perguntou. – A adaga!

Eleanor tinha razão. Na confusão, me esqueci de nossa maior arma naquele momento, aliás a única para derrotá-los – assim eu esperava. Saquei minha arma branca no exato momento em que um poderoso feitiço havia sido disparado em minha direção. Não tive dúvidas, agi por reflexo, e me protegi com a própria lâmina da adaga. A luz bateu na arma e foi lançada para outro lado, atingindo uma das paredes, que cedeu com o impacto. Porém, o perigo de o túnel desmoronar e acabarmos todos sepultados naquele local não era o suficiente para que a luta parasse. Foi então que meu coração disparou. Dois Feiticeiros partiram para cima do Príncipe e juntos conseguiram derrubá-lo. O gato estava caído no chão, de costas, e tentava se virar quando um dos Feiticeiros levantou o braço direito, pronto para subjugá-lo, preparado para transformá-lo em um grotesco boneco semimorto. Era a hora da verdade. Momento de descobrir o poder incrustado naquela lâmina de prata. O Feiticeiro estava de costas para mim. Corri em sua direção, ergui a adaga e gritei, emanando fúria e procurando buscar o máximo de coragem que habitava em meu peito. Fui rápido. Antes que ele pudesse emitir o feitiço fatal, encravei a adaga nas suas costas. O ser canino parou imediatamente e baixou lentamente seu braço. Aliás, ao menos para mim, toda a batalha pareceu parar por um momento, e todos nós aparentávamos contemplar o que estava ocorrendo. Do local onde a lâmina havia atravessado sua pele começou a emanar um forte feixe de luz, que então começou a crescer e a sair de outros pontos de seu corpo – como se essa luz estivesse saindo de uma peneira. Ele começou a gritar; era um urro de fúria. Contudo, a cena não levou mais do que poucos segundos. A luz tomou o túnel, e logo estava com a adaga em minhas mãos, segurando-a no ar, onde momentos antes havia um oponente. No chão, restavam apenas algumas cinzas de suas vestes. Não pensei duas vezes; desta vez eu havia sido o mais rápido. Atirei-me na direção do gato, peguei-o pelo braço, ajudando-o a se levantar, e disparamos em direção à saída, com Eleanor na nossa cola.

– Cooooorrrrrrrrrrrrreeeeeeeeeeeeeeeee!!!

Alguns poucos feitiços foram atirados contra nós, mas não foram muitos; conseguimos nos esquivar. Havia uma explicação: os dois Feiticeiros que restaram encontravam-se simplesmente atônitos, absortos; não deveriam acreditar... Nunca na história algum deles havia sido morto; este era um evento tão inédito quanto sombrio em suas vidas. Conheceram uma verdade que há milênios temiam: a vida e sua indissociável consequência: a morte. Atiramo-nos pela primeira escada sem medi-la, sem receio da queda. Então subimos rapidamente pela segunda, pulando diversos lances de degraus por vez. Eleanor vinha agarrado às minhas costas. Notei que, embora estivesse fugindo, o Príncipe me fitava com os olhos esbugalhados, simplesmente pasmo. Saímos no túnel do metrô. Embora soubesse que não havia tempo para caprichos, tomei o cuidado de colocar a tampa de volta no lugar.

– O que está fazendo? – o gato gritou, alucinado. – Deixe isso aí.

– Talvez isso atrase os Feiticeiros! – afirmei, sem muita convicção.

– Você está louco? Eles podem destruir isso em um piscar de olhos.

O gato tinha razão, de qualquer forma já estava feito. Corremos em direção à plataforma. Podia ouvir um trem se aproximando; a situação no metrô já estava normalizada.

Neste momento, era possível vislumbrar a luz do dia através da estação. Pulamos a pequena porta que dividia a área de embarque do túnel. Muitas pessoas gritaram assustadas, mas estávamos ocupados demais para nos preocuparmos com isso. Não podíamos subir as escadas em direção à superfície, perderíamos muito tempo e seríamos barrados por algum vigia. Em vez disso, fizemos uma loucura: pulamos nos trilhos, no momento em que um trem se aproximava. Ouvi o som da buzina e dos freios sendo acionados fortemente. Não consegui olhar para trás. À minha frente, vislumbrava apenas a saída daquele lugar. Corremos em direção à luz do sol. Era nossa única salvação, o único meio de não sermos perseguidos pelos Feiticeiros enfurecidos – agora mais do que nunca. *Acabo de matar um deles!* – pensei. *Estou perdido!*

Chegamos a uma área de manobras no final do túnel. Por pouco não fomos atropelados pelo trem que vinha em alta velocidade. Havia um símbolo do metrô desenhado na grama. Passamos por ele em direção à avenida. Estávamos salvos... *Mas por quanto tempo? O que seria de nós ao anoitecer, quando a lua estivesse dominante no céu? Estávamos em posse do objeto, mas para onde ir agora? Onde estava escondida a Ampulheta do Tempo?*

Mas se pensávamos que tudo havia acabado e estávamos a salvo, não, vou dizer que nosso pesadelo estava apenas começando! Os acontecimentos a seguir ficariam marcados na história daquela cidade por todos os séculos.

Cidade em sombras

Hugo

Para onde ir? Era uma pergunta oportuna para o momento. Sim, muito adequada por sinal... Mas a verdade é que, diante da situação em que estávamos, qualquer lugar longe daquele metrô, daquela estação oculta, seria uma opção auspiciosa. Claro, sabíamos que os Feiticeiros – agora dois deles, pois um eu havia liquidado – não saíam quando o sol estava a pino no céu. E esse era o caso. Por sorte, o magnífico astro flamejante esquentava a cidade paulistana. Respirei aliviado, pelo menos um pouco mais... Os acontecimentos dentro daquela estação secreta ainda rodopiavam pela minha mente, e com toda a certeza não sairiam da cabeça do Príncipe Gato, eu arriscaria dizer, para todo o sempre.

– O Caçador de Feiticeiros! – dizia o felino, maravilhado e ao mesmo tempo espantado. – Não posso acreditar nisso! Um verdadeiro Matador de Feiticeiros! Nunca existiu qualquer criatura capaz de tal proeza. Você subiu no meu conceito, Hugo, realmente é uma honra tê-lo na equipe... Em minha missão... Nossa missão...

Eu ouviria aquelas palavras ainda por centenas de outras vezes, já que o Príncipe não parava de repeti-las com a boca cheia, com prazer em dizê-las, carregado de vontade. “O Caçador de Feiticeiros”... Sim, eu apreciei o título. Aquela adaga tinha propriedades mágicas – isso era um fato inquestionável –, no entanto não era qualquer um que tinha a capacidade de empunhá-la como ela merecia. Seria eu a única pessoa, ou até mesmo a criatura, neste mundo capaz de segurá-la? De fazê-la produzir o efeito visto dentro daquelas passagens subterrâneas? Seria eu predestinado a tal feito? O Caçador de Feiticeiros? Eu acreditava que tais perguntas ficariam sem respostas – nem mesmo Eleanor parecia tê-las. Aquele roedor, por sinal, estava a cada instante mais introspectivo, envolto em algum enigmático mistério, e dificilmente conseguíamos tirar algumas palavras daquele sapeca.

Andamos por um tempo incerto. Não tínhamos relógio, e isso na verdade era um grande problema. Meu celular havia quebrado faz um tempo, no episódio em que eu acabei por fazer uma visitinha nas terras de Marshmallow – no covil dos lobos encapuzados, eu diria. A questão era que não sabíamos para onde ir, e qualquer local, de preferência o mais longe possível, parecia convidativo. Não fazia muito sentido caminhar sem destino; aquela cidade era gigantesca, éramos como uma agulha no palheiro, e os Feiticeiros não nos achariam assim tão fácil.

– É aí que você se engana, Caçador – disse o gato, quando coloquei a questão no ar. Ele tentava se mostrar mais amigável do que de costume. – Os Feiticeiros têm um olfato extremamente aguçado, muito mais do que o meu; aliás, eles nos localizariam a quilômetros daqui, até mesmo debaixo d'água. Não descansarão um segundo sequer enquanto não nos encontrarem; farejarão incansavelmente. O ímpeto por vingança, o gosto pelo sangue não lhes sairá da boca. Querem nos aniquilar, isso é um fato... Como eu já lhe disse, nunca houve ninguém como você, Hugo. Eles devem estar com medo da sua presença, e por isso mesmo querem exterminá-lo o mais rápido possível.

– Ah, tranquilo! – exclamei, obviamente de forma irônica. Afinal, de tranquilo não havia nada. Estava era frito.

Pude notar a aparência de Eleanor, que se escondia na túnica do gato apenas com a cabeça para fora. Era uma feição indescritível, aliás o roedor fazia umas caras muito características. Só ele conseguia fazê-las. Uma feição que logo eu consegui classificar como: "Agora sujou!". O olhar do roedor estava longínquo, perdido em algum ponto longe do sol.

Logo compreendi o motivo do espanto de Eleanor: agressivas nuvens surgiam no céu, trazidas por fortes rajadas de vento. Avançavam com determinação, como se nada as pudesse parar e, de fato, nada poderia mesmo. Diversos alarmes de segurança dos carros dispararam a tocar. Vi uma senhora cair de joelhos na calçada – aquela ventania não estava nada amigável. Pensei em ir ajudá-la, mas um homem já havia tomado essa providência. Em questão de pouquíssimos minutos, o dia virara noite. O céu estava completamente coberto pelas mais densas e negras nuvens vistas até então... Aquilo não era nada bom. Olhei para o gato, e dele para Eleanor. Nós três não precisávamos dizer absolutamente nada, sabíamos que aquela tempestade que se aproximava de repente – e certamente não detectada pelos mais peritos meteorologistas – era arte dos Feiticeiros. Só podia ser.

Raios chicoteavam o céu e este berrava em resposta, com grandiosos trovões. A população começava a correr pelas ruas, parecendo assustada com a chegada tão repentina daquela tempestade. Era de se espantar mesmo, de um céu azul-claro com um sol imponente, em pouco menos de cinco minutos passamos a vislumbrar um céu negro, monstruosamente carregado de nuvens densas. Logo desabaria o mundo – como dizem por aqui. Portanto, não poderíamos esperar, tínhamos de encontrar algum local coberto para nos escondermos da chuva que começava a cair. Grossas e pesadas eram suas gotas estourando no solo, o vapor do asfalto, aquele cheiro quente... Odiava aquele odor.

– Corra! – falei para o Príncipe, em alta voz.

A passos largos, cruzamos uma rua. O trânsito estava se tornando caótico. Engarrafamentos. Enchentes descomunais em muitos pontos da cidade. Muitas pessoas perderiam suas casas, algumas, talvez, até a vida. Infelizmente isso era comum quando chovia forte. Esta que estava caindo certamente se tratava da mais forte de todas que já presenciei.

Não havia muito tempo para fazer escolhas, mas eu não achava boa ideia nos abrigarmos em um local com grande número de pessoas; por isso, apontei para um terreno à frente. Apesar de não me parecer o local ideal, foi o que surgiu em meu campo de visão no momento. E, se tivéssemos sorte, não encontraríamos ninguém dentro de um casebre mal erguido que jazia num canto daquele terreno. O lugar parecia abandonado. Saltamos as grades de madeira que contornavam a propriedade e caímos do lado de dentro; eu quase que me desmontei no chão. Já o Príncipe saltara de uma forma que só os gatos fazem – graciosamente e com grande agilidade. Eleanor deveria estar todo enrolado dentro da túnica. Senti inveja do roedor, pois ele até conseguiria tirar uma soneca lá dentro se quisesse, e ainda estava quentinho...

– A temperatura está começando a cair – falei, esfregando as mãos nos braços freneticamente para aquecê-los. Enquanto isso, avançávamos em direção ao casebre, esmagando o matagal e saltando os pedregulhos. – Nunca vi isso antes!

– Os Feiticeiros estão raivosos – soou uma voz abafada de dentro das vestes do gato.

Olhei de soslaio por uma fenda na parede de madeira do barraco. Não parecia haver ninguém lá dentro. Corri para a porta – uma corrente presa a um cadeado impedia nossa invasão. A chuva apertava. Cada gota parecia envolta por ódio, pois caíam pesadas em meu corpo, como pedrinhas de construção.

– O que faremos? Está trancada!

– Ora, esperava que estivesse aberta, Caçador? – o Príncipe rebateu, mas sem aquele tom sarcástico habitual.

– Consegue abrir o cadeado?

O gato não respondeu com palavras; agilmente saltou para a porta do casebre, armou suas unhas para fora e começou sua artimanha. Notei que aquele espertalhão mantinha a língua para fora e para o canto da boca, como já vira algumas pessoas fazer, em especial quando estavam concentradas em algo. *Clac* – e logo o cadeado despencara no solo empoçado, levando a corrente consigo. Entramos sem demora. Fechei a porta com um pedaço comprido de madeira que existia aos montes por ali. De fato, o local estava vazio, ou melhor, agora ocupado por nós três. Eleanor saíra das vestes do Príncipe e saltara sobre uns caixotes. O casebre não era nada aconchegante. Não tinha nada além de materiais velhos e esquecidos. Uma jarra semienterrada, uma bota furada e sem cadarços, um soquete de lâmpadas pendurado sobre um fio ao centro compunham o ambiente desagradável do nosso abrigo provisório. Estava muito escuro. Mal dava para enxergar. Encontrei uma caixa de fósforos em meu bolso; neste momento me pareceu tão valiosa quanto a adaga, mas claro que estava sendo bastante exagerado. Por sorte aquele telhado não era dos piores, a chuva forte entrava apenas por umas frestas da parede.

– Este casebre precisa continuar em pé até esta tempestade passar – falei, quase fazendo uma oração. Em seguida, eu realmente orei. Na verdade, achei aquilo estranho, pois eu não era religioso. Mas acredito que muitas pessoas mentalizam e até entoam alguma prece nos momentos mais difíceis... Isso era, de certa forma, até engraçado.

– Não creio estarmos seguros aqui – anunciou o sábio Eleanor. – Os Feiticeiros não se inibirão com a chuva, afinal eles são os responsáveis por ela. Devem estar seguindo nossos rastros, não tardarão a nos encontrar. Devíamos arrumar alguma forma de despistá-los. Não sei, talvez nos esfregando em postes e paredes diversas para deixarmos nossos cheiros. Para criarmos uma falsa trilha de aromas. Que tal?

– Não sei se funcionaria. – O gato foi honesto. – Os Feiticeiros não são nada estúpidos. Não cairiam assim tão fácil. O olfato deles vai além de qualquer outro sentido, não acredito que conseguiríamos enganá-los.

– Então isso significa que estamos completamente perdidos? – indaguei, começando a sentir um enrosco em minhas entranhas. Não vou mentir, estava batendo certo medo.

Risquei um fósforo. Ainda tinha mais uns dez na caixinha. O Príncipe estava sentado em um dos caixotes, perto de

Eleanor; segurava nas patas o objeto cilíndrico de madeira, parecia intrigado e maravilhado ao mesmo tempo. Quanto à feição de Eleanor, eu desisto de tentar descrever – ela era única.

Sobressaltei-me quando notas musicais ribombaram no ar. Olhei abobado para todos os lados, tentando descobrir a fonte. Logo a encontrei.

– Que é isso? – questionei sem pensar.

O Príncipe ficou mudo, apenas mexia nas laterais daquele cilindro de madeira. Não sei o porquê, mas me acabou vindo em mente a imagem dele brincando com um daqueles cubos mágicos, aquele que as crianças não conseguiam resolver por ser complexo demais. Eu mesmo já havia tentado algumas vezes, e só conseguira a resolução com a ajuda de uma videoaula que havia encontrado no YouTube.

Novas notas soaram no casebre, e até que eram bonitas; somente uma ou outra que pareciam um pouco fora de escala. Isso era aceitável, afinal, sendo aquele objeto um instrumento musical, levaria tempo e dedicação para aprender a tocá-lo. Mesmo assim, o gato não parecia estar indo mal. Era esperto mesmo. Senti falta de ter um piano por perto...

– É melhor parar com isso! – exclamou Eleanor, encostando nas patas do Príncipe, que de admirado passou a assustado. – Silêncio! Eles podem nos ouvir... – passou a falar em sussurros. – Não é só o olfato dos Feiticeiros que é aguçado, a audição também, e tenho certeza de que é descomunal.

Eleanor tinha razão. Não era bom darmos chances para o azar. Ficamos mais silenciosos. E no escuro, obviamente, afinal eu só tinha poucos fósforos, que duravam quase nada. Mas havia uma fraca luz que adentrava no casebre por algumas fendas na parede e deitava na lama do chão. Essa luz foi diminuindo com o passar das horas – já estávamos ali há certo tempo –, até que se apagou por completo. Fiquei frustrado ao mexer no cilindro – a Chave –, pois não havia conseguido produzir ao menos uma fraca nota, e para um músico isso era bem desconcertante. Como aquele felino conseguia tal façanha? Lógico que não queria fazer barulho e nos colocar em perigo, mesmo porque o mestre Eleanor me alertou mais uma vez quando apanhei o objeto das patas do gato. Conversamos aos sussurros a respeito daquele cilindro e ainda sobre o local em que a Ampulheta do Tempo poderia estar escondida. Precisávamos encontrá-la depressa. Tínhamos de traçar uma meta, um caminho a seguir. Caso contrário, ficaríamos andando pelas ruas da cidade, como baratas tontas, desorientados e sem saber por onde continuar. Pensamos também em qual teria sido o destino de Edgar... Ele estaria bem? Estaria seguro? Teria conseguido fugir dos Feiticeiros ou teria sido...?

A chuva diminuíra, finalmente se tornando uma garoa suave. Achei que jamais cessaria. Antes que alguém pudesse sugerir uma saída daquele casebre, mesmo que fosse apenas para respirar um ar melhor, algo ocorreu, algo que nos obrigou a sair, ou melhor, a correr...

Com um salto, Eleanor agarrou o soquete de lâmpada preso por um fio ao teto e voou como o Tarzan em um cipó; em seguida, deu dois giros no ar e, com uma voadora impecável e esticada, acertou um besouro que adentrara por uma fenda do casebre. Mas que sensibilidade a do roedor! A seguir, tudo passou muito rápido. O Príncipe cobriu o rosto com a máscara branca e o capuz da túnica, ao mesmo tempo em que tirava sua pistola vermelha do cinto. Eu demorei alguns segundos a mais, mas logo retirei a adaga presa à minha cintura. O som do besouro cessou – aquele inseto gordo e escuro perdeu a vida após o golpe marcial que Eleanor lhe conferira.

– Vamos sair logo daqui, eles nos encontraram! – exclamou o Príncipe. Pendia a cabeça meio de lado, com o intuito de se atentar aos ruídos distantes. – Ouço muitos zumbidos se aproximando, parece um enorme enxame de besouros malditos... Mas não estão sozinhos... Os Feiticeiros estão farejando. Precisamos correr agora!

– Ahhhhhhhhh... – eu expressei instintivamente, ao mesmo tempo em que chutei brutalmente a porta. O motivo daquele ímpeto de coragem foi movido por um estado de urgência. A verdade é que aqueles cães encapuzados não estavam nos procurando, eles já haviam nos encontrado.

– CORRE! – berrei.

Saímos aos tropeços, trocando a escuridão de dentro do casebre pela escuridão de fora, a da cidade. Alguns clarões iluminavam o terreno por meros segundos: eram os golpes lançados pelos Feiticeiros. O frio na barriga era inevitável. Nunca havia corrido tanto. Quando a vida nos é ameaçada, algo ocorre em nosso corpo, ganhamos uma força sem medida.

O Príncipe seguiu na frente, afinal ele era muito mais ágil, mesmo com aquela vestimenta toda. Saltou pela grade que circundava o terreno – eu pulei logo na sequência – e seguiu pela esquerda, virando na esquina de uma ruazinha estreita. *Onde ele estava indo?* Pouco importava. Tínhamos de sair logo dali, encontrar algum local seguro ou morrer na tentativa. Eleanor corria ligeiro pelo asfalto molhado, saltando por incontáveis e enormes poças.

– Por aqui! – o gato exclamou, afobado, apontando para outra ruela à direita; nós o seguimos sem pestanejar.

Um berro ameaçador cortou o ar, carregado com puro ódio pelo vento, adentrando em nossas orelhas, gelando nossos corpos e arrepiando nossas espinhas. Eles estavam logo atrás. Precisávamos correr ainda mais se quiséssemos despistá-los. Uma ou outra pessoa que se aventurava pelas ruas soturnas da cidade, ao nos ver em completa fuga, se assustava e se escondia também pelos becos. Algumas casas mantinham as luzes acesas, o que nos ajudou a enxergar o caminho à frente.

Novas vias foram desbravadas... A perseguição passou até mesmo a ocorrer pelas avenidas, entre os carros em movimento. O caos estava claramente declarado. Aquilo tudo parecia uma angustiante cena de filme de ação, daquelas de tirar o fôlego. Os veículos batendo uns nos outros, pessoas gritando assustadas, um hidrante jorrando água para o alto... Não parecia verdade. Eu devia estar imerso em algum dos meus mais longos e reais pesadelos. Só podia ser. Talvez eu estivesse em minha cama no décimo quarto andar e logo acordaria e assistiria a algum seriado na TV, comendo *muffins* de chocolate. Mas, na dúvida de estar em um sonho ou não, o melhor era continuar em fuga.

As fracas luzes dos postes foram se apagando uma a uma, explodindo – uma chuva de cacos de vidro pelos ares. Um novo berro gutural tomou conta de tudo. Acredito que a vibração daquele grito tenha avançado pela cidade inteira, despertando muitos cidadãos de suas camas.

Blecaute total. Toda a energia elétrica havia desaparecido, engolida pela fúria dos Feiticeiros. Eu não saberia dizer por quantos dias São Paulo ficaria em sombras. Talvez não fosse mais possível saber se era dia ou noite. Os relógios teriam parado? Porque, pelo que havia notado de esguelha enquanto cruzava por ruas sombrias, os carros haviam pifado, os faróis inutilizados. *Teriam as baterias congelado? Os meios de comunicação também estariam parados?*

Como se não bastasse toda aquela desgraça, uma densa névoa começou a brotar dos cantos... E com ela vieram as palavras desacreditadas do Príncipe Gato:

– Vocês viram isso? Todos os Feiticeiros de Marshmallow estão aqui, estamos perdidos!

– De quantos estamos falando? – indaguei ofegante, sem parar para respirar; meu peito doía como nunca, e isso não era nada bom.

– De catorze. Ou melhor, treze, pois você matou um deles – respondeu o gato, de olhos vidrados. – Isso não é nada bom, pois ainda significa outra coisa aterrorizante...

Eu não precisei perguntar sobre o que ele se referia, logo percebi do que se tratava... Havia uma silhueta robusta em meio à neblina, bem à frente de nosso caminho. Segurava uma espécie de cajado em uma das mãos. Bafo quente saía por suas narinas nada humanas. Seus olhos tinham tons de vermelho; faiscavam... Eu confesso, estava com as pernas bambas. Eleanor engoliu em seco.

Esperteza de Eleanor

Príncipe Gato

Agora estávamos certamente perdidos. Nossas vidas seriam despedaçadas antes que pudéssemos nos dar conta do que havia ocorrido. E eu, Príncipe Gato, era o responsável por colocar aqueles dois seres em risco também; seria assombrado eternamente pela responsabilidade de suas mortes. Mas o que era aquilo? Tudo aconteceu rápido demais, e nos deu os poucos segundos de que precisávamos. Nessas horas fico em dúvida se acredito no acaso ou nas forças do destino, porém isso pouco importava. Por sorte ou não, eram os poucos momentos que tínhamos para aproveitar.

Um carro em alta velocidade, obviamente desgovernado, avançou em nossa direção no instante em que o vulto, em meio à neblina, erguia um de seus braços e lançava um poderoso feitiço. O carro colocou-se entre nós na hora exata. Pobre ser humano que devia estar dentro daquele pedaço de lata, ou veículo, como chamam por aqui. Infelizmente não havia tempo para lamentar por ele, tínhamos de fugir. O feitiço o atingiu, fazendo com que voasse pelos ares.

– Agora!!! – gritei.

Pulei sobre o carro, pegando mais impulso nele e saltando por cima daquele ser demoníaco. Hugo e Eleanor correram cada um para um lado, o que deve tê-lo confundido um pouco, porém nada poderia ser perfeito, e sorte ou destino não seriam suficientes para nos livrar totalmente de alguém tão poderoso. Como Hugo é o maior de nós, certamente chamou maior atenção, sendo o primeiro a sofrer um ataque. Não houve tempo de avisá-lo; uma rajada de luz vermelha acertou-o na altura da cintura. Ele rodopiou no ar; caiu no chão com estrondo e o feitiço ricocheteou para o lado, atingindo uma árvore e rachando-a ao meio.

– Nãããããooooooo!!!

Tentei desviar meu pulo em direção ao Hugo, mas não tive tempo – eu era o próximo. Passava por sobre aquela besta quando ele olhou para cima, e de suas mãos saíram outro feitiço, agora azulado. Tive um pouco mais de sorte que o Hugo e consegui me esquivar, impedindo que me atingisse no tronco, porém uma rebarba do feitiço – uma pequena fagulha – passou rasgando por minha face. Aquilo queimou como um potente veneno fervente. Antes de cair no chão, levei minhas patas ao rosto: estava sangrando. Um corte surgiu em minha fronte, rasgando minha tez entre meus olhos. Caí desajeitado no solo, o que é realmente raro e constrangedor para um felino. Meu peso cedeu sobre meu rabo, que não suportou o impacto; ele havia quebrado na ponta. Miei alto! Olhei para o lado, estava próximo do Hugo. Para minha surpresa – e confesso, para minha imensa felicidade – ele abriu os olhos e começou a se levantar. Estava vivo! Ainda havia esperanças para nós. Ele veio em minha direção para me ajudar, mas isso eu não permitiria: meu orgulho felino ainda falava mais alto. Ergui-me sozinho e, neste momento, fomos atacados por mais um feitiço, desta vez negro como a abóboda celeste deste mundo, em uma noite sem estrelas. Hugo foi mais rápido, parecia certo do que estava fazendo. Ergueu sua poderosa adaga, bloqueando a rajada de luz que pareceu ser engolida pela lâmina. Com a força do impacto, notei que o Caçador foi arrastado para trás, sem cair. Se permanecêssemos naquele lugar, não duraríamos muito tempo. Então corremos. Fugimos desesperadamente, procurando desviar dos inúmeros feitiços que eram conjurados contra nós.

– Onde está Eleanor?! – Hugo perguntou.

Não sabia dizer. O Feiticeiro esteve concentrado em nós dois esse tempo todo; éramos maiores, e nesse ponto Eleanor tinha larga vantagem, pois era quase imperceptível correndo nas ruas.

– Não sei! O perdi de vista!

Hugo mordeu os lábios. Pude notar sua expressão de seriedade e preocupação. Agora, no entanto, por mais que nos preocupássemos com o roedor falante, não podíamos simplesmente dar meia-volta para procurá-lo. A morte estava em nossas costas; tínhamos de confiar em Eleanor e sua destreza. Corremos desesperadamente por ruelas largas e estreitas. As poucas pessoas que restavam nas ruas, com o passar do tempo, gritavam desesperadas e assustadas ao nos vislumbrarem fugindo. Muitas vezes, algum Feiticeiro desaparecia e ressurgia bem à nossa frente e tínhamos de desviar nosso caminho de fuga, enquanto contra-atacávamos.

– E agora, gato? – Hugo perguntou ofegante. – Já não tínhamos tempo, agora nem temos mais espaço para procurar a Ampulheta à vontade.

Ele estava certo, não havia o que lhe responder; simplesmente eu não sabia o que fazer. Tinha que ser sincero, não podia mais falhar com o "Caçador de Feiticeiros".

– Não faço a menor ideia! Estamos fritos!

Hugo empunhava sua adaga firmemente. Notei que fagulhas azuladas saltavam da lâmina. Aparentava de alguma forma estar mais viva. Ele pareceu notar isso também. As fagulhas, no entanto, não o queimavam.

– Caçador, o que acha de nos separarmos? Para despistá-los?

– De forma alguma! Poderia ser suicídio! Temos de permanecer juntos! E se nosso destino for a morte, que partamos juntos desta vida!

Confesso, tive de lutar bravamente para que lágrimas não escorressem de meus olhos, e se misturassem ao sangue que ainda fluía por minha face. Em meu peito borbulhava uma emoção muito forte e simultaneamente um desgosto e um arrependimento cresciam como um câncer dentro de mim. Não conseguiria suportar aquilo por muito tempo.

– Hugo... – comecei. – Acho que há algo que você deve saber... – tentei iniciar uma conversa enquanto fugíamos, mas Hugo pareceu não escutar.

– Veja! – ele gritou, apontando para uma ruela perpendicular à que estávamos.

Um pouco desconcertado pela brusca interrupção quando me preparava para falar algo sério, olhei para o lado e pude ver Eleanor, que vinha correndo em nosso encalço. Ele estava sendo perseguido por quatro Feiticeiros. Apesar da gravidade da situação, fiquei muito contente em ver que estava bem, embora não soubesse por quanto tempo aguentaríamos. Ele nos alcançou e passou a fugir conosco.

– Eleanor! – Hugo foi o primeiro a exclamar. – Você está bem? Estávamos preocupados.

– Ora, *monsieur*, vivi durante anos escapando de gatos no cemitério, não serão quatro Feiticeirozinhos de Marshmallow que darão conta de Eleanor Wosky.

Eleanor Wosky? Foi isso que ele disse? – pensei. Preferi não questionar nem contrariar. Pela forma com que ele pronunciava "Wosky", isso parecia lhe transmitir um profundo respeito, como se o fizesse sentir-se parte de uma família; e uma família à qual ele venerava profundamente.

– O que faremos?! – perguntei.

– Tenho alguns palpites, mas preciso de tempo para pensar! Não consigo raciocinar fugindo desesperadamente como agora.

– Tempo? Como? Não temos tempo agora! – exclamei.

Mal pude terminar minhas palavras quando um urro pôde ser ouvido. Imaginei o que se passaria pela cabeça dos pobres humanos reclusos neste momento em suas casas; deveriam pensar se tratar de um grande trovão ou terremoto se iniciando. Olhei para trás e notei algo estranho, que demorei a assimilar. Os Feiticeiros estavam desaparecendo um a um em uma nuvem de fumaça.

– O que está acontecendo? – Hugo inquiriu. – Para onde estão indo?

– Não sei, mas é melhor mantermos os olhos bem abertos! Os Feiticeiros são perspicazes.

– Eles estão indo embora... – Eleanor falou surpreso. – Mas por quê?

– Se você não sabe, Eleanor, quem mais poderá saber? – falei, notando meu amigo rato estufar levemente o peito, orgulhoso pelo elogio indireto.

– Conheço um lugar perto daqui onde poderemos respirar um pouco aliviados e pensar na estratégia para daqui em diante.

Estávamos em um pequeno sobrado. Parecia abandonado há muito tempo, mas a decoração ainda era impecável, como se nunca alguém houvesse entrado no local depois de ter sido deixado para trás. Não era possível reparar em muitos detalhes, pois a cidade estava às escuras e achamos melhor manter portas e janelas hermeticamente fechadas.

– Que lugar é este, Eleanor? – Hugo perguntou, acomodando-se em uma poltrona.

– Esta é a antiga casa de solteira de minha ama, Ágata.

– Tem certeza de que é seguro ficarmos aqui? – indaguei não convicto.

– Mais seguro até do que se você estivesse em Marshmallow tomando sua tigela de leite ao lado de seu povo! – Eleanor respondeu com firmeza.

– Como tem tanta certeza? – indaguei curioso.

– Este lugar é mágico, Príncipe. Meu amo o tornou encantado. Parece uma simples moradia, mas está longe de ser comum. Ele incorpora o sentido real de uma casa, protegendo e acolhendo quem está em seu interior de todo e qualquer mal que possa existir. Aliás, iria além, dizendo que representa não apenas uma casa, mas um acolhedor útero materno para o feto indefeso.

– Fantástico! – Hugo exclamou.

– Nem mesmo os Feiticeiros são capazes de invadi-lo agora que nós estamos sendo acolhidos – Eleanor completou parecendo ler meus pensamentos. – Eles poderão farejar o quanto quiserem, mas nosso rastro sumirá próximo da entrada da casa. E mesmo que tenham a certeza de estarmos no interior, não conseguirão invadi-la. Ao menos não tão cedo. O único ser, de quem tenho um pouco de receio, que poderia quebrar a magia envolvente desta casa é o líder dos Feiticeiros. Mas mesmo ele não conseguirá fazer isso tão cedo; podemos dormir sossegados por uma noite.

– Realmente impressionante, Eleanor – respondi. – Não é à toa que Adir tenha sido tão venerado. Apenas uma coisa será sempre um mistério a respeito daquele fabuloso humano: por que foi aliado dos Feiticeiros, vivendo tantos anos ao lado deles?!

– Você está enganado, Príncipe. Essa complexa pergunta finalmente obteve resposta.

– Como?! Quando foi respondida? E por quem?

– O objeto nas mãos de Hugo é a resposta para essa antiga dúvida.

– Ahn? Em minhas mãos? – Hugo, que parecia distante, perguntou assustado.

– Exatamente. A adaga é a resposta.

[Silêncio.]

Eu ainda não conseguia compreender. Tentava achar uma solução, mas, qualquer que fosse a resposta que Eleanor pudesse ter obtido, eu não a encontrava. Estaria se referindo à frase que Hugo teria vislumbrado na lâmina? Não, não pode ser, nem mesmo o Caçador se lembrava do que estava escrito.

– Continue, Eleanor, como a adaga pode ser a resposta? – Hugo perguntou, e agradeci que tenha sido ele a questionar; não queria dar a entender que não havia compreendido.

– Você está lembrado, Hugo, de quando estávamos na casa de Edgar e, após vislumbrarmos uma forte luz emitida pela adaga, você concluiu: *Se encontrarmos uma forma de manipular alguma alma para dentro de um Feiticeiro, ele se tornaria mortal?! E então poderíamos atacá-lo...?*

– Sim, estou lembrado! E estava certo, aniquilamos um deles com a adaga. Ao mesmo tempo em que ela lhe concedeu uma alma, o feriu mortalmente!

– Exatamente. E essa arma poderosa foi construída por Adir. Meu amo era um homem visionário. Ele sabia da progressiva desvirtuação dos Feiticeiros e dos males que isso causaria para Marshmallow em um futuro muito breve. Sendo assim, ele se forçou a conviver por longos anos ao lado daqueles seres sinistros. Analisava-os dia após dia, buscando um ponto fraco, uma forma de vencê-los. Quando conseguiu, incrustou esse poder na lâmina dessa adaga, para que Marshmallow não estivesse mais à mercê das vontades de uma raça diabólica. Parece até ter protegido ela mesma, impedindo que quaisquer habitantes de Marshmallow pudessem tomá-la para si; apenas um humano seria capaz. Sei que pode parecer estranho ter construído tal artefato e tê-lo mantido neste mundo, mas de alguma forma Adir deveria ter um plano muito bem arquitetado.

[Silêncio.]

– Eleanor, você nos disse que tinha uma espécie de plano – falei, quebrando o silêncio. – No que está pensando?

– Tenho algumas dúvidas... Mas preciso averiguar antes de concluir algo. Príncipe, terei de coletar um pouco de seu sangue.

– Meu sangue? Para quê?!

– Por favor, não posso dar muitas explicações ainda. Vou fazer um curativo no seu rosto, mas colherei um pouco do sangue.

– Ok, está bem... – aceitei, apesar dc contrariado.

Após pouco mais de meia hora, minha face estava com um curativo muito bem-feito e Eleanor tinha algumas gotas de meu sangue em um pequeno recipiente.

– Muito bem, agora tenho algumas coisas para investigar. Hugo, Príncipe, vocês ficam aqui, em segurança; eu terei de sair da casa.

– O quê?! Você ficou louco? – perguntei atônito.

– Você não pode sair sozinho! – Hugo completou, igualmente aturdido com a proposta. – Se alguém tem que sair, então sairemos todos juntos!

– Nada disso – Eleanor retrucou. – Vocês são um alvo muito fácil! Muito visíveis! Eu poderei caminhar com mais chances de não ser visto.

Era difícil discutir com aquele rato... Afinal, ele não deixava de ter razão. Mas nesses momentos nossa emoção falava mais forte do que a racionalidade.

– Os Feiticeiros são astutos, Eleanor! Poderão farejá-lo! Hora ou outra irão lhe encontrar.

– Também tenho minhas habilidades, saberei me proteger.

– Por que não nos conta o que pretende procurar? – Hugo perguntou.

– Preciso ter certeza, Hugo! Não posso falar nada antes de ter absoluta convicção. Porém, preciso que se mantenham nesta casa; é o único lugar seguro.

A discussão permaneceu por várias horas antes que eu e Hugo desistíssemos de convencer Eleanor de que estava cometendo uma loucura. Resolvemos dormir – estávamos todos exaustos –, com a promessa de Eleanor de que partiria logo cedo, mas que voltaria na tarde do mesmo dia.

Não consegui dormir direito. A casa parecia ser de fato segura, afinal ainda nos mantínhamos vivos. No entanto, a preocupação não deixava de tomar conta de minha mente. Estávamos tão próximos de obter sucesso: estávamos com a Chave em nossas mãos! Porém, não sabíamos onde utilizá-la e como o fazer sem sermos assassinados por algum Feiticeiro no caminho. Levantei-me e notei que Eleanor já havia partido. *Por onde andaria aquele rato?... Estaria bem? Não gosto nem de pensar o contrário.* Não encontrei Hugo deitado no sofá onde o vi cochilar, mas logo o localizei sentado à mesa na cozinha.

– Naturalmente não havia nada nos armários – ele comentou quando me notou entrar no cômodo. – Mas a mesa estava posta com um pouco de comida. Eleanor deve ter tomado a atitude antes que levantássemos.

– Aquele roedor é inacreditável! Não existe igual – respondi impressionado. Um sentimento estranho invadia meu peito; um vazio que incomodava.

Passamos o dia enclausurados naquela casa. Não falávamos muito. Acho que ambos estávamos preocupados com Eleanor. Sair sozinho em um momento como aquele era praticamente suicídio! Ninguém sobreviveria sendo caçado por treze Feiticeiros em uma cidade às escuras. E ainda, sendo um deles o líder, o mais poderoso, trajado em túnica vermelha, cajado em mãos e o faro aguçado de uma alcateia inteira.

Para nosso alívio, eu estava errado. No final da tarde, Eleanor retornou à casa de Ágata. Meu coração respirou mais aliviado, e não digo isso somente pelo fato de ele ter trazido um pouco mais de comida.

– Senhores, trago boas e más notícias do mundo lá fora – ele falou enquanto dividíamos bolachas e nos acomodávamos no sofá.

Seu olhar era sombrio, mas podia notar também um sorriso contido em seu rosto, que parecia estar tentando esconder. Hugo e eu escutamos atentamente:

– A má notícia é que nossos inimigos se fortaleceram rapidamente. Estão espalhados por todos os lados, e seus espiões agora voam armados até os dentes. Vislumbrei diversos besouros empunhando espadas e lanças. Não têm mais a função de meros vigias; são guerreiros sedentos por nosso sangue. Para piorar, bonecos de pano marcham incansavelmente pelos becos à nossa procura.

[Silêncio.]

– A boa notícia é que já sei para onde devemos ir. Acredito ter localizado a entrada para a gruta secreta onde se esconde a Ampulheta do Tempo.

Hugo e eu nos olhamos assombrados. Eleanor só podia estar de brincadeira conosco. Se ele estivesse certo, isso era um verdadeiro milagre! Marshmallow poderia ser salva! Um novo feixe de esperança brotou em meu peito. A vontade era de dar um beijo estalado nas bochechas daquele rato.

– Onde está?! – gritei entusiasmado, perdendo noção do volume de minha voz. – Diga logo! Desembucha!

– Acalme-se, realeza, por favor. Prefiro não pronunciar o nome do local, mesmo na proteção desta casa. Ainda aqui as paredes podem ter ouvidos.

– Eleanor, não é hora para floreios! Mas o que é isso! Vamos, diga-nos!

– Fale, Eleanor! Não podemos perder tempo! – Hugo me ajudou. Acho que estava quase tão curioso quanto eu.

– Por Deus! – Eleanor falou, elevando o volume. – Não podemos cometer deslizes no final de nossa jornada! Lutamos muito para chegar até aqui! Desperdiçaremos todo o suor e o sangue derramado por conta de uma ansiedade? – Aquele roedor falante parecia estar nos passando um sermão, e eu odiava isso, mas tinha que confessar que ele tinha razão de novo. – Partiremos amanhã pela manhã! Tem que ser de manhã, logo cedo! Se perdermos esse momento, apenas será possível retornar no dia seguinte; porém, isso poderá nos custar a vida, já que temos um exército sanguinário à nossa procura.

– Por que deve ser cedo? Por que não ir agora? – perguntei ainda exaltado. – Eleanor, meu povo clama por socorro, não posso esperar para salvá-los!

– Príncipe, se você não esperar a ocasião exata, poderá estar enterrando seu povo e seu mundo para sempre, ao invés de salvá-los! – Eleanor concluiu com palavras fortes, porém sábias. – Vamos nos preparar e descansar! A missão amanhã deverá ser a mais difícil de nossas vidas! E esta noite, que graças à magia de meu mestre será bem dormida, poderá ser a última noite de nossa existência, antes de partirmos para o universo infinito, tendo falhado em nossa importante missão. Estou sendo duro, mas realista. Contudo, ainda há esperança, e devemos nos agarrar a ela.

[Breve silêncio.]

– Amanhã será o grande dia!

O canto da chave

Príncipe Gato

O céu ainda estava escuro. As nuvens pesadas já se espaçavam, dando algumas aberturas limpas para que as estrelas brilhassem. "Há esperança! Enquanto elas cintilarem no céu, haverá esperança!" – disse Eleanor, um pouco antes de cairmos no sono.

De certo, naquela noite pôde-se ter um pouco de alívio; não um alívio supremo, mas após toda aquela perseguição pelas ruas, em completa escuridão, com nossos corpos e mentes enervados, posso dizer que aquela casa mágica nos abençoara com um descanso merecido. Uma sensação indescritível, eu diria maternal, nos tocou em cada cômodo daquela habitação. Como se nos desse colo, nos acarinhando... A energia de Ágata ainda prevalecia pelos cantos, na decoração; como o espírito da casa, completamente vivo e eterno.

Mas como nosso ilustre amigo Eleanor pronunciara, deveríamos sair pela manhã, logo cedo. Portanto, nossas horas de sono não foram, assim, muitas... Mas não havia do que reclamar; diante da situação, ter encontrado um local seguro para repousar era um milagre, tanto quanto o fato de o roedor jurar saber a localização da Ampulheta do Tempo.

– Vamos, Príncipe... Vamos despertando! Vamos, Hugo – dizia Eleanor em suave tom de voz, com aquele seu timbre peculiar e único. Não sei dizer se fora sonho, ou algum momento em que abri os olhos durante a madrugada, mas tenho a imagem do pequeno, porém grande rato, sentado com as perninhas cruzadas, sobre alguns livros de capa dura, os olhos fechados, a espinha esticada, como se tivesse meditado durante todo o tempo em que eu e Hugo dormíamos.

Já despertos, sentamos todos à mesa da cozinha e fizemos um lanche pobre, porém suficiente – possivelmente nossa última refeição juntos. Acabamos mergulhando em silêncio, não poderia afirmar com convicção, mas talvez todos ali estivessem pensando o mesmo que eu: estaríamos saindo em instantes para além da segurança daquela residência, e isso significava grandes apuros, afinal, como Eleanor alertara. Além dos Feiticeiros havia uma legião de bonecos amaldiçoados e um exército de besouros armados sobrevoando pelas arestas dos prédios e das casas, caçando insistentemente, sem jamais descansar. Além do mais, eu e Hugo não sabíamos de fato qual era o plano – Eleanor se matinha irredutível, sem nos contar exatamente o que havia traçado, com medo de que as paredes tivessem ouvidos compridos e as informações caíssem na boca dos inimigos. "Tudo ficará claro no momento certo, tenham calma, confiem neste velho rato" – disse o pequeno.

A aparência de Hugo não era das mais agradáveis. Tinha olheiras pretas ao redor dos olhos, os cabelos mais oleosos que gordura de peixe; mantinha uma respiração difícil, um pouco pausada, mas, apesar disso, o brilho de seus olhos – cujas cores eu tanto admirava, pois eram iguais às minhas, apenas invertidas: verde e castanho, castanho e verde – passava um alento para nós, uma coragem bem fundada. Ambos, eu e Eleanor, sabíamos que o Caçador de Feiticeiros não esbanjava de boa saúde por conta de sua doença, que tanto lhe feria o corpo.

Diferentemente de alguns poucos instantes durante aquela madrugada, o céu, no momento, mostrava-se completamente enegrecido pelas nuvens. Mas essa situação já era aguardada; sabíamos que quando o dia amanhecesse os Feiticeiros não permitiriam que o sol tocasse a cidade, então tornaram a intensificar seus feitiços, selando o céu ainda em completa escuridão.

– Deixe-me ver isso – disse Eleanor, conferindo o curativo em minha face felina –, ganhará uma bela marca, meu caro amigo. Todavia, creio ter se safado de danos piores. Aquele Feiticeiro vermelho me parecia muito poderoso.

– E certamente é! – respondi com certo pesar, colocando a máscara branca e ajeitando o capuz da túnica. – Eu diria que é aterrorizante ele ter vindo para este mundo. Todos eles, por sinal. Não descansarão até nos apanhar. Estão nervosíssimos. E ainda fiquei com a ponta do meu rabo quebrada! – lamentei.

– Isso tudo é bastante animador! – Hugo falou em tom irônico, prendendo a adaga à cintura e passando a mão em seguida pelos cabelos. – Vamos sair, então?

– Sim, já está na hora mesmo, pelos meus cálculos. Não podemos nos atrasar, caso contrário, perderemos a chance... – explicou Eleanor. Mas claro que não entendi bulhufas. Não sabia exatamente o que o roedor queria dizer com "a chance".

Olhamos pela janela da sala, dando uma conferida na rua, vendo se era seguro sair... E obviamente não era. Mas não havia o que fazer! Tínhamos de sair de qualquer modo. Precisava salvar Marshmallow. E esperava que Marshmallow pudesse me salvar depois, pois já sentia que estava completamente encrencado.

– Está com a Chave? – Eleanor sussurrou ao pé das minhas orelhas pontudas; ele estava sobre meu ombro direito.

Assenti. O objeto cilíndrico de madeira estava bem guardado em meus bolsos. Na realidade eu não fazia a menor ideia de como aquela coisa, que produzia algumas notas musicais, pudesse ser "a Chave"; (afinal) quem iria tocar aquilo? E onde? Como e para quê? Mas eu devia dar crédito ao rato, ele parecia saber o que fazer.

Saímos sorrateiros da acolhedora casa mágica de Ágata Finnigan, parceira de Adir Wosky. Não vou mentir, a sensação de abandono bateu forte por dentro, em meu âmago, mas logo sentiria uma leve melhora, pois eu não estava sozinho: tinha dois amigos ao meu lado, Hugo, o Caçador de Feiticeiros, e Eleanor, o Sábio.

O roedor logo tomou a dianteira, deslizando pelas ruas asfaltadas e empoçadas. Como era de se imaginar, estava tudo escuro, imerso em um silêncio aterrador. Sabíamos que, no momento em que havíamos colocado as patas para fora do sobrado encantado, nossos cheiros poderiam ser captados no ar; seria questão de minutos para que os Feiticeiros, os bonecos de pano ou aqueles besouros malditos nos encontrassem.

À medida que avançávamos, nossa comunicação se dava por gestos e olhares. Não questionei as direções que Eleanor tomava, embora estivesse completamente curioso, querendo saber para onde ele nos levava. Hugo mantinha um olhar vidrado, por momentos até assustado, olhando apressado pelos cantos, pelas ruas, em busca de algum possível inimigo que nos aguardasse à espreita; não tirava a mão do punhal da adaga, pronto para, a qualquer instante, iniciar uma batalha. E não tardou para eu vislumbrar aquela arma erguida, com certo brilho azulado, seguido das palavras:

– Escondam-se!

Hugo me puxou pela túnica, empurrando-me contra uma parede de tijolos expostos. Eleanor estava mais à frente, se jogou para trás de muitos sacos de lixo pretos que estavam em uma esquina e ficou a observar o que ocorria. Naquele momento, prendemos a respiração. Um batalhão de fortes besouros armados surgiu, zumbindo e bradando com aquelas pequeninas espadas e escudos, como em uma marcha de guerra. À frente, voava o maior deles – aparentemente o líder –; era um pouco maior que Eleanor, e isso para um inseto era de botar medo. Era preto, cascudo, tinha antenas grossas e longas, asas igualmente compridas, e os olhos pareciam do tamanho de uvas maduras, porém não haveriam de ser doces. Tinha um olhar incisivo, amaldiçoado.

Apanhei minha pistola com perspicácia; não precisei usá-la, para a sorte daqueles insetos gordos e fedidos. *Isso, voem para longe, saiam dos nossos caminhos, seus submissos* – pensei.

Após um tempo, depois de nos certificarmos de que o batalhão havia sumido em meio a uma forte cerração que cobria as ruas, partimos. Os passos acelerados, porém sempre dados com certa cautela.

Não avistamos seres humanos. Deviam estar todos trancafiados em suas moradias. Sem energia elétrica, com os veículos congelados, completamente perdidos, amedrontados e sem saber o que ocorria de fato. *As notícias seriam de abalar* –

imaginei. A não ser que as pessoas ainda não tivessem se dado conta do que realmente estava acontecendo.

Avançamos por mais algumas ruas, cruzando uma grande e inóspita avenida. Os semáforos apagados, alguns postes envergados e destruídos. E foi enquanto cruzávamos a larga rua que o indesejado ocorreu. Fomos vistos. Logo disparamos em fuga. Vultos brotavam aqui e ali, materializando-se e transformando-se em um nevoeiro de fumaça muito escura – uma das formas de se locomoverem. O coração acelerou ao extremo. Hugo se esforçava para respirar... Esperava que ele mantivesse a força e aguentasse; não poderia se entregar de forma alguma.

Corremos desesperadamente, esquivando-nos dos feitiços e torcendo para que nenhum nos atingisse. Para agravar a situação, o batalhão de besouros irrompeu das sombras e avançou de espadas erguidas. Bonecos de pano brotaram de cada esquina. Atirei alucinadamente com minha pistola. Atirei bombas de farinha também, mas depois pensei que não tiveram o menor efeito, pois a cidade já estava imersa em neblina. Hugo também lutou, acertando dezenas de bonecos com a adaga, e sendo também ferido por eles, mas não parecia grave. Eleanor, ágil de dar inveja, mostrava seu talento nas artes marciais, saltando e golpeando o inimigo. Mas nosso foco era a fuga.

– Vamos, por aqui! – bradou Eleanor, apontando para uma ruela estreita. Avançamos rapidamente, e após um tempo incerto ganhamos uma distância significativa de nossos oponentes. Ou pelo menos era o que achávamos.

Estávamos em um lugar que me era familiar, conhecia aquilo...

– O que viemos fazer aqui? – interroguei o roedor, já reconhecendo o lugar.

– Vamos entrando, não temos tempo a perder. Logo o dia amanhecerá; se demorarmos tudo poderá se perder. Rápido!

Enquanto pulávamos os portões, ouvi zumbidos aproximando-se, e ainda senti o cheiro dos Feiticeiros. Não demorariam a nos alcançar.

Era sobre o relvado do jardim da propriedade de Adir Wosky que pisávamos. Nada estava claro em minha mente felina. *Mas que diabos estávamos fazendo ali? Teríamos de avançar em direção ao local onde a Ampulheta do Tempo está escondida! O que aquele rato pretendia? Ficar escondido no casarão?*

Foi então que aos poucos uma maior clareza começou a brotar, e juntamente com ela os Feiticeiros, que já dobravam a esquina e avançavam às nossas costas.

– "Na crista do galo adormece a lua, e onde a lua adormece brilha a esperança". Lembram-se dessa sábia frase de Adir Wosky? – falava Eleanor, enquanto corríamos pelo jardim.

E nessa mesma hora o céu, antes coberto por nuvens, se abriu – somente acima de onde estávamos –, contra a vontade dos Feiticeiros, que isso fique bem claro. Um sol nascente bateu sobre a propriedade, dando às folhas da gigantesca Paineira tons verde-claros e projetando luzes no solo atapetado de chumaços de algodão. Aquela árvore ganhara uma energia ainda mais poderosa, eu não saberia explicar tão bem... Parecia envolta em uma aura brilhante, em uma magia celestial. Hugo protegeu os olhos – fazia tempo que não via nenhuma luz sequer, e ainda tão alvo brilho. Minhas pupilas foram de redondas a verticais – apenas dois filetes.

– Sim, nos lembramos. O que tem essa frase? Conte logo, Eleanor – falou Hugo, esbaforido.

– "Na crista do galo adormece a lua...", o galo canta quando nasce o dia, ou seja, a lua dorme quando o galo surge. "... e onde a lua adormece brilha a esperança", quando a noite acaba, a lua dorme, e nasce o sol, surge a esperança de novos tempos, mais iluminados.

– E o que tem isso? Não entendo! – continuou Hugo. Eu também, para ser franco, não havia compreendido.

– Era isso o que eu queria dizer quanto à "chance"; o exato momento em que o dia nasce, a transição da noite para a manhã... É nesse ponto que devemos apostar todas nossas fichas. É aqui que a esperança de novos tempos brilha! A frase de Adir Wosky era, portanto, uma dica. Somente ontem é que tive o prazer de desvendar, de sentir a resposta brilhando em minha consciência. Não temos tempo a perder. Vamos!

O rato seguiu para a Paineira, entrando pela passagem no tronco. Hugo foi o próximo. Um pouco antes de segui-los, notei algo que me fez respirar mais aliviado. Ali, sobre o túmulo de minha irmã, Silen, a tigela de leite estava vazia, sem nenhuma gotícula sequer. Ela havia encontrado o caminho de saída da terra dos mortos daquele mundo cinza. Estaria agora em Marshmallow? Onde chamamos curiosamente também de a "Crista-do-Galo" ou "Espaço-do-não-tempo"?!

Logo que adentrei no escritório da árvore de Adir, já ouvi Eleanor, todo apressado:

– Apanhe logo a Chave, estimado Príncipe. Alguns Feiticeiros recuaram perante a luz solar, mas o líder deles tenho certeza de que não fará isso. Pude vê-lo avançando sem se preocupar com o brilho, com um caminhar pesado, cheio de raiva... Está vindo para cá! Agora é a hora, precisamos correr. Pegue este cilindro! Como pode ver, ele é de madeira, e ela é oriunda da Paineira, é parte do mesmo tronco, portanto a mesma energia. Agora isso está muito claro para mim!

– Mas não estou entendendo nada! – eu falei, confuso. – O que quer? Tome este cilindro para você! Não compreendo...

– Não, não... Você é quem deve utilizar. Lembra-se de quando aquela semente da paina cresceu em segundos na sua pata, quando estávamos aqui? Você é o Príncipe, o único que tem o poder de encontrar a Ampulheta do Tempo; está no seu sangue. Isso é um fato, felino real. Ande logo com isso!

– Mas estamos aqui dentro desta árvore, precisamos procurar o local exato... Mas que loucura!

– Ouça Eleanor, gato! Faça logo o que tem de ser feito. O Feiticeiro está chegando. Rápido! – disse Hugo; ele estava inquieto, ficava a toda hora olhando para a entrada da Paineira, esperando a qualquer instante ter de iniciar um combate.

Vou lhes contar minha visão daquele momento. Com sinceridade, eu não havia adquirido o menor fragmento de consciência a respeito de toda aquela situação. Tudo ocorria velozmente, sem dar ao menos chance para respirar. Àquela hora, eu já arremessara longe a máscara branca que me cobria a face e o capuz estava jogado para trás. Como Eleanor pedira, apanhei o cilindro de madeira, a Chave, e comecei a mexer em suas laterais... A pressão do tempo era inquestionável. Senti meu coração pular à boca. *E se tudo falhasse?* Resolvi parar de pensar, e me concentrei...

Fracas notas saíram daquele objeto, mas que logo aumentaram, ganhando uma força surreal, e começaram a ecoar pelo oco daquela majestosa árvore. Não chegava a ser uma melodia bem trabalhada, mas poderia ser tratada como tal. Poucas notas ressoavam e, para cada uma delas, uma letra de fogo surgia, livre, de dentro daquele cilindro para fora, rodopiando pelo ar. Subia pelo interior da Paineira, brilhando com grande alvor. Quantas letras surgiram, eu não sei ao certo, arriscaria dizer dezenove. Portanto, também, dezenove notas musicais puderam ser ouvidas. Era o canto da Chave!

Com toda aquela cena fantástica, pudemos conferir, ou melhor, sentir, aquela árvore se remexendo, como em uma dança, como se tivesse sido despertada em meio a uma festa daquelas! Se você estivesse lá, mal teria tido tempo para se preocupar com o Feiticeiro, teria até se esquecido dele por segundos. A dança não parou. Um novo som brotou; um som do interior da terra, um som grave. Algo acontecia à nossa volta. Tremor. As raízes estavam se movendo. A árvore estava mais viva que os avós mortos. Quero dizer – embora saiba que não conseguirei me expressar com clareza –, aquela árvore tinha recebido uma benção do sol, ou teria sido ela a dar a benção? Enfim, o importante é que a Paineira estava ainda mais viva, agitando-se como as demais árvores deste mundo não costumavam fazer. Isso não significa que nunca se movessem, talvez até o fizessem, enquanto os humanos adormecem.

Então, tudo ficou ainda mais confuso, já não conseguia enxergar direito. Parecia um terremoto, mal dava para ficar em pé. O som que a terra produzia era alto, grave e imponente; como o urro de um gigante. Comecei a despencar. Chamei pelos outros, mas o barulho era incessante, mal teriam ouvido. Tentei me agarrar às raízes... O solo começava a ceder, criando um enorme buraco, que logo engoliria a tudo e a todos que ali estivessem. Soltei-me por conta própria e mergulhei na escuridão, escapando das mãos malditas do líder dos Feiticeiros que, com aquele olhar irascível, e entre os enormes caninos encardidos, proferiu centenas de maldições.

Passagem subterrânea

Príncipe Gato

Para minha sorte, o Feiticeiro não conseguiu me segurar com força, e segui minha viagem sem fim pela garganta daquele planeta. Enquanto caía, por incrível que pareça, consegui me concentrar e pensar em algo: *E no momento em que o túnel terminasse? Acabaria me esborrachando no chão transformando-me em uma bela geleia real?* Para minha sorte não foi o que ocorreu. Assim que notei o chão se aproximando velozmente de minha face felina, a força que me puxava para baixo foi diminuindo. Quando estava a poucos centímetros do solo, meu corpo projetou um estranho movimento, como se quicasse no ar e depois repousasse delicadamente no piso. Estava no centro de um grande salão no interior de uma caverna. Onde estariam Eleanor e Hugo? E o líder dos Feiticeiros? Eu estava sozinho naquele lugar. Teriam Hugo e Eleanor sido pegos? Talvez apenas eu tivesse caído! Nesse caso, meus amigos estariam sem mim, com mais de dez Feiticeiros na superfície; seria o fim dos dois! Engoli em seco. Levantei-me e comecei a caminhar. Algo logo me chamou a atenção: embora estivesse a incontáveis metros abaixo da superfície, a caverna era perfeitamente iluminada como se estivesse sob os efeitos diretos da luz solar. As paredes e o chão não eram escuros ou sujos como seria de se imaginar; ao contrário, eram feitos de um material branco, como se tivesse sido escavada em mármore não polido.

Conforme avançava, comecei a sentir um estranho frio que atravessava meus pelos e congelava minha pele. O teto da caverna era tão elevado que não era possível enxergá-lo. Olhei para o alto e surpreendi-me novamente.

– Neve! Mas como?!

Pequenos flocos brancos caíam daquele misterioso infinito que estava sobre minha cabeça e começavam a forrar o chão. Como seria possível? Estava debaixo da terra! Pensando bem, para um local no subsolo iluminado pela luz solar, não poderia me surpreender com mais nada.

Por conta do frio, avancei mais devagar. Meu corpo tremia, relutando em aceitar a inércia provocada pelo congelamento de meus ossos; tremia instintivamente, na tentativa de me aquecer. Tentativas falhas. Caí de joelhos no piso, e a seguir sentei-me recostado à parede, procurando me manter o mais compacto possível, diminuindo a superfície de contato com o frio e tentando me esquentar com o pouco de calor que ainda percorria meu corpo. Já não estava com a túnica, pois ela havia ficado em frangalhos; não servia, apenas me atrapalhava. Por isso eu me desfizera dela; além do mais, naquela gruta eu não precisava me esconder – mas confesso que numa hora daquelas, com toda a geada que avançava, não cairia mal. Desmaiei. Sonhava de uma forma tão nítida como poucas vezes havia experimentado. Podia quase ver e tocar tudo o que na realidade se passava pela minha mente. Vi o poderoso líder dos Feiticeiros se apossando da Ampulheta. A seguir, retornava a Marshmallow e tomava controle sobre todas as criaturas de minha amada terra. Lembrei-me de Silen, minha querida irmã, que corajosamente arriscara sua eternidade por nosso povo. Eu não podia continuar ali parado!

Tinha de lutar, não poderia me entregar tão fácil! Afinal, sou o Príncipe Gato de Marshmallow!

Acordei. *Mas o que estava acontecendo?* Estava deitado na mesma posição, enrolado em meu próprio corpo, porém a neve havia sumido – na realidade, derretido. O chão estava úmido e fazia um sol insuportavelmente quente! Levantei-me; suava bastante.

– Mas que loucura! Isso não pode ser real! Força, gato! Real ou não, você não pode se dar por vencido! – falei comigo mesmo, incentivando-me.

Prossegui viagem, por caminhos tortuosos e por vezes bifurcados, onde tinha de confiar em minha intuição felina. Comecei a sentir minha boca seca; parecia que iria rachar a qualquer momento. Precisava desesperadamente de um pouco de leite. Arrastei-me por vários metros, sem forças para continuar, mas mantendo-me firme em minha empreitada. Obstáculo. À minha frente, uma enorme cratera me impediu de passar.

– Era só o que me faltava! Por Chasmalin, o que mais me falta ocorrer?!

Debrucei-me sobre a cratera, procurando enxergar o fundo. Foi um terrível erro. Antes que pudesse me dar conta, o chão sob meus pés cedeu, e caí. Não saberia dizer por quantos metros rolei cratera abaixo até que meu corpo encontrasse um local para repousar. Sangrava, estava ferido. Demorei a abrir os olhos; minha vontade por vezes era de não abri-los mais. Quando o fiz, assustei-me. Estaria morto? *Seria aquele o paraíso?*

Levantei-me e caminhei para mais próximo daquele oásis, com os olhos arregalados ante tanta beleza. Estava diante de um vale encantado. Árvores frutíferas, um relvado verde pincelado de flores coloridas e o mais incrível: cachoeiras e riachos de leite!!! Olhei para meu corpo; as feridas haviam sumido. Não pensei duas vezes; corri para a cachoeira e mergulhei no lago de leite, tomando goles e mais goles daquela iguaria.

– Hum, delicioso! Tanto quanto uma tigela de leite de cabra! Perfeito! Era tudo o que estava esperando! Um pouco de alento à minha pobre alma de príncipe.

Após meu banho refrescante de leite, apanhei algumas amoras, framboesas e maçãs, todas igualmente apetitosas. Aquele lugar só podia ser o paraíso. Havia me esquecido até de minha busca pela Ampulheta ou do desaparecimento de meus amigos; afinal, o acolhimento daquele lugar não me permitia ter pensamentos ruins. Algo, contudo, logo me tirou de meus devaneios. Estava deitado sob a relva e, ao meu lado, eis que surge um pequeno roedor bastante singular.

– Eleanor?! Você está aqui!

– Príncipe? – ele respondeu, igualmente surpreso. – O que você está fazendo em cima da mesa de meu mestre Adir?

– Do que você está falando, rato? Que mesa? – perguntei olhando para baixo, onde podia enxergar apenas a grama verde muito viva.

– Desça logo daí, Príncipe! Antes que Adir o veja.

– Eleanor, você está ficando louco? Não há Adir aqui! Ele se foi, há muitos anos! Estamos em um vale! Um maravilhoso vale! Veja, não é magnífico? Cachoeiras de leite! – exclamei entusiasmado.

Eleanor olhou para todos os lados, incrédulo. De repente, pareceu preocupado, esboçando estranhas feições em seu rosto enquanto olhava para mim.

– O que você tem tomado? – ele me perguntou.

– Apenas leite, e dos bons por sinal!

– Devia estar estragado, então, não é possível! Onde você consegue enxergar um vale? Estamos em uma biblioteca, gato! Uma maravilhosa biblioteca recheada de livros extraordinários! *Einfach klasse!** – ele exclamou, com os pequeninos olhos vidrados e esbugalhados.

– Biblioteca? Está de brincadeira comigo?

Eleanor não teve tempo de responder. Alguém surgiu e se aproximou de nós. Seu olhar era de plena felicidade, como uma criança que acaba de ganhar um novo brinquedo.

– Hugo! – exclamei. – Você acredita que o Eleanor acha que está em uma biblioteca?! – contei em tom de piada.

– Sério? Sensacional! – ele respondeu, parecendo não se preocupar muito com o que eu havia dito. – Se eu contar, vocês não vão acreditar! Ela está aqui! Diz que voltou para mim, que sentiu saudades! Não é extraordinário?!

Confesso que seu olhar de abobalhado começava a me irritar. Parecia ainda mais abobalhado do que já era. Notei, porém, algo novo: seu rosto parecia muito vivo, não mais castigado pela doença.

– Acho que vou convidá-la para uma sessão de cinema! Fiquei sabendo que está passando *O Senhor dos Anéis*! Tem um perto daqui, ali na esquina! – contou, apontando para uma macieira.

Aquela loucura estava começando a me assustar. Estaria sonhando? Notei que Eleanor me observava intrigado e introspectivo. Após alguns instantes de silêncio, ouço-o exclamar:

---

* Simplesmente magnífico (tradução do idioma alemão) (NA).

– O Vale dos Desejos!

– Quê? – perguntei sem entender nada.

– Príncipe, estamos presos no Vale dos Desejos! Nada disto é real! Temos que sair daqui.

– Do que você está falando? Estou muito bem acomodado! Não tenho por que sair. Verde, frutas, leite, o que mais poderia querer?

– Salvar seu povo!

– Que povo? – perguntei atordoado. Não conseguia me lembrar de que tinha um povo para cuidar. Somente me lembrava do delicioso leite e das apetitosas frutas que havia comido.

Algo que eu jamais poderia ter previsto aconteceu. Num piscar de olhos fui atingido por um chute bem dado de Eleanor em minha belíssima face felina. *Ele me pagará por isso!*

– Acorde, gato, por Deus! Precisamos prosseguir! Estivemos todos atados a esta gruta por uma magia perspicaz. Você precisa encontrar a Ampulheta do Tempo, precisa fazer isso por seu povo e por Silen!

Silen! Aquele nome me despertara. Lembrei-me de minha amada irmã. Chacoalhei a cabeça, tentando me livrar daqueles pensamentos falsos, fantasias de uma mente fraca e sedenta por pequenezas materiais. A última cena que pude vislumbrar, antes de tudo voltar a ser claro em minha mente, foi a de Hugo enamorado, ao que me aparentava, a uma árvore; parecia estar se declarando. *Lamentável!* – pensei.

Eleanor estava certo, tudo voltou ao normal à minha frente. A caverna retornara a seu aspecto inicial, branca e sem vales utópicos. Meu amigo dentuço pareceu se recuperar também de seus devaneios em bibliotecas – faltava apenas Hugo. Tomei para mim essa tarefa. Após algumas chacoalhadas, pontapés e palavras francas, ele pareceu voltar à realidade também.

– Ela não está aqui, Hugo! Esqueça-se disso!

– Ah, que ótimo! – ele respondeu. – Sonho com minha amada e ao acordar deparo-me com um gato rabugento! Não poderia ser pior!

Senti uma imensa vontade de retrucar, mas achei melhor não; aparentemente ele havia voltado ao normal. Além do mais, não é fácil voltar à realidade, ainda mais à realidade dele.

– Fico feliz que estejamos juntos novamente! – Eleanor exclamou.

– O que houve? Onde vocês estavam? – perguntei.

– Ao que me parece, a poderosa magia deste lugar fez com que caíssemos em locais totalmente distintos – o rato concluiu sabiamente. – Mas fomos todos fracos e acabamos atraídos pela energia do Vale dos Desejos. O que, de certa forma, foi uma grande sorte, afinal nos reencontramos.

– Melhor irmos caminhando – afirmei decidido.

– Com toda a certeza, meu caro Príncipe.

Assim prosseguimos viagem, sempre adiante. Tivemos de escalar grandes alturas para retornar ao caminho que culminaria na Ampulheta, ou assim esperávamos. Uma grande tensão passou por todo o meu corpo; muito em breve eu poderia estar diante do objeto mais sagrado de minhas terras, que, por ironia da vida, estava guardado em outro mundo, adverso ao meu. A carga de adrenalina deixava meus pelos das costas ligeiramente eriçados. Caminhávamos por um túnel quando notei outro evento estranho daquele lugar. Senti uma brisa suave batendo em nossa direção, ao mesmo tempo em que folhas surgiam, espalhando-se pela terra.

– Eleanor, o que há de errado aqui? Primeiro uma neve, com um frio de rachar, depois um calor infernal, e agora esta brisa e estas folhas vindas de sabe-se lá onde!

– Receio que "errado" não seja o termo mais apropriado, realeza. Quem somos nós para julgar os efeitos deste lugar sagrado! No entanto, pelo que posso ver, mesmo debaixo da terra sofremos a influência de todas as estações, porém de forma mais acelerada. Primeiro o inverno, em seguida o verão, agora estamos sentindo algo que julgo ser o outono e talvez presenciaremos a primavera.

– Incrível! – Hugo exclamou, quebrando seu silêncio que parecia durar longas horas.

De fato, logo pude me certificar de que Eleanor estava correto em sua forma de pensar. Em determinado momento de nossa trilha, nos deparamos com um salão circular, todo gramado, onde ao centro repousava uma magnífica árvore florida, esplendorosa como ela só. Sobre a base do tronco, diversos exemplares de pequenas flores multicoloridas. Prosseguimos. Era estranho estar naquele lugar. Podia jurar que estávamos caminhando sem parar por dias e mais dias, mas não me sentia cansado nem necessitava de repouso. Estava pronto para comentar meu pensamento com Hugo e Eleanor quando demos de cara com um grande lago de águas azuladas, ou talvez esverdeadas, não saberia dizer. Luz parecia brotar das profundezas, criando um efeito luminoso no local. Do outro lado do lago havia um túnel que dava passagem para quem quisesse prosseguir viagem.

– Ah, que ótimo! Era só o que me faltava! – protestei.

– Que foi, Príncipe? – Hugo perguntou. – É só um lago, podemos nadar facilmente até o outro lado!

– Entenda uma coisa: gatos odeiam água!

– Lamento, Príncipe, mas acho que não teremos tempo para preciosismos – Eleanor concluiu com um tom de voz sério.

– Tudo bem. Farei isso por Silen. Já que estão todos contra mim, mesmo...

Aparentemente, meu pequeno drama não havia surtido efeito. Preparei-me e, muito a contragosto, saltei na água. Arg! Que sensação horrível! Para piorar, ela estava terrivelmente gelada! Comecei a nadar em direção à margem oposta, mas notei que Eleanor e Hugo não haviam saltado, então me virei para protestar, ao mesmo tempo em que ouvi os gritos desesperados dos dois:

– Voltaaaaa!!! Rápidooooo!!!

– Voltaaaaa, gatooooo!!!

A batalha sobre o lago

Príncipe Gato

Não estava entendendo. O que estava acontecendo? Foi quando senti uma grande movimentação de água sob meu corpo. Olhei para baixo e notei uma grande mancha negra abaixo de mim, parecendo brotar das profundezas.

– Aaaaaaahhhhhhhhhhhhh!!!

Nadei desesperadamente de volta. Estava alucinado. Seja lá o que fosse, aquilo não devia ser boa coisa. Quando retornei à margem, Hugo me puxou bem a tempo. A grande cabeça de um réptil aquático saiu de dentro da água tentando me agarrar. Se demorasse mais um segundo, estaria perdido a uma hora dessas. O monstro rugiu furiosamente. Senti um calafrio nas espinhas. *Mas o que era aquilo?!* Nunca em toda a minha vida havia vislumbrado algum ser como aquele. Parecia um grande lagarto feroz.

A sombra negra voltou para as profundezas. Caímos todos sentados, respirando ofegantes. Somente após alguns minutos consegui quebrar nosso silêncio em um misto de humor negro, raiva e indignação:

– Por isso digo que os gatos odeiam água!

– Estamos perdidos! – Hugo exclamou, desesperado. Parecia o mais assustado com o monstro. – Não temos como prosseguir.

– Vejam, há algo escrito na parede! – Eleanor falou apontando para o lado.

Aproximamo-nos para ler e, para nossa sorte, não estava em nenhuma língua desconhecida.

Use o tempo a seu favor. Nenhuma besta conseguirá ferir aquilo que ela não puder tocar.

Ass.: AW

– Ah, ótimo! Era só o que precisávamos! Por que as pessoas adoram enigmas? Por que não escrever claramente?

– Calado, gato! Essas palavras estão assinadas como AW, ou seja, foi Adir Wosky quem deixou esta pista – Eleanor protestou.

Calado? Será que ouvi bem? Eleanor mandou eu me calar? Algo estava muito errado ali. Poderia sacar minha pistola e fazê-lo se arrepender por ter dito aquilo, mas preferi apenas retrucar.

– Pois bem, sabichão, então nos diga como usar o tempo a nosso favor, se o que menos temos aqui é tempo?!

[Silêncio.]

– Preciso de alguns instantes para pensar – Eleanor respondeu.

– Ah, ótimo.

– Se não quiser esperar, podemos pular novamente na água. Quem sabe não derrotamos aquele monstro, juntos – o rato retrucou ironicamente; ele parecia inquieto, o que não era comum.

Sentei-me, esperando por uma solução milagrosa de Eleanor. Sabia da capacidade de meu amigo, mas o recente evento na água havia me deixado mais impaciente e rabugento. A uma hora dessas, poderia ser um mero filé de gato no estômago daquele monstro aquático. Os instantes se passavam e Eleanor parecia não estar conseguindo achar uma solução. *Será que sua inteligência seria finalmente vencida?*

Hugo andava de um lado para outro, feito um paspalhão – como de costume. Imagens de meu mundo à beira da destruição me atormentavam. Podia quase sentir a dor de todos os seres. Eis que alguém se manifestou, porém não Eleanor, mas sim o Hugo:

– Ei, pessoal! Há algo aqui!

Eu e Eleanor viramos a cabeça para o lado. O Caçador apontava para um local na parede de pedras.

– Parece neve, mas é muito mais brilhante!

Levantei-me e Eleanor fez o mesmo. Hugo pegou um punhado de flocos de neve nas mãos e, de fato, eram muito mais luminescentes do que qualquer neve que já tenha visto.

– Incrível! – Hugo exclamou entusiasmado.

– Cuidado, não toque naquilo que você desconhece! Não sabe o efeito que pode causar! – Eleanor reprimiu sabiamente.

Neste momento, por reflexo, Hugo se desfez da misteriosa neve jogando-a para o alto e para frente, em direção ao lago. Os flocos caíram lentamente pelo ar, tocando a superfície da água com delicadeza. Bingo! Era o que precisávamos e nunca pensaríamos. Desde os pontos onde a neve encontrou a água, a superfície começou a congelar, espalhando-se por toda a região. Um vento gélido começou a soprar, vindo da passagem à frente, na margem oposta. Logo a camada superior do lago estava completamente congelada. Abaixo do gelo, podia-se notar uma sombra passando: o monstro. O frio continuava a bater.

– Então era isso! – Eleanor exclamou. – O tempo do qual devíamos tirar proveito não era um tempo cronológico, mas sim uma manifestação da natureza. Precisávamos do frio para congelar o lago e atravessá-lo sem que o monstro pudesse nos fazer mal. Incrível!

– Então o que estamos esperando? Vamos logo! – gritei, um pouco mais alto do que esperava.

Iniciamos nossa travessia pela face congelada do lago. Caminhar sobre o gelo não era nada fácil; constantemente escorregávamos pela superfície deslizante. Por vezes tínhamos de nos apoiar uns nos outros para evitar quedas. O medo de ocasionarmos rachaduras no gelo por conta de nosso peso – confesso que havia comido demais no Vale dos Desejos – era muito grande. Para piorar nossa situação, o monstro reptiliano iniciou fortes investidas contra o gélido chão sob nossos pés.

– Ele está nos perseguindo! – Hugo falou, como se ninguém houvesse percebido. – Temos de correr! Não sabemos quanto tempo o gelo irá suportar.

– Falou e disse, Caçador! – concordei, desejando chegar o mais breve possível na margem oposta.

– De pleno acordo – Eleanor disse.

Procuramos nos mover com mais agilidade, porém com demasiada cautela. Não bastassem todos os problemas que enfrentávamos no momento, a situação sempre pode piorar.

– Macacos me mordam! – sobressaltou-se Eleanor, no instante em que uma rajada de luz roçou as orelhas do Príncipe, e seguiu adiante, iluminando o túnel ao longe, até que se perdeu na escuridão.

Olhando para trás, notei que tínhamos companhia. Para nosso desespero, o líder dos Feiticeiros havia adentrado na gruta. Minha esperança era de que ele não houvesse entrado conosco, embora o mais óbvio fosse que, logo após tentar me apanhar sem sucesso na entrada, tivesse pulado também. Estava em nossa cola, na margem do lago, e estávamos no centro. A face sombria daquele ser detestável estava totalmente à mostra, pois seu capuz estava jogado para trás. Olhos ferinos. De suas fendas nasais saíam baforadas de fumaça que se misturavam ao rarefeito ar local. Parecia furioso, e de certo estava – não havia dúvidas quanto a isso. Sem tempo para reações, inúmeros feitiços começaram a ser conjurados contra nós. Hugo, esbanjando uma agilidade que não lhe era peculiar – a não ser nos momentos de perigo, como já demonstrara antes – sacou sua adaga e passou a defender-nos. As luzes atingiam a lâmina prateada da arma e ricocheteavam para todos os lados. Meus olhos brilhavam; era o Caçador de Feiticeiros em ação.

– Corram! Saiam daqui! Eu dou conta dele por um tempo! – vociferou Hugo para nós.

– Jamais sairemos sem você! Entramos juntos e sairemos juntos! – protestei, embora no fundo estivesse louco para correr de lá. Com o líder e mais poderoso Feiticeiro à nossa frente, e um grande monstro marinho debaixo de nossos pés, não poderíamos permanecer por muito tempo sobre o lago.

– Não sejam tolos! Vocês não têm o que fazer aqui. A adaga está em minhas mãos. Ela é a única arma contra ele. Vocês são mais importantes agora, vão em frente e encontrem a Ampulheta! Um mundo inteiro depende de nossas ações! Não há tempo a perder! Deixem-me para trás!

– Seus repugnantes! Têm mesmo a audácia de crer que possuem o poder para intervir no funcionamento da Ampulheta do Tempo? – tomou a palavra o Feiticeiro, com sua voz gutural que ecoou pela gruta. – És tolo, gato, a ponto de acreditar na veracidade das previsões de Chasmalin, aquela progenitora de falsas verdades? Cegos aqueles que a endeusam!

– Ah, vai roer osso em Marshmallow! – retruquei sem entender metade do que ele havia dito.

A fúria do Feiticeiro foi descomunal. De certa forma, lamentei o que dissera. Erguendo o cajado acima de sua cabeça canina, pronunciou palavras em uma língua desconhecida, que soaram mais como uma grande maldição proferida contra mim. Desceu-o atingindo o solo com grande impacto. A força do golpe desferido produziu uma enorme rachadura no gelo, que rapidamente se ramificou em diversas vertentes, como um raio rasgando o céu noturno – rápido, potente e preciso. Diante da situação, não havia nada a fazer além de fugirmos o mais rápido possível. No entanto, Hugo não correu. Permaneceu na defesa dos feitiços que ainda eram desferidos. Para mim estava claro que ele não prosseguiria. Estava decidido e nada mudaria sua vontade – queria que eu e Eleanor avançássemos sozinhos. Essa honrada e corajosa atitude do humano, meu amigo, foi o basta que faltava para que as emoções que vinha represando há muito se rebelassem e eu não conseguisse mais me conter:

– Hugo! Sei que nada lhe fará mudar, então, antes que prossiga, há algo que devo lhe contar. Não é o momento mais apropriado e confesso que minhas atitudes foram desleais e covardes... Nada dignas! Sei que mereço ser afogado em uma tigela de leite, ridicularizado ante meu próprio povo, por conta de meus atos.

– Não há tempo para declarações! Corra e salve Marshmallow. Vire a Ampulheta, ou o que quer que seja que você tenha de fazer com ela!

– Hugo, eu menti! A Ampulheta não poderá lhe dar mais tempo! Não poderá lhe curar! Fui um tolo! Perdoe-me, estou completamente arrependido.

Tudo se passou muito rápido. Não houve tempo para reações. A última imagem que vislumbrei, e que levarei para sempre em minha memória felina, é a expressão nos olhos de meu amigo: um misto de susto, comoção e certo vazio. Porém, algo ficou claro em meu coração: ele não estava de forma alguma ressentido. Uma forte maldição atravessara-lhe o peito, tão forte quanto a que me atormentaria para o resto de meus dias, no meu caso: a culpa.

Largas gotas de água despencaram do céu – se é que poderia chamar de céu o teto infinito daquela gruta – e estouraram pesadamente sobre a camada agora mais frágil do lago congelado. Juntamente, salgadas lágrimas escorreram sobre meus pelos do rosto e tocaram-me a boca. O que eu faria a seguir, bem, alguém poderia considerar um ato corajoso e digno; outros ainda diriam que eu não fizera nada além do que devesse de fato fazer, levando em conta toda a mentira que eu havia inventado. Diriam ainda que mereceria a morte. Eu não discordaria, pois estava imensamente arrependido por ter iludido o Hugo; a verdade é que a amizade que crescera entre nós havia nos unido por uma espécie de laço invisível. Eu me sentia na obrigação de me desdizer, de recompensar o

Caçador de Feiticeiros de alguma forma. Adoraria poder curar a doença que lhe feria o corpo e ainda ajudá-lo a encontrar sua amada. Queria vê-lo feliz; eu realmente estava disposto a isso! O grande problema é que não havia tempo para tal...

A chuva aumentou, transformando-se em uma aterradora tempestade. Hugo despencou sobre a superfície gélida do lago, quebrando-a por fim, fazendo com que tudo fosse abaixo – a adaga voou-lhe das mãos. Um boneco de pano havia se materializado – fruto de uma magia maligna lançada pelo Feiticeiro –, passando a afundar juntamente com o corpo de Hugo, pesado e triste, para o fundo do lago. Não pensei duas vezes: prendi a respiração e saltei com determinação, mergulhando naquelas álgidas águas – na casa do monstro aquático. Um pouco antes vi, na margem oposta, o Feiticeiro; segurava a adaga de Hugo envolvida em um tecido grosso. Mantinha uma insuportável expressão em sua face, os caninos à mostra – cor de ferrugem –, os olhos faiscando em um vermelho vivo. Em fração de segundos havia sumido, produzindo muita fumaça ao redor, e em seguida surgira ao lado de Eleanor. Mas antes que eu pudesse saber o que teria ocorrido com o roedor, já me encontrava submerso, nadando o mais rápido que podia para baixo. Vi os olhos petrificados de Hugo olhando para mim, mas estava certo de que ele nada mais via. Seu corpo simplesmente afundou para descansar na escuridão profunda do lago.

Amanhecer de um velho tempo

Príncipe Gato

Neste momento, fora derrotado o bravo Caçador de Feiticeiros. Derrotado não por falta de destreza, mas por eu ter lhe tomado a atenção, desvirtuando-lhe do foco de sua batalha – o que me deixou ainda mais aturdido. Apesar de toda a confusão e rapidez com que tudo ocorrera, tinha um único foco, uma única esperança: precisava apanhar de qualquer forma aquele boneco de pano.

A gélida água do lago congelava-me os músculos do corpo a cada instante a mais que permanecia submerso. Não poderia me demorar ou estaria também subjugado aos domínios do monstro. Estiquei meu braço o mais que pude, na tentativa de atingir meu objetivo. Contudo, o monstro passou por perto, o que gerou uma grande onda, fazendo o boneco passar por meus dedos para além. Recuperando-me do susto, desviei-me da fera aquática, evitando por pouco não ser retalhado e reduzido a inúmeros pedaços de carne felina. *Ufa, estava vivo!* Nadei ainda mais rápido. Ar já faltava em meus pulmões; mas não sairia de lá sem levar comigo algo mais. Desta vez fui mais ágil e obtive sucesso em agarrar o boneco, no mesmo instante em que o monstro se virou em minha direção. Iniciei minha trajetória de retorno; se não atingisse a superfície o mais breve possível, morreria afogado. Não nadei tão rápido quanto precisava. Não sei se por sorte ou por força do destino, consegui atingir a superfície; porém, não sem sequelas. Segundos antes de subir à margem, a fera me atacou, arrancando ao menos metade de meu rabo com uma grande dentada.

– Ahhhhhhhhhhhhhhhhhhhhhhhhhhhhhhhhhhhh!

A dor foi lancinante. Sangue escorria do ferimento, manchando o gelo de vermelho. Neste momento, porém, não podia despender atenção à minha agonia. Tinha de ser grato por estar vivo e ainda por obter sucesso em resgatar o boneco de pano, após nadar ao lado daquela fera aquática. Sabia o que havia feito, e repetiria meu ato por muitas outras vezes caso fosse preciso; não agira por mero impulso, eu sabia: a alma de meu amigo Hugo estava incrustada naquele objeto.

A chuva voraz despencava céu abaixo, fazendo uma barulheira tremenda. Encharcava tudo que encontrava em seu caminho e eu esperava que ela lavasse a culpa que me envenenava por dentro. Meus pelos estavam completamente grudados e engruvinhados – não que eu estivesse preocupado com isso, mas começava a sentir frio –, a descarga de adrenalina pós "resgate no lago" me fazia tremer ainda mais.

Olhei para os lados; estava só. Para onde teriam ido Eleanor e o pestilento Feiticeiro? Tudo ocorrera muito rápido, não deveriam estar longe. Tinha de correr e não poderia falhar em localizar a Ampulheta do Tempo – deveria ser o primeiro a encontrá-la. Avancei pelo túnel à minha frente. Por vezes eu parecia estar em outro ambiente, completamente distinto dos que já havia vislumbrado desde que eu caíra pela garganta daquela Paineira. Aqui o teto era baixo e côncavo; trepadeiras de um verde muito vivo adornavam as laterais. Tomava cuidado em minha corrida, pois a luz neste túnel era mais escassa, dificultando enxergar muito além. A pistola estava bem segura em uma de minhas patas e o boneco, firmemente na outra. Não sabia o que poderia encontrar adiante, nem onde estava meu oponente e, para ser sincero, não saberia nem ao menos onde culminaria aquele túnel. Quais perigos ainda estariam por vir?

Lembrei-me das palavras do Feiticeiro e da forma despreocupada com que respondi, mandando-lhe "roer osso" – agora diversas dúvidas e preocupações passavam por minha cabeça. Chasmalin, a divindade de Marshmallow, seria uma charlatã? Mas quanta ousadia! Realmente, os argumentos que ele utilizara, colocando tudo em dúvida, condenando-a como uma impostora, eu sentia ser uma mentira para me desvirtuar. Mas não posso negar que, ainda assim, um leve sentimento de desconfiança, ou talvez receio, borbulhava em meu peito. Suas previsões a respeito de meu destino de certa forma puderam se confirmar, afinal lá estava, próximo à Ampulheta e prestes a salvar meu povo de seu fim. Mostrou-se correta também quando me alertara a respeito dos obstáculos que enfrentaria e dos seres que a mim iriam se opor: os Feiticeiros.

Após andar vários metros, o túnel chegou ao fim. Uma forte claridade envolveu-me neste novo local. Era um pequeno salão circular inteiramente fechado, exceto por uma parede à frente com vários buracos de diversos tamanhos. Para meu contentamento, não estava só:

– Por aqui! – Eleanor gritou agitado. – Testei algumas destas passagens; acredito que esta seja a correta!

– Achei que você estivesse morto! – respondi, respirando um pouco mais aliviado. – O que houve com o Feiticeiro? Notei quando ele surgiu ao seu lado pouco antes de eu pular na água!

– Corri pelo túnel o mais rápido que pude. Esquivei-me dos feitiços disparados contra mim. Por pouco não caio como um pacote, e de lá não levantando mais. Assim que avistei esta peculiar parede, não pensei duas vezes e entrei em um dos buracos menores; grande para mim, porém pequeno para que ele pudesse me seguir. Você notou que ela se assemelha a um enorme pedaço de queijo suíço?

– Queijo o quê?

– Disse queijo... – Eleanor começou a explicar, parando abruptamente quando notou o boneco em minha pata. Seus olhos marejaram. – Hugo! Nós... Eu não posso acreditar! Você conseguiu resgatar o boneco! – completou, recuperando as palavras.

– Não poderia abandoná-lo, principalmente após o que eu lhe causei; por toda a amizade que cresceu entre nós, por toda a sua luta, nos ajudando, nos protegendo! Estou arrependido, você não imagina o quanto, Eleanor!

– Imagino, Príncipe. Confesso que fiquei espantado com tudo que ocorreu, com tudo que pude ouvir, com a conversa entre vocês dois naquele lago congelado – falou o roedor, claramente perturbado. – Hugo, você está bem?!

[Silêncio.]

– Sinto muito, Eleanor! Hugo não lhe escutará. Este boneco não pode ouvir, não pode falar! Achei que você já soubesse disso! – respondi com um tom de voz baixo e carregado de culpa e ainda um pouco surpreso com a manifestação de

Eleanor. O coitado devia estar ficando maluco. – Resgatei apenas sua alma, por assim dizer. Mas infelizmente o corpo de nosso amigo repousará eternamente nos domínios desta gruta.

Notei que Eleanor estava por demais comovido para prosseguir com a conversa – o que era de certa forma bom, pois o tempo era curto. Apesar do triste acontecimento, tínhamos de seguir em frente. Devíamos fazer aquilo por Hugo, por Silen, por Edgar, por Adir, por Marshmallow, por nós mesmos, poxa!

– Você me disse que encontrou o caminho? – indaguei, aproveitando também para desviar o foco daquela conversa.

– Ah... É, sim! – respondeu Eleanor, recuperando-se, como se tivesse emergido de águas profundas. – Vamos, por aqui!

Segui Eleanor pelo buraco. Tive de engatinhar para prosseguir; o espaço era muito apertado. O ar parecia escasso. Um cheiro de terra úmida apoderou-se de minhas narinas. Por hora, senti-me como se tivesse sido enterrado vivo, ou, ainda, como uma minhoca escavando o solo. Aquela sensação era de matar. Confesso que houve momentos em que pensei que não aguentaria, mas logo me recompunha, lembrando-me daqueles que morreram pela causa. Eu não desistiria! Não tão perto de concluir minha missão! Pensei que neste mesmo instante o Feiticeiro deveria estar atravessando por algum outro buraco daquele como Eleanor havia colocado – queijo suíço, rumo ao mesmo destino que o meu, porém certamente com um objetivo diferente. Decerto ele não iria virar a Ampulheta dando um novo tempo para Marshmallow; sua intenção deveria ser algo como controlar minhas terras, ter o domínio sobre tudo – como faria isso eu não sei, mas posso jurar que era essa sua intenção. Esse pensamento só me fez acelerar. Além do mais, o tempo deveria ser meu maior inimigo; muito maior que aquele ser repugnante de túnica vermelha, embora contra ele eu também nada pudesse fazer. Ou será que podia? Afinal, estava indo em sua direção e inevitavelmente teríamos de nos confrontar.

Ao virar a Ampulheta, eu estaria lidando com o tempo, manipulando-o, não é? Seria esse meu destino? Bem...

– Parece que já estamos quase lá! – anunciou Eleanor, procurando me incentivar; acho que minha feição estava declaradamente péssima, acabada, por isso o roedor tentava me trazer alento. O real sentido de "lá" eu não saberia dizer, nem mesmo ele saberia, eu acho, mas qualquer lugar que não fosse aquele buraco apertado parecia convidativo.

Enquanto engatinhava, o cilindro de madeira – a Chave – que estava preso ao meu cinto, pressionava-me o estômago, incomodando-me ainda mais e dificultando prosseguir.

Para piorar a situação, como de costume, notei uma fumaça surgir em nosso encalço na hora exata em que uma luz podia ser vista à frente. Eu já estava quase certo do que se tratava.

– Acelera! – gritei para Eleanor.

O roedor olhou para trás, bem nos meus olhos: havia entendido o recado. Disparou a correr, como se estivesse procurando desesperadamente por um banheiro. Eis que surgiu o final do buraco. Eleanor saltou com destreza, tomando conhecimento do novo ambiente. Eu estava em sua cola e logo pude vislumbrar onde tínhamos chegado. Tratava-se de um local bem aberto. Ali não chovia, muito pelo contrário... Um céu resplandecente, regido por uma redonda lua e cintilantes estrelas, dividia espaço com um sol, de bruxuleante brilho – parecia em estado de dormência!

Havia, em um canto, um aglomerado de cinzas e uma flauta de bambu repousando sobre elas. Aquilo também chamara a atenção de Eleanor, que soltou um som desconexo. De alguma forma, sabíamos do que se tratava: eram os restos mortais do Fauno Fiurin Sianor. Senti-me vazio e ao mesmo tempo honrado por estar diante, de certa forma, de um importante nome da história de Marshmallow – admito que foi uma sensação estranha. Meu amigo roedor pestanejava alucinado, parecia querer dizer algo, mas nada disse. Não ousamos nos aproximar, muito menos relar naquela flauta.

Um solo pedregoso, conectado a outro extremo por uma estreita ponte de pedra, sustentava nossos pés. Na outra extremidade, era notável uma grande árvore onde se destacava sua coloração dourada, como se fosse feita de puro ouro. Certamente era uma árvore anciã. Arriscaria dizer: a mais antiga, surgida antes da criação de todas as coisas. Raízes se enroscavam umas às outras e desciam pelo pontal do penhasco, mergulhando na escuridão profunda – eram dezenas delas. Nas diversas ramificações de sua copa, destacavam-se pouquíssimas folhas, douradas como o restante da árvore. Estava estupefato com grandiosa beleza.

Não tivemos tempo para contemplar a exuberância do lugar. Logo aquela fumaça que nos perseguia se materializou às nossas costas. Pouco a pouco tomava forma o Feiticeiro, com toda a sua feiura. Saquei minha pistola, de súbito, e disparei a maior quantidade de ácido na direção daquele cão infernal. Mas ele era ligeiro e logo desmaterializou-se desviando-se de meus tiros. Eleanor tentava aplicar golpes e mais golpes nos momentos em que nosso inimigo voltava à sua forma física ou o mais próximo dela.

– Bastardos infames! Realmente chegaram mais longe do que previ que seriam capazes. Porém, este será o mais longe que poderão chegar. Basta! Marshmallow encontrará seu fim. Os Feiticeiros reinarão sob os auspícios da nova era. Rendam-se e unam-se a mim e pouparei vossas vidas. Ajoelhem-se diante de seu novo líder.

– Jamais me unirei a um traidor maldito como você! – exclamei com grande revolta.

– Vocês deram as costas a Marshmallow, terão de pagar o preço por seus atos – vociferou Eleanor, perdendo as estribeiras.

– Deste modo, todos nós pagaremos por nossas decisões! Assim seja! – respondeu o Feiticeiro. Seus olhos flamejaram. Rosnou como um cachorro feroz, enrugando o fuço, deixando à mostra os enormes caninos afiados.

Sem mais delongas, iniciou uma série de ataques contra nós. Não havia outra saída: avançamos em direção à ponte.

– Siga em frente! Não olhe para trás! O protegerei enquanto me restar forças, ou morrerei na tentativa! – exclamou Eleanor, heroicamente.

Lembrei-me subitamente de Hugo, quando o roedor acabou de me mandar seguir adiante. Não poderia perder também Eleanor, não deixaria que me levassem mais um amigo. Mas não tínhamos opção alguma...

A passagem era bastante estreita, como o fio de uma navalha; o que não chegava a ser um empecilho para o Príncipe Gato de Marshmallow. Não bastasse a tortuosidade do caminho e todo o perigo envolvido, tínhamos ainda de desviar de dezenas de feitiços, o que, diga-se de passagem, não conseguimos evitar por muito tempo. Nosso inimigo parecia mais impaciente a cada instante. Antes que chegássemos à metade da travessia, a ponte, em meio a um grande estrondo, fora reduzida a pó, explodindo pelos ares – fazendo com que voássemos ao léu e sem direção. *Falhei! Está tudo acabado! Decepcionei meu povo!* – pensei, enquanto era engolido pela profunda escuridão daquele abismo.

– Agarre-se! As raízes! Não desista! – Eleanor berrou desesperadamente, enquanto voávamos ao léu.

Não havia nada a fazer além de, utilizando minhas últimas forças, seguir a orientação do mestre Eleanor. Fiz tudo muito rápido: enfiei a pistola em meu cinto, coloquei o boneco de pano na boca – mordendo-o com firmeza –, armei minhas garras para fora, e, com muita destreza e um tanto de sorte, abracei fortemente uma das grossas raízes daquela árvore anciã. Senti um puxão no que restava de meu rabo; Eleanor havia se salvado também, disso estava certo. Em instantes, o rato escalara minhas costas, alcançando meu ombro. Estávamos ainda mais vulneráveis; éramos presas fáceis para o Feiticeiro. Ele se preparava para lançar um feitiço final, que indiscutivelmente nos aniquilaria. Foi então que a salvação veio dos céus.

O canto de um falcão peregrino ecoou pela gruta, mas não era um falcão comum deste mundo, e sim um imenso, como os de Marshmallow. A ave investiu contra nosso oponente, o que nos forneceu tempo para subirmos rapidamente pelas raízes e atingirmos o topo do penhasco. Meus olhos brilharam: estava diante da Ampulheta do Tempo! Porém, não tive chance de pensar. O Feiticeiro conseguira se desvencilhar do guardião dos ares por tempo suficiente para conjurar um novo feitiço contra nós. No entanto, para nossa felicidade, este, ao se aproximar do extremo oposto de onde estávamos, ricocheteou e se voltou contra ele. Era como se estivéssemos envoltos em uma bolha imensa, um escudo protetor, que impedia a árvore anciã de ser atacada.

– Malditos sejam! – esbravejou o Feiticeiro, um pouco antes de se desmaterializar e surgir ao nosso lado.

Uma das raízes pareceu ganhar vida e, se movendo, iniciou um ataque voraz contra nós. *Estaria a Ampulheta se protegendo de qualquer invasor? Seria eu indesejado naquele local?* Talvez sim. O que sei é que precisei me abaixar antes que tivesse minha cabeça decepada. Eleanor pulava ligeiro para também se safar das bordoadas da árvore. Meu coração momentaneamente parou. Sem que percebêssemos, o Feiticeiro havia sumido e surgido ao lado da Ampulheta do Tempo. Estava tudo perdido!

– Nãããããããoooooooo! – gritei desesperado no instante em que vi a mão de meu inimigo se movendo em direção à relíquia sagrada. Então notei que ela estava protegida, envolta em uma espécie de gaiola formada pelas raízes expostas.

Um grande estrondo ecoou; vi o Feiticeiro ser arremessado alguns metros para trás, juntamente com um clarão que fora emitido pela árvore. Era minha chance; corri alucinadamente, desviando ainda dos ataques da raiz. Meu opositor logo se restabeleceu e avançou ao meu encontro. Não estávamos sós nessa corrida, pois naquele momento o falcão iniciou uma nova investida em nossa direção. Contudo, eu é que levei a pior – o ataque fora contra mim. Senti as garras afiadas da ave rasgando-me o braço.

Berrei alto de dor. Notei que estava bem diante da Ampulheta do Tempo. Não sei exatamente o que e como sucedeu, mas o sangue que jorrara de meu corpo tocou as raízes que a protegiam, fazendo uma fantástica magia acontecer.

Novamente a árvore pareceu ganhar vida, liberando a Ampulheta de sua gaiola de proteção. Por fim pude contemplar sua beleza. Duas coisas me chamaram a atenção: a primeira, que a Ampulheta não era movida por nenhuma espécie de areia, e sim por um líquido leitoso; a segunda, que meu tempo já havia se esgotado, pois não restava mais nenhuma gota na âmbula superior. *Teria eu chegado tarde demais? Marshmallow já teria encontrado seu fim?* De qualquer modo, não poderia supor; estando diante de tal relíquia sacra, teria de virá-la de qualquer forma.

Senti mãos me agarrando, seguidas de um forte ardor, como se eu estivesse queimando vivo em uma fogueira – o Feiticeiro havia me agarrado. Virei-me para trás, no segundo em que vi Eleanor atacando-o de todas as maneiras que lhe era possível. A ave sobrevoava nossa cabeça; a qualquer instante poderia projetar um novo ataque. Fui mais forte e lutei contra toda a minha dor; não era ocasião para pensar em mim, e sim em meu povo. Estiquei meus braços e toquei a Ampulheta com o receio de ser arremessado para longe, como acontecera com o Feiticeiro. Para meu contentamento, isso não aconteceu. Experimentei uma onda de energia jamais sentida antes em meu corpo – eu não saberia descrever aquela sensação. Havia chegado o momento pelo qual tanto lutara. Dedicaria esse acontecimento a todos aqueles que morreram pela causa, em especial à minha irmã, Silen e ao meu amigo Hugo. Virei a Ampulheta do Tempo.

Minha missão estava consumada! Dentro de poucos instantes, inúmeras gotas desataram a escorrer da âmbula superior pelo estreito orifício em direção ao compartimento inferior. *Marshmallow estava a salvo!* – pensei extasiado.

No céu, o sol, antes adormecido, pareceu despertar para uma nova vida. A cada segundo que passava, seu brilho tornava-se ainda mais exuberante, atingindo proporções imensuráveis. Pude vislumbrar o falcão voando em direção à luz, como se retornasse para casa. Senti um mormaço tomar meu corpo à medida que o sol se engrandecia. Por mais cintilantes que fossem seus raios, diferente de tudo que poderia imaginar, não chegavam a me queimar a pele. Iria além, dizendo que aquele sol estava renascendo para uma nova vida, após um longo estado de sono profundo. Conforme a luz era ampliada, alguém parecia estar incomodado com sua presença. Notei o líder dos Feiticeiros recuando, assombrado com o que estava acontecendo. Não conseguiu suportar por muito tempo. Logo não havia nada onde antes se encontrava seu corpo; uma fumaça pairava no ar. Para meu espanto, vislumbrei Eleanor desaparecendo junto com meu inimigo.

– Será caçado até a morte! Não repousarei enquanto não banhar o solo com seu sangue! – soou a voz gutural do Feiticeiro antes de sumir no ar, ecoando ainda por algumas vezes.

Foi quando uma das poucas folhas daquela majestosa árvore se desprendeu do galho, rodopiando pelo ar, com seu brilho dourado e misterioso. Um pouco antes de repousar no solo, se transformou em uma borboleta de ouro, dançando graciosamente, embalada em alguma canção inaudível que apenas ela parecia escutar. Sabia o que estava ocorrendo.

Assim, nos breves instantes que me restavam, levei minha pata ao cinto de utilidades, em busca de algo que, para minha sorte, ainda estava lá. Apanhei o pingente de Hugo, objeto inicial de toda a minha mentira e chantagismo. Jurei que o entregaria ao final de nossa jornada. Sendo assim, em um gesto simbólico que logo me ocorrera, envolvi o pingente no pescoço daquele pequeno, porém precioso, boneco.

– Prometo fazer o impossível para lhe devolver algo que injustamente tirei, Hugo. Não descansarei até que seus olhos voltem novamente a se abrir para a vida.

Em seguida, a borboleta se tornou um feixe de luz que se expandiu, envolvendo-me por inteiro, carregando-me de volta para casa, para longe daquela gruta encantada e da cidade cinzenta. Por fim, eu diria que aquela luz se tornara uma inesquecível memória.

Fim do Livro I

"Não importa o tempo, nem a distância. Eu atravessarei as muralhas da morte. Em um mar de inimigos mergulharei. Declararei guerra ao vento se preciso for. Pois saiba, eu estarei lá quando você me chamar."

Hugo

Extras
Relatos removidos

I – Alucinação

Príncipe Gato

Para os que pensam o contrário, não, não é fácil estar na minha situação! O fardo é grande. O tempo urge. Além do mais, ser um príncipe, ou ainda, um "escolhido", não é algo tão extraordinário assim. Na minha terra, em Marshmallow, alguns dizem que se nasce príncipe; outros ainda preferem dizer que os anos é que formam um príncipe... Eu acho mais auspicioso dizer que se nasce um. Ou você é, ou não. Simples assim. Mas até compreendo os outros pontos de vista, e não discordo em sua totalidade.

Meu nome? Sempre me chamam de Príncipe Gato. Gostaria que continuasse assim mesmo.

Digamos que minha chegada neste mundo não foi das melhores. Uma viagem turbulenta. Vomitei um monte de peixes moídos assim que surgi do Buraco de Minhoca. O local do portal não tinha aparentemente nada de significativo. Era um plano elevado que logo despencava, culminando em grades verdes que limitavam o parque, levando para a rua. Como uma pequena cerca, havia troncos enfiados na terra, demarcando a parte arbórea da calçada de pequenas pedras. Uma árvore se contorcia e abraçava outra mais velha – enroscando-se como enamorados. Precisei olhar bem o lugar, para me lembrar? depois – não poderia de jeito algum esquecer, caso contrário não teria como voltar para casa. Ou pelo menos achava que não.

Parque do Trianon, zona sul de São Paulo. Fiz desse lugar meu lar. Fiquei dias e noites analisando o ambiente. As criaturas de lá são um pouco estranhas; confesso que me assustei de início. Mas possuía meu cinto de utilidades, minha pistola de ácido, minhas bombas de farinha, minhas garras afiadas e ainda um bocado de coragem e responsabilidade na alma.

Aprendi bastante sobre o parque. Sabia a localização de todas as câmeras de segurança – inclusive tinha desativado uma delas – e os costumes dos vigias e dos policiais. Durante o dia era mais complicado; à noite é que podia andar mais tranquilo. Alguns gatos pareciam morar por lá, mas eram estranhos, andavam sobre quatro patas e não falavam – realmente esquisitos. Até tentei puxar conversa com um deles no início, porém foi em vão. Mas aprendi a me comportar como eles, assim eu poderia passar despercebido em alguns momentos, embora tivesse no mínimo três vezes o comprimento do maior deles. Mesmo assim, aprender a forma como andavam, saber que apenas miavam, era uma sacada ótima para mim...

Era uma bela manhã; aquela bola amarela no céu esquentava bastante, apesar das sombras das árvores.

Fui contornando o parque. Sempre com cautela. Sempre me escondendo ao menor sinal de perigo.

Alguns homens enrolavam fios de luzes em algumas árvores ao redor. Estava claro para mim: era o Natal. Tinha ouvido certa vez alguns humanos comentando sobre o assunto; falaram também de presentes e "tones", "panetones" ou algo do tipo; não sei bem o que é... Peguei carona em um caminhão

– cheio de lixos na traseira – que seguia pela Avenida Paulista. Fui olhando as placas das ruas, procurando nomes de lojas.

Uma chuva começou lentamente. Meus pelos ficaram embaraçados, mas permaneceriam desse jeito. Eu não costumava me lamber, tinha bons motivos para não fazer isso; motivos que não quero revelar agora. Não me sinto confortável.

Foi na Avenida Paulista mesmo que desci. Minha agilidade felina foi útil naquele momento, pois havia uma quantidade significativa de humanos.

Entrei sorrateiro numa livraria, mas não pela porta da frente – dei um jeito de escalar para entrar por cima. E sim, por sorte havia uma janela semiaberta. Assim que botei as patas naquele carpete marrom, senti um gás estomacal vindo à tona. Eu não estava tão bem, mas logo aquilo passaria. Comecei a procurar livros que poderiam me ajudar em minha jornada. E foi quando estava lendo sobre as catedrais antigas que uma porta se abriu e se fechou rapidamente. Avistei um ser humano, um homem, mas deveria ser jovem. Ok, não tive escolha, larguei o livro onde estava e saí rapidamente dali. Se tive tempo de pegar as informações de que precisava? A resposta é: não exatamente.

Não poderia ter sido visto. Tenho de fazer algo a respeito!

– Acho que terei de matá-lo!

II – Remetente oculto

Príncipe Gato

Perseguiria o mais ágil dos ratos pelos bueiros da cidade. A questão era que não se tratava de um rato, muito menos de bueiros. Uma caçada mais complexa estava declarada. Seguir um humano em uma avenida movimentada era uma tarefa para o magnífico Príncipe Gato; sim, para mim. Não poderia ser visto, afinal esse povo não devia estar acostumado a ver um ser tão belo como eu. Isso poderia assustar, claro.

Não chovia, e o céu manchava-se de tons suntuosos, laranja e vermelho na sua maioria, convergindo em alguns pontos para o rosa.

Acabei dando sorte; aquele humano deu sinal para um veículo branco que passava com uma plaquinha escrita *TÁXI* e foi completamente ignorado por ele. Talvez minha busca estivesse perdida caso meu alvo embarcasse em algum transporte.

O que ele estaria pensando? Não podia deixar que contasse para alguém sobre mim. Mas, por um lado, achava difícil que não o tomassem como um louco, ninguém acreditaria, eu acho... Não importa.

Fui me esgueirando pelos canteiros, procurando as esquinas, os pontos escuros, as sombras. Minhas patas seguravam minha pistola carregada de ácido. Precisava encurralar aquele danado em algum beco sem saída. Saltar sobre sua fronte e atirar sem perdão. Em meu plano não caberia falhas; minha ida para aquele mundo não deveria ser em vão, não poderia arriscar. Os seres do meu mundo esperavam pela minha vitória – pelo menos a maior parte deles.

Após algumas ruas parei – escondido atrás de um arbusto de folhas miúdas. Meu alvo entrava em um prédio. Dei uma boa conferida no movimento da rua, e no momento exato saltei do meu esconderijo em direção à lateral do prédio – passei pelas grades sem dificuldade. Ouvi que o cidadão morava no décimo quarto andar, então fiquei na espreita, olhando a cara achatada do porteiro – esperando que se distraísse com alguma coisa para eu poder correr até as escadas. Teria de ser rápido. E assim fui. Corri como nunca – agilidade felina –, os degraus pareciam mais uma linha reta. Assim que meu alvo abriu a porta de seu apartamento do décimo quarto andar, entrei numa velocidade impressionante e corri para debaixo de uma cama. Não fui visto.

Esperei um tempo, procurei uma boa hora para matá-lo, mas algo naquele humano me fez hesitar. Quando vi seus olhos de relance, senti que havia algo além ali, talvez fosse um desperdício eliminá-lo sem ao menos conhecê-lo... Senti uma ligação com aqueles olhos... Bem, deixe-me explicar melhor para que não pareça outra coisa: é que, assim como os meus olhos, os dele eram um de cada cor, um verde e o outro castanho. E isso eu não tinha observado em nenhum outro humano até então. Portanto, teria que agir de outra maneira, e ainda por cima o mais rápido possível, pois ele estava terminando de tomar banho.

Saí depressa debaixo da cama, abri uma gaveta em busca de algo de valor, algo que aquele humano pudesse sentir falta. Segui minha intuição felina e apanhei um pingente que estava guardado cuidadosamente em uma caixinha. Na sequência, arranquei uma folha de um caderno amarelado que encontrei na gaveta e escrevi um bilhete com uma caneta preta e quase sem tinta que estava próxima. Depois, para deixar a situação um pouco mais ameaçadora, corri para a cozinha e encontrei uma pequena faca no fundo da última gaveta de um pequeno armário. Voltei para o quarto e finquei a lâmina no móvel – prendendo o bilhete. Antes de deixar o aposento, notei um pacotinho de doces coloridos em cuja embalagem estava escrito: *Jujubas*. Não pensei duas vezes: precisava experimentar aquela iguaria. Enchi a boca com elas, mal conseguindo mastigar.

O som da água cessou. *O humano sairá do banheiro em instantes* – pensei. Saltei velozmente para a sala, mas não resisti, tive que afiar um pouco minhas unhas no braço do sofá. Feito aquilo, abri as janelas, mas cheguei à conclusão de que não seria uma boa sair por ali. Levando em consideração o fato de que eu estava no décimo quarto andar, poderia não dar muito certo. Então saltei para a porta, abri duas travas, em seguida virei a chave duas vezes e abaixei a maçaneta. O humano havia saído do banheiro; mergulhei para as escadas e, quase rolando, fui parar perto do terceiro andar. Não tive tempo de fechar a porta, mas o que estava feito estava feito. Quanto ao porteiro, se me notar...

– Terei de matá-lo!

VI – A catedral

Príncipe Gato

Olhei incrédulo para aquele idiota e terminei de tomar meu refrigerante, amassando a lata na sequência. Não digo que estava com raiva, mas acho que acabei alimentando um pouco dessa energia.

Meu disfarce não era muito agradável de se usar. Aquela máscara dura incomodava um pouco meu focinho, e meus bigodes ficavam amassados – precisava deles intactos para captar os perigos à minha volta. E ainda, com aquela roupa toda, meus reflexos ficavam mais restritos, menos ágeis eu diria, mas ainda tinha uma velocidade extremamente superior comparada à do humano Hugo. Todavia, devo admitir que sem aquela camuflagem – sem a fantasia – eu seria ainda mais observado, sem a menor sombra de dúvida. Afinal, sou muito bonito. As humanas se apaixonariam por mim de primeira, pois meu charme felino é de dar inveja a qualquer um. *Babem, fêmeas, o Príncipe Gato está chegando!* – pensei maliciosamente.

Contornei a catedral pelo lado de fora. Já havia notado uma possibilidade interessante; sabia exatamente aonde queria chegar. Olhei ao redor, procurando seres daquele mundo; saltei um portão sem a menor dificuldade e em seguida encarei uma grade redonda na base daquela igreja. Estava claro para mim que era uma entrada para a parte subterrânea – a cripta.

Tirei minha pistola do cinto e atirei o ácido por todo o contorno do arco. Em segundos, a passagem estava desobstruída. Entrei pelo buraco e tornei a encaixar a grade no local, para não levantar suspeitas. Arranquei a máscara – por ora, precisava respirar melhor.

Avancei com cautela pela tubulação. Em alguns trechos ficou apertado, mas costumo dizer que onde passam meus bigodes passa qualquer coisa. Fiquei um pouco sem ar lá dentro. Mas faltava pouco, conseguia ver uma *luz no fim do tubo*.

Saltei para fora dali, ou melhor, para dentro da cripta. O chão era todo quadriculado, parecia um tabuleiro de xadrez – preto e branco. Em Marshmallow é comum ver os felinos jogando esse jogo.

Cadeiras vermelhas, estátuas e colunas espalhavam-se simetricamente ao redor. Onde estaria a Ampulheta? Acreditava que não estava tão visível. Estaria lá a sepultura do ilustre Fauno Fiurin Sianor? Dei uma boa investigada no local, olhos atentos e vigilantes, procurando nomes e estátuas que me levassem ao meu objetivo. Uma luz fraca dava um ar sinistro ao ambiente; tinha um clima um pouco pesado, eu diria.

O que se seguiu foi muito rápido, e poderia ser visto com mais detalhes caso passássemos em câmera lenta: saltei – em um mortal duplo para trás – já retirando minha pistola do cinto de utilidades. Puxei o capuz, cobrindo meu rosto felino. Um zumbido forte preencheu meus ouvidos, e era um som que eu conhecia bem.

– Espião maldito! – gritei, esquecendo que eu não deveria ser ouvido. Mas eu estava fora de mim, não me importava se alguém escutasse. Fui atacado por incontáveis vezes. Corria pela cripta, saltando, rolando e me agarrando às estátuas e colunas... Rapidamente me escondi atrás de um mausoléu, a ponto de evitar uma açoitada repentina daquele inseto. Mirei com determinação e atirei com veemência – sem perdão, sem súplica. O zumbido silenciara; o besouro se contorceu num azulejo branco, mergulhado numa pequena poça de ácido. Corri para a tubulação e me rastejei para fora dali. Naquele momento, o tonto do Hugo poderia estar correndo perigo.

XXIII – Esperteza de Eleanor

Eleanor

Hugo e o Gato finalmente haviam pegado no sono. Confesso que foi cansativo esperá-los dormir. No entanto, eu estava determinado em minha missão, e não havia tempo a perder – não poderia esperar. Além do mais, tinha de ir só; o humano e o felino seriam logo descobertos, eram visíveis demais.

Arrumei rapidamente a mesa com um pouco de bolachas, água e leite que consegui arranjar às pressas – não poderia deixar meus amigos à própria sorte, sem bebida nem comida; preocupava-me com os dois. Por fim saí da casa de Ágata à surdina, tomando o cuidado de não acordá-los.

A rua estava escura e deserta. Eu farejava e vigiava freneticamente. Não podia falhar, pois não suportaria desapontar as expectativas de Adir; sei que ele confiara a mim a missão de ajudar o Príncipe a salvar Marshmallow. Logo descobri que a rua não estava tão deserta quanto eu imaginava – escondi-me atrás de um latão de lixo; alguns bonecos de pano passaram à frente, eram dezenas deles. Estavam caçando. Esperei demoradamente para ter certeza de que haviam ido. Prossegui em meu caminho, sempre alerta. Não demorei a me deparar com outro problema: um forte zumbido se aproximava de mim. Olhei rapidamente para todos os lados, procurando por um esconderijo. Saltei para dentro de um bueiro bem a tempo.

Fiquei observando o lado de fora, a rua. Poucos instantes depois, uma legião de besouros passou voando; estavam armados até os dentes. Atrás deles vinham dois Feiticeiros; conversavam aos sussurros. Pensando bem, o esgoto, em uma situação como aquela, parecia mais convidativo. Prossegui em minha missão pela sujeira do subsolo; sabia o caminho mesmo por ali.

Esperava não ter companhia, além do mau cheiro, porém estava enganado – deparei-me por vezes com besouros e bonecos vigiando o lugar e tive de me esconder com perícia. Por fim, os túneis culminaram em meu objetivo final. Saí para a superfície e corri pelo relvado, aproveitando a grama alta para me ocultar; estava nos jardins da mansão de Adir, meu falecido amo. Dirigi-me decidido à Paineira anciã; para minha sorte, o local estava vazio. – O escritório estava exatamente como o havíamos deixado antes de partir à procura de Edgar. Um aperto se apoderou de meu peito. *Onde estaria o filho de Adir a uma hora dessas? Estaria bem?*

Não poderia me demorar, seria arriscado demais. Apanhei o pequeno frasco onde havia armazenado o sangue do Príncipe, destampei-o e, com cuidado, deixei uma minúscula gota cair sobre o solo, que rapidamente bebeu o líquido. Não tardou para que sonoros, porém distantes ruídos, pudessem ser ouvidos no subsolo. O local parecia reagir à presença direta ou indireta do Príncipe de Marshmallow. Lembrei-me do episódio em que a semente de paina, aparentemente sem vida, rapidamente desabrochou nas patas do felino. Umedeci meus pequenos dedos com o pouco de sangue que restava no frasco e avancei em direção a uma das raízes da árvore. Agarrei-me a ela, sujando-a com o fluido misterioso que percorria as veias de um distinto habitante de outro mundo. A árvore magicamente reagiu, revirando-se como se tivesse vida, digo, demonstrando uma irreconhecível capacidade motora.

Só podia ser ali; certamente era mágico. Além do mais, era o único lugar que reagia de forma estranha à presença daquele que deveria virar a Ampulheta do Tempo. Lembrei-me do episódio das escavações do metrô, na estação misteriosa. Agora os pontos começavam a se conectar com clareza em minha mente. O casarão de meu amo ficava próximo à estação Jabaquara e, pelos meus cálculos, muito perto dessa tal estação misteriosa. Então posso afirmar que o motivo de as obras não terem seguido adiante se deve ao fato de a magia que envolve a Paineira ter agido para proteger a Ampulheta do Tempo, impedindo que humanos atingissem a gruta – representada nos desenhos de meu amo.

Algo grandioso me passou à cabeça: aquele era o local onde Adir erguera sua casa para viver o resto de sua vida e, mais precisamente, onde edificara seu escritório, no qual passara longos anos pesquisando e estudando. Saberia ele da mística que envolvia seu escritório? Era possível... Ou teria sido consequência do acaso? Ou ainda uma ordem do destino? Bom, no momento o mais importante era retornar ao acolhimento da casa de Ágata e preparar meus amigos para a missão final. Tinha de partir antes de ser visto na entrada da gruta, caso contrário forneceria pistas aos Feiticeiros... Ou já teria sido visto?

XXVI – A batalha sobre o lago

Hugo

— Corram! Saiam daqui! Eu dou conta dele por um tempo! – gritei firmemente para o Príncipe e Eleanor.

– Jamais sairemos sem você! Entramos juntos e sairemos juntos! – o gato retrucou.

– Não sejam tolos! Vocês não têm o que fazer aqui. A adaga está em minhas mãos. Ela é a única arma contra ele. Vocês são mais importantes agora, vão em frente e encontrem a Ampulheta! Um mundo inteiro depende de nossas ações! Não há tempo a perder! Deixem-me para trás!

Minhas palavras eram intensas e determinadas. Sentia uma forte e nobre energia fervilhando em meu interior. Lembrei-me de minha amada e de minha doença. Desejava muito me curar para ter uma nova chance com ela, e ficando lá para deter o Feiticeiro significava possivelmente abdicar desse sonho. Neste momento, nem mesmo eu me entendia ou compreendia a complexidade de minhas decisões. Recordava-me de minha curta passagem por Marshmallow, infelizmente por um dos piores lugares que lá deveriam existir. Ainda assim, sentia viva a radiante energia que conheci naquelas remotas terras; tão perto, mas ao mesmo tempo tão distante, inatingível para os habitantes deste mundo.

– Seus repugnantes! Têm mesmo a audácia de crer que possuem o poder para intervir no funcionamento da Ampulheta do Tempo? – o Feiticeiro protestou, trazendo-me de meus devaneios à realidade. – És tolo, gato, a ponto de acreditar na veracidade das previsões de Chasmalin, aquela progenitora de falsas verdades? Cegos aqueles que a endeusam!

Chasmalin? Será que ouvi bem? Quem era essa? O Feiticeiro e o gato pareciam saber de algo mais que eu desconhecia. Será que Eleanor a conhecia também?

– Ah, vai roer osso em Marshmallow! – o Príncipe retrucou com revolta. Não fosse a seriedade da situação, acharia bastante engraçada a frase.

Porém, o gato não devia ter proferido aquilo. O Feiticeiro ficou ainda mais furioso; eu podia sentir no vigor dos feitiços, que havia se intensificado ainda mais. A adaga absorvia o poder letal daquelas luzes brilhantes, porém meu corpo parecia sentir, ainda assim, parte do veneno, como se eu e a adaga fôssemos apenas um. Então algo diferente ocorreu. O Feiticeiro ergueu seu cajado, proferiu algumas palavras estranhas – como se estivesse entoando uma maldição arcaica –, e o desceu com força, cortando o ar e atingindo o solo com grande impacto. Para meu desespero, o gelo sob nossos pés começou a rachar de forma ramificada; a qualquer momento poderia ceder. A besta aquática percebeu a situação e passou a rodear-nos ainda mais animada. O Príncipe fez menção de correr, porém me mantive estático onde estava, sustentando a proteção aos feitiços. Estava tomando uma decisão grandiosa e importante, no entanto estava certo do que fazia. O gato parecia a cada instante mais desesperado com minhas atitudes. *Afinal, o que ele tinha? De certa forma eu sabia...*

– Hugo! Sei que nada lhe fará mudar, então, antes que prossiga, há algo que devo lhe contar. Não é o momento mais apropriado e confesso que minhas atitudes foram desleais e covardes... Nada dignas! Sei que mereço ser afogado em uma tigela de leite, ridicularizado ante meu próprio povo, por conta de meus atos.

– Não há tempo para declarações! Corra e salve Marshmallow. Vire a Ampulheta, ou o que quer que seja que você tenha de fazer com ela!

– Hugo, eu menti! A Ampulheta não poderá lhe dar mais tempo! Não poderá lhe curar! Fui um tolo! Perdoe-me, estou completamente arrependido.

O gato não devia ter dito aquilo, não naquele momento. Distrai-me por um instante apenas; instante este fatal para minha existência. Teria sido um choque letal a intensidade daquela revelação; fatal, se eu de certa forma já não soubesse da verdade. Sim, não digo que já tivesse total certeza, porém era um sentimento muito forte que aguardava apenas uma confirmação. Sabia que o gato havia mentido, e sentia o remorso se intensificando como um veneno correndo em suas veias, cada vez mais poderoso, conforme nossos laços de amizade cresciam e tornavam-se mais fortes. A confirmação, porém, veio em uma ocasião inadequada. Ainda assim, não culpo o Príncipe; aprendi a compreendê-lo e a valorizar suas qualidades, que ele tem dificuldades em apresentar, em contrapartida a seus defeitos.

O feitiço perfurou-me o peito como uma lança de luz. Não senti dor nem medo; de algum modo eu estava preparado para aquilo. Não morri de imediato. Senti meu corpo caindo pesado no gelo. Tive tempo para vislumbrar lágrimas escorrerem da face de meu amigo, juntamente com gotas de chuva que desciam dos céus para lavar-me a alma antes de partir.

Não lamente, gato, não chore por minha morte. Apesar de tudo o que houve, agradeço por seu surgimento em minha vida, para trazer-me luz, esperança e vida. Corra e atinja seu objetivo. Vidas clamam por seu sucesso em Marshmallow, mundo que guardarei eternamente vivo em minha alma!

Não tive tempo de fechar os olhos, havia finalmente desvanecido desta vida. Meu corpo repousaria nas águas gélidas daquela gruta sagrada, e minha alma voaria livre da doença que me afligia e me impedia de alçar amplitudes mais elevadas da vida.

Nota do Autor

O conto a seguir faz parte de épocas remotas da história de Marshmallow. O nobre Príncipe Gato ainda nem sonhava em nascer. O Príncipe na ocasião era um gambá de nome Fedôncio Ferreira. Naquele período não existiam tantos conflitos como vemos hoje, a não ser pequenas rixas entre raças e discussões triviais. É o tipo de conto que eu leria para minha filha, em uma noite fresca de outono, após comer uma torta de abóboras e tomar uma bela xícara de café.

O cogumelo-ermitão

– Não vá esquecer suas ferramentas; ajeitou tudo na sacola? – disse Anabel em um tom mais preocupado do que o habitual.

– Já peguei, mãe, já peguei! – respondeu, todo afobado, o pequeno Len, que vinha aos tropeços arrastando uma espécie de mochila rústica.

– O dia está ótimo! Não volte sem que tenha apanhado no mínimo mil cogumelos, hein – tomou a palavra Timor, o *guaxinim-pai*, com um enorme sorriso.

– Timor! – censurou a esposa, Anabel, semicerrando os olhos.

– Ele já está bem grandinho, querida. Esses acampamentos são muito proveitosos na idade dele! – dizia o marido; então abaixou o volume da voz e continuou: – Sei que é difícil para você, mais do que é para mim, mas sempre chega a hora em que devemos deixar nossos filhos seguirem em frente, adiante, para além das paredes acolhedoras do lar, e se arriscarem, para se tornarem guaxinins independentes. Força nesse laço de fitas! (Para quem não entendeu essa última colocação, eu vos digo que se trata de uma daquelas frases amáveis que os casais criam, e que são, de todo modo, originais. Anabel usava um grande laçarote vermelho aveludado na cabeça. Aproveito para dizer que também era a guaxinim mais bela que existira).

O pequeno Len abraçou a mãe e em seguida o pai, mas fez isso rapidamente, pois a excitação que percorria por suas entranhas o deixava extremamente *impossível*. Anabel escondeu uma lágrima antes que essa escorresse pelas manchas escuras que lhe rodeavam os olhos. Timor respirou orgulhoso, mas não queria revelar isso à sua esposa. Ela era muito sentimental, como a maioria das fêmeas; uma mãezona, isso era inquestionável, mas muito emotiva.

Se vocês pensam que o casal Bolãn Teluh (o primeiro é sobrenome do pai, o segundo da mãe) possuía apenas um filho, e que aquela era a primeira vez que enviavam o pequeno para um acampamento, estão completamente equivocados. Len era o quinto filho da segunda cria, era, portanto, o décimo filho; os da primeira já haviam saído de casa há um bom tempo e adquirido a honrosa independência. Os *cinco* da segunda cria caminhavam para o acampamento. Tinham todos a mesma idade, eram quíntuplos, mas a ordem em que nasceram determinara a hierarquia. Len foi o último a nascer, portanto o caçula e mais mimado.

Seus irmãos já estavam todos do lado de fora da Casa-Abóbora, impacientes como era previsto. "Ande logo, Len! Mas que demora!" – era o que ficavam repetindo em uníssono, e ainda, "Iremos sem você. Tchau! É melhor ficar com a mamãe, acho que você não conseguirá colher nenhum cogumelo!" E davam risadinhas maldosas.

Anabel se despediu calorosamente dos cinco filhos. E teria chorado ao abraçar cada um deles. Timor continuou orgulhoso, mas cá entre nós, ele estava era feliz, pois seria um descanso há muito sonhado; mais liberdade para ficar a sós com a amada, no conforto de sua ilustre moradia. Então, ele sorria, com o maior sorriso do mundo.

Repousado em cima da Casa-Abóbora, estava um pássaro Barriga-Azul; era o guia daquela gurizada, o responsável por levá-los em segurança até o acampamento, ao norte de Marsmallow.

– Fique tranquila, *mãe-guaxinim*, seus filhotes estarão em boas asas! – disse o pássaro, estufando as plumas do proeminente peitoral; em seguida fitou os pequenos e agitou-os ainda mais. – Estão prontos? Querem caçar cogumelos? (Para você, o pássaro Barriga-Azul seria uma espécie daqueles monitores de *buffet*, que falam com aquela voz impostada, e que a criançada adora).

É óbvio que houve uma algazarra tremenda, um rebuliço alucinado entre os irmãos guaxinim. O que disseram não se pôde entender bem, pois gritavam ao mesmo tempo e cada um algo diferente. Mas, de qualquer forma, não viam a hora de atingir o acampamento.

O dia estava luminoso. O sol brilhava alegremente. Havia um cheiro de comida no ar, mas logo se viu de onde provinha: era Anabel que trazia mais alimento para que os seus pequenos acrescentassem às sacolas. Feito isso, os acenos de despedida foram dados. O pássaro saltou do telhado da Casa-Abóbora e, batendo suas asas, cheio de gracinhas aéreas, seguiu adiante, orientando o caminho para os filhotes. Esses, aos empurrões e brincadeiras, logo correram atrás do guia. A euforia era colossal, e em seus íntimos sabiam que voltariam para casa, apesar de conscientes de que enfrentariam grandes aventuras. Mas podem acreditar, essas aventuras foram maiores do que poderiam imaginar.

Escarpadas encostas verdejantes alastravam-se adiante, tocadas pelo fulgor dourado-avermelhado do sol nascente. Frescos ventos setentrionais sopravam ocasionalmente esfriando os focinhos dos mais novos aventureiros mirins que, com uma marcha típica de escoteiros, não paravam de cochichar.

– Acho que aquela barriga é de mentira – dizia Belly, uma das irmãs.

– É, também acho! – concordaram Áliz e Amél (a segunda e a terceira irmã a nascerem).

–Talvez ele pinte de azul com alguma fruta silvestre – tentou Thor, o mais velho.

– A barriga é dele mesmo! – falou Len, o mais novo e mais conciso.

Eles achavam que o pássaro Barriga-Azul não estava escutando-os, mas a verdade é que o guia tinha um ouvido aguçado, e nem precisaria, ele diria, pois aqueles filhotes decerto tinham um novo conceito sobre "cochichar", afinal falavam quase tão alto quanto os feirantes. Não era a primeira vez que filhotes questionavam e admiravam o pomposo peitoral azul-cristal do pássaro; caso que até o alegrava. Barriga-Azul ficou assobiando alguma canção nórdica das antigas, entre os bicos amarelados, fingindo não estar prestando atenção à conversa dos quíntuplos. Hora ou outra, apenas falava: "Por aqui!"; "Por ali!"; "Dobrar a esquerda!"; "Dobrar a direta!"; "Vamos, pequenos!". "Para a frente e avante!".

– Estou cansada! – lamentou Amél, uma das irmãs. – Vamos descansar um pouco, por favor, tio Barriga-Azul!

– Não, não... – dizia o pássaro. – Devemos chegar ao acampamento antes que o sol perca o brilho e a lua escureça o céu. Tenho ordens a seguir. E como já podemos reparar, a chegada da noite não tardará.

– Você está fazendo corpo mole, Amél! – disse Thor, o mais velho; adorava bancar o valentão.

– Estamos quase lá, meus queridos – voltou a falar Barriga--Azul –; tomem um pouco de água. E continuemos então... O que acham de cantarmos até chegarmos ao acampamento? Algum de vocês conhece alguma canção?

Era costume dos pássaros saber milhares de cânticos, dos mais infantis e antigos aos mais modernos e alternativos. Já os guaxinins não possuíam tal hábito, preferiam comer legumes e aprender a roubá-los – os machos (diga-se de passagem); as fêmeas aprenderiam a arte do tricô. Então os quíntuplos ficaram em silêncio depois da pergunta, ou convite do guia.

– Bom, acho que terei de escolher uma canção, então! – comunicou Barriga-Azul. – Vejam o que acham dessa... É bem simples! Vocês podem me seguir! Soltem a voz, meus pequenos!

Assim o pássaro começou a cantar e logo, por incrível que pareça, foi acompanhado por mais cinco vozes; até que não eram desafinados! A letra da música era a seguinte:

Sou pequeno, mas veloz. Meu caminho a percorrer;
Sou valente, minha voz é um som de engrandecer;
Apressa o passo, aperta o laço, cogumelos a encontrar;

Há mil cores envolvidas, que eu só ouvi falar;
Vem montanha, vem colina, vem riacho e floresta;
Caminhar, neste dia, belo dia, mais que festa!

A ideia da música realmente foi inteligente; Barriga-Azul era um monitor experiente, sabia lidar com os pequenos. O restante da caminhada foi um sucesso, sem pausas para descanso; a canção inclusive conseguira acelerar os quíntuplos, que pareciam mais empolgados e aventureiros do que *nunca*. Mal terminava a canção eles já começavam novamente.

Novo rebuliço se seguiu quando a área periférica do acampamento foi atingida.

– Olhem! Olhem! – disse Belly eufórica, apontando para vários lugares, não conseguindo se conter.

Barracas das mais diferentes possíveis espalhavam-se sobre um relvado verde-esmeralda. Se você está imaginando aquelas barracas de *camping*, eu vos digo que não eram muito parecidas. As de Marshmallow tinham formatos inusitados, feitas com troncos e folhagens enormes, e ainda pedras, alimentos e coisas sem nome.

Logo os quíntuplos notaram que poderiam fazer novas amizades, e não só com guaxinins, pois havia outras raças presentes, como felinos e faunos. Porém, já adianto que não fizeram muitos amigos, para não dizer nenhum. Deixe-me explicar o porquê: há uma rivalidade entre guaxinins e felinos; enquanto os felinos são primorosos agricultores, plantadores de *lichia*, *alcachofra* e das frondosas *abóboras-gigantes*, os guaxinins são ladrões de alimentos. Caso não saiba, Timor, pai dos quíntuplos, foi o primeiro a roubar uma *abóbora-gigante*, que pertencia a Aldo, um felino. Foi depois desse dia que a contenda entre eles se iniciou. Você pode imaginar também que ambas as raças teriam começado a instruir seus filhos desde pequenos, alertando-os sobre essa rixa, instigando-os uns contra os outros. E isso só cresceu e cresceu, e tomou uma proporção descomunal... Logo passou a existir somente um acampamento para guaxinins e outro para felinos, não mais com raças mistas. Acho que os faunos se enfezaram com tudo isso e se isolaram ainda mais, desistindo de enviar seus filhos para os acampamentos. Mas, enfim, o ponto em que estamos desta estória ainda pertence aos tempos antigos, quando as raças ainda se misturavam.

Outros pássaros voavam pelo acampamento, passando regras e direcionando os filhotes para as acomodações. Barriga-Azul, o guia dos quíntuplos, logo anunciou:

– Sejam bem-vindos ao *Acampamento dos Cogumelos*! Que a estadia de vocês seja recheada de brincadeiras e aventuras! Vamos, vamos andando! Preciso mostrar onde ficarão!

O sol já perdera o brilho, mas ainda permanecia no céu (como de costume em Marshmallow), resumindo-se a uma fraca e bruxuleante luz avermelhada. Era a vez da lua, redonda e majestosa, trazendo a noite com suas estrelas, abençoando-as com sua alvura maternal. Sol e lua nunca se separavam, mas cada um sabia e respeitava a hora do outro reinar.

Barriga-Azul mostrou aos quíntuplos o local onde ficariam acomodados durante a estadia no *Acampamento dos Cogumelos*. A barraca deles era cheia de pedaços de alimentos, em especial, legumes; era enorme – ainda mais para os filhotes. Antes que você me pergunte, o acampamento não era de cogumelos, na verdade não existia nenhum por lá. Mas o nome foi dado em razão da caçada pelos cogumelos, oferecida pelos orientadores do acampamento; no caso dos pássaros, nem todos possuíam barriga azul, que fique claro. Os pequenos teriam a oportunidade de seguirem, sempre acompanhados por um dos monitores, para locais diversos de Marshmallow, onde procurariam e colheriam os mais diferentes cogumelos.

Naquela primeira noite, à luz de uma fogueira, a qual os guaxinins, felinos e faunos rodeavam, o pássaro Barriga-Azul, com todo o seu carisma, revelou uma estória das antigas a respeito de um raríssimo cogumelo. Alguns já a conheciam, mas da forma que ele contava parecia que nunca tinham ouvido falar de fato, pois a narrativa tornou-se ainda mais interessante.

– [...] É o que estou dizendo, gurizada, este cogumelo é uma raridade. Poucos tiveram a alegria de encontrá-lo! E ninguém o privilégio de apanhá-lo!

– Por que é difícil de apanhá-lo, tio Barriga-Azul? – gritou a pequena Belly, completamente excitada.

– Ah, minha querida... O *cogumelo-ermitão* possui tonalidade esverdeada, facilmente se camufla na relva, mas acredito ser capaz de trocar de cor, por qualquer outra, eu arriscaria dizer; portanto, ele acaba passando despercebido por nossos olhos. Somado a isso, ele difere dos demais pelo fato de ter pernas e olhos, que ficam escondidos, e os coloca para fora quando necessita se deslocar; como um caramujo, sabem?

O brilho nos olhos de todos os filhotes era de dar gosto aos monitores, em especial a Barriga-Azul, que contava a estória. Com toda a certeza, o que se passava na cabeça dos pequenos era um consenso: desejavam imensamente ser o sortudo ou a sortuda a encontrar o *cogumelo-ermitão*. E é claro que isso deu um bafafá *daqueles*. O assunto durou a noite inteira e a manhã seguinte, e os outros dias, até o fim, quando voltaram para casa.

Os quíntuplos já estavam prontos do lado de fora da barraca naquele primeiro dia de caçada aos cogumelos, com exceção de Len, o caçula, que costumava se atrasar. Não por ser preguiçoso, muito pelo contrário: os quatro irmãos resolveram esconder uma das ferramentas de Len apenas para fazer pirraça. Ficaram gritando depois: "Mas que demora, acho melhor você ficar aí!", e "Mas como você é bagunceiro, não consegue nem guardar suas coisas". E se matavam de rir. Len acabou indo sem a tal ferramenta; jogara nas costas a mochila rústica e saíra para a sua primeira missão. Eu te digo que Len ficou sabendo o que teria ocorrido com a sua ferramenta muitos anos depois, quando era um guaxinim adulto; antes disso, seus irmãos, por pura inveja, mostravam-se muito orgulhosos, de não terem revelado a verdade.

Aquele primeiro dia de caçada aos cogumelos não foi dos mais produtivos para os pequenos guaxinins; os felinos haviam levado a melhor (o que, você pode imaginar, já gerou uma disputa entre eles). Thor e Amél encontraram dois cogumelos cada um, mas de uma espécie mais comum. Áliz e Belly encontraram apenas um cada uma – e dos pequenos; Len não conseguira nenhum naquele dia, até chegara a encontrar, porém não estava com a ferramenta adequada para removê-lo, e nenhum dos irmãos quis emprestar a deles.

– Se você não está com sua ferramenta é por culpa sua. Chega pra lá que este cogumelo será meu! – falou Amél, com aquela feição insuportável de menina encrenqueira, empurrando Len, que caiu no solo enlameado. Mais uma vez acabou sendo alvo de zombaria.

– Papai precisa saber que você não é de nada, seu chorão! – disse Belly, a mais ousada.

– Não levará nenhum cogumelo para casa?! Mamãe ficará desapontada! – Thor provocou um pouco mais.

Len ficou chateado, não vou negar, mas nem por isso ficou chorando pelos cantos como era de se imaginar. Era um pequeno guaxinim de personalidade forte, e de todo modo já estava acostumado com o tratamento *duvidoso* dos irmãos. Naquela segunda noite ele esquematizara uma forma de desenvolver uma ferramenta nova para suprir a falta da outra, pois sabia que sem ela jamais poderia colher os cogumelos. Foi o primeiro a acordar, e logo saiu correndo para pôr em prática sua nova invenção. Pediu permissão a Barriga-Azul para apanhar alguns materiais nas áreas periféricas do acampamento. Um tronquinho, fibras de uma planta esquisita e uma lasca de pedra cinza foram utilizados com perícia por Len em sua mais original ferramenta. Orgulhoso, mas sem exageros – afinal era humilde –, foi mostrar aos irmãos, que acabavam de despertar e estavam todos amassados e remelentos. Os quatro torceram os focinhos para o caçula, pouco se importando com o que ele lhes mostrava.

Passaram-se mais três dias. As caçadas pelos cogumelos estavam melhorando para todos, inclusive para Len, que pôde conferir que sua nova ferramenta era muito eficaz. Mesmo assim, o número de cogumelos que conseguira encontrar era menor comparado ao dos irmãos, portanto continuou sendo menosprezado e ridicularizado. Barriga-Azul, com toda a sua experiência, reparou no que se passava e logo foi conversar com Len em particular:

– Está tudo bem, meu pequeno?

– Acho que sim. Apenas meus irmãos... É difícil aguentá-los! Vivem me amolando! Acho que é porque sou o caçula! Mas gosto deles mesmo assim... Família, não é?! Nunca devemos abandonar!

– Noto que é muito mais consciente do que eles, meu querido. Vejo uma nítida nobreza através de seus olhos. Sem contar nessa voz; pensa que não reparei quando estávamos cantando aquela canção "Sou pequeno, mas veloz, meu caminho a percorrer"? Pois eu reparei, e posso dizer, modéstia à parte, o bom cantor que sou, que o seu timbre é agradabilíssimo. Salvo apenas um trecho da canção em que cantou "...vem riacho e *foresta*", não se diz *foresta,* e sim *floresta*, mas isso é apenas uma crítica construtiva para que você possa melhorar ainda mais – dizia o pássaro, dando uma piscadela para Len. – Quanto aos cogumelos, deixe-me dar uma olhada na sua sacola!

O pequeno abriu a mochila. Barriga-Azul voou para perto, dando uma boa conferida no que havia dentro.

– Hmmm, cinco cogumelos! Nada mal! – ele disse, tentando não demonstrar seu espanto, porque a essa altura do campeonato os outros já haviam colhido de quinze a vinte. – Nada mal! – voltou a exclamar, colocando as asas na cabeça de Len. E assim encerrou a conversa.

Antes que eu me esqueça, vou contar agora, pois é um fato importante: até o último dia do acampamento houve muito burburinho a respeito de possíveis furtos de cogumelos. A verdade é que foi verdade! Mas tudo ocorreu de forma muito sagaz. Os autores dos roubos, você já deve imaginar, foram os guaxinins; até acho que os quíntuplos não estavam envolvidos nessa, mas quanto aos outros guaxinins que participavam do evento, eu já não posso garantir. Os felinos estavam irritadiços e viviam arranhando as barracas dos guaxinins como uma espécie de vingança. Mas logo os monitores cantavam canções de acampamento para abafar o caso. Os faunos ficaram à parte, não queriam se envolver em todo aquele bafafá; era até nítido um certo desprezo que tinham pelos outros e suas confusões. Acabavam muito mais interessados em tocar suas flautas e a aprender novas melodias com os pássaros – os viam como grandes professores de música, em especial admiravam as antigas cantigas – do que se mostravam entusiasmados nas caçadas por cogumelos. Aí vai de gosto também; eu apreciaria esses dois lados.

Se você pensa que a maldade dos irmãos de Len terminara, está redondamente enganado. No penúltimo dia, no final da caçada, eles deram um jeito de fazer um rasgo na sacola do caçula, para que os cogumelos fossem caindo pelo caminho e se perdessem. Assim, quando ele voltou para a barraca, feliz por ter conseguido seis cogumelos naquele dia, viu que sua sacola estava vazia.

– Que pena, Len! – lamentou Belly, falsa que só ela, pois era a autora da maldade. Seus olhinhos brilhavam de satisfação.

– Papai vai ficar chateado! – disse Thor, mostrando-se um péssimo ator. As outras duas irmãs abafaram risinhos insuportáveis. Len ficou imaginando onde teria esbarrado a mochila para que esta se rasgasse. *Talvez tenha sido em algum tronco de árvore pontudo* – pensava o caçula. Mas em momento algum suspeitou dos irmãos. "Família, né!" – diria ele. Len não se abalou com o ocorrido, jurou para si mesmo que no último dia de caçada faria o seu melhor para colher a maior quantidade possível de cogumelos, deixando seus pais contentes e orgulhosos. Conseguiu fazer uma costura no rasgo de sua mochila; até que não ficara de todo ruim, mas garanto que qualquer uma das irmãs teria feito aquilo cem vezes mais rápido e com maior qualidade e destreza – no entanto sabemos que elas não teriam ajudado o caçula, ele bem que tentou.

Com sua energia vitalizante, o dia raiou. Um misto de animação e pesar emoldurou aquele último dia de acampamento, uma porque todos estavam empolgados para encontrar cogumelos raros, outra por ser de fato a última oportunidade para tal. Os quíntuplos em especial estavam animadíssimos, inclusive Len; ele sorria para os irmãos, que retribuíam com caretas e tabefes na cabeça. As equipes se formaram, os pássaros-guia se prepararam, e foi a bela voz de Barriga-Azul que anunciou:

– Que este último dia seja aproveitado até o último suspiro. Que vocês, meus pequenos, encontrem muitos cogumelos e alegrias. E lembremos que o vencedor, aquele que no final das contas tiver colhido mais cogumelos, receberá um prêmio surpresa! E nem adianta insistirem, é surpresa! – deu uma gostosa risada, que pareceu uma escala maior em ré. Digo, soou mais como uma melodia ou exercício vocal do que qualquer outra coisa. – Vamos... ao meu sinal... AGORA!

Lá partiram todos por entre as árvores de Marshmallow. Alguns corriam e saltavam – geralmente os felinos, impecavelmente ágeis –, outros caminhavam em passadas maiores – em especial os guaxinins –, outros ainda andavam devagar, com os olhos muito atentos para o solo – faunos, deixando muitas pegadas de bode para trás –, mas não era uma regra. A algazarra foi geral, não haveria de ser diferente.

Naquele dia eles caminhariam para um local um pouco mais longínquo; contornariam uma encosta de admiráveis rododendros, atravessariam um pomar de maçãs verdes gigantes e, por fim, culminariam em um extenso prado de relvado amarelo-azulado.

Uma nova canção reinou na floresta enquanto prosseguiam e desta vez os faunos acompanharam com suas flautas de bambu, o que ficou ainda mais interessante.

O caminho à frente a intimidar;
intimida e fecha, não deixa passar;
Caminhemos sem medo, sem erro, sem dó;
A pedra no espelho: o espelho da avó;
A avó como um touro, um dragão um anzol;
Peixe fisgado a caminho do sol;
Entre dentes o olhar, o destino do cão;
Esperança, coragem, saudosa canção.

Por todo o percurso pôde-se ouvir essa cantiga dos tempos de outrora; quando alguém parava de cantar, outro continuava, e quando este se cansava, outro puxava a música novamente e ainda acelerando um pouco o ritmo: era uma música progressiva (mas quando chegavam em uma velocidade rápida demais tornavam a cantar do começo de forma mais lenta). Barriga--Azul teria explicado que os versos expressavam uma marcha dos antigos príncipes, numa época remota, a caminho de uma batalha nos campos nórdicos, mais especificamente para onde todos trilhavam – o prado de relvado amarelo-azulado. A estória do pássaro deixara os pequenos ainda mais empolgados.

Contornavam as encostas de rododendros, quando Len foi empurrado por Thor, o irmão mais velho.

– Sai da frente, pirralho! – disse ele.

O que ocorreu foi que, com a queda, Len deu um mau jeito na perna e caiu para trás de um arbusto de flores rosa--esbranquiçadas; ficou um tempo para conter a dor que lhe crescia no joelho. Todos seguiam em frente, e não tardou para que o caçula se visse sozinho. Respirou fundo e levantou-se com determinação. Apanhou um tronco comprido que jazia no solo e o usou como apoio, como as bengalas dos vovôs. Assim continuou solitário, pensando que em breve Barriga-Azul sentiria sua falta e voltaria para alcançá-lo. A verdade é que ocorreu como Len teria suposto, mas em parte, pois quando o pássaro-guia voltara para procurá-lo ele já não estava no trajeto proposto pelo *Acampamento dos Cogumelos*. Tinha se perdido e estava bem longe, em um sentido totalmente diferente. Todos deveriam seguir pelo norte, Len acabou tomando o leste. Mas não se enganem, ele logo soube disso, não era nada burro, ele havia encontrado um motivo para fazer aquilo; acho que você também teria feito o mesmo. Antes de contar o que levara o caçula dos guaxinins para aquelas bandas, devo revelar que Barriga-Azul ficara louco de preocupação; arrisco dizer que até teria desafinado se tivesse esboçado alguma canção, e olha que isso era bem difícil. Logo informou aos outros monitores a situação, pedindo para continuarem com a programação normal e lhe substituíssem, pois iria fazer uma busca por Len, mas comunicou isso de forma bem discreta, para não criar tumulto entre os outros pequenos – embora eu acredite que, com a excitação que sentiam aquilo não teria feito a menor diferença; os quatro *irmãos-guaxinim* até achariam engraçado o fato de o caçula estar perdido, provavelmente comemorariam, extasiados.

Pois bem, o que ocorreu com Len foi o seguinte: enquanto caminhava com sua bengala para junto do grupo, acabou escorregando e descendo uma encosta íngreme. Não conseguiu parar, não tinha controle algum; quando parou, se viu num ambiente um tanto diferente. Estava com o focinho enterrado numa relva verde-folha. Ao redor seguiam pedras marrons de aspecto gelatinoso e árvores baixas e gorduchas de galhos miúdos e coloridos. Assim que focou melhor a visão, se sobressaltou, pois havia um par de olhos o fitando com curiosidade. Em poucos instantes se deu conta do que se tratava. *É um cogumelo!* – pensou; mas não era um qualquer...

– Um *cogumelo-ermitão*! – ele soltou a voz sem pensar, sentia uma ansiedade tremenda por dentro. Ficou imóvel, não queria assustá-lo. Mas só de pensar em não assustar o *cogumelo-ermitão*, este já colocara um par de perninhas verdes para fora e iniciara uma fuga alucinada.

– Espere! – exclamou Len; colocou-se em pé e o perseguiu.

Aos tropeços, com a atenção triplicada, pois seria muito fácil perder o cogumelo de vista por conta de sua tonalidade esverdeada que se agregava com o relvado de mesma cor, o caçula declarou a caçada. Correu, saltou, por momentos quase o alcançou, noutros achou que o tivesse perdido, mas logo o encontrava camuflado na relva com olhos e perninhas escondidos para dentro daquela cabeça imensa de cogumelo. Descrever todos os detalhes dessa perseguição poderia ser um pouco cansativo, não por não ser algo excitante, mas por não ter tido nada além do que já citei: saltos, corridas e acrescentaria muito esforço e respiração ofegante. Outro motivo para não me prolongar é que para Len pode não ter parecido tanto, mas a perseguição durara muitas horas. Foi quando o sol já se despedia, adormecendo seu brilho e dando espaço para a lua cheia, que a caçada teve fim. Len estava quase botando os bofes para fora, quando um alívio e orgulho muito grandes logo o envolveram, acalmando seu coração. Com destreza e inteligência – os *irmãos-guaxinim* diriam que por pura sorte –, Len havia apanhado o *cogumelo-ermitão* e o prendido dentro de sua sacola, fechando-a com rapidez.

Após um descanso merecido, Len começou a voltar, mas logo se convencera de que estava perdido. Havia corrido tanto, mas tanto, apenas se preocupando em apanhar o cogumelo, que não tivera tempo para decorar o caminho percorrido. Mas aquele guaxinim não deixava *a peteca cair*, ao invés de pensar que estava perdido e que tudo daria errado, pensou que havia apanhado o mais raro cogumelo de Marshmallow e que logo encontraria o caminho de volta.

Por todo o tempo, desde o sumiço de Len, Barriga-Azul não parara a busca. Não descansaria até encontrar o jovem guaxinim, afinal ele estava sob sua responsabilidade, e, além disso, possuía um grande afeto pelo pequeno. Foi perto de um riozinho de águas cristalinas que o alívio tomou conta dos dois.

– Meu pequeno, meu pequeno, pelas patas de Chasmalin! (divindade suprema de Marshmallow) – exclamava o pássaro-guia, voando para perto de Len e lhe dando um afetuoso abraço, com aquelas asas frondosas. – Mas o que houve? Fiquei absurdamente preocupado! Como pôde fazer isso? Achei que tinha...

– Estou bem, tio Barriga! Desculpe-me por tê-lo preocupado, sinto muito mesmo! Mas acontece que meu irmão me empurrou, quando estávamos perto daqueles rododendros, sabe? Aí acabei machucando o joelho; quando vi vocês já haviam desaparecido de vista! Pois bem, continuei sozinho, mas escorreguei e fui parar num lugar esquisito. – O pássaro-guia o fitava com os olhos esbugalhados, estava arfante e com o bico semiaberto. – Bom, vou resumir... Então eu encontrei algo que você não irá acreditar!

– Diga logo, meu pequeno, diga logo; Barriga-Azul precisa saber!

– Ele está aqui na minha mochila! – disse Len com um sorriso, apontando para a sacola que levava nas costas.

– "Ele" quem? "Ele" quem?

– Um *cogumelo-ermitão*!

Você poderia achar um exagero, mas Barriga-Azul explodiu em gargalhadas, saltos, rasantes, cantos melodiosos, palavras de congratulações direcionadas ao pequeno e algumas em outra língua – que deveria ser algum dialeto regional dos pássaros.

– Tem certeza disso, meu filhote? – indagou Barriga-Azul, não parecendo acreditar, mas certo de que Len falava a verdade.

– Sim, absoluta!

– Mas que maravilha! Está perdoado por me deixar quase despenado de tanto me preocupar! Eu teria feito o mesmo se tivesse avistado um cogumelo destes! Um *ermitão*, um *ermitão*, caramba! – falava o pássaro em uma alegria sem medida. – Vamos fazer um trato então! – Assim ele sussurrou ao pé do ouvido do pequeno; Len por todo o momento assentiu, aprovando as palavras do guia.

O regresso para o acampamento foi muito tranquilo, os dois conversaram por todo o percurso, sempre alegres e cheios de risadas. Len já não sentia tantas pontadas no joelho, ainda mais depois de todo o esforço que teve de fazer para apanhar o raríssimo cogumelo; estava sentindo-se bem, e logo já havia esquecido a dor.

Os outros *pássaros-monitores* fizeram o máximo para abafar o desaparecimento do pequeno, mas era nítida a aflição em seus olhos; cantavam sem parar as mais diversas canções, porém os comentários já começavam a se alastrar. Os primeiros a espalhar o boato, você já deve imaginar, foram os *irmãos-guaxinim*: "O besta do meu irmãozinho se perdeu na floresta!" – contou Belly sorridente, para um outro guaxinim do acampamento. "Acho que ele nunca mais vai voltar!" – disse esperançosa, Amél, mas no fundo ela sabia que não queria de fato que o irmão não voltasse, falava aquilo apenas para não perder o costume, não tinha real noção da proporção que aquilo poderia desencadear. "Será que ele não foi atacado por alguma fera?" – sugeriu um faunozinho. "É possível, é possível. Se bem que ele não deve ser nada apetitoso!" – respondeu Thor, o mais velho, tentando passar um ar de seriedade.

Assim que Barriga-Azul e Len apontaram ao norte do acampamento novos comentários começaram a surgir. "Ele voltou! Ele voltou!" – a maioria dizia. O alívio na feição dos outros pássaros era evidente.

– Ele está bem, apenas se perdeu na floresta – disse Barriga-Azul para todos que desejavam ouvir, em seguida deu uma piscadela para Len. – Ele precisa descansar, andou muito... Amanhã, assim que o dia raiar, faremos nosso costumeiro *encerramento*, onde colocaremos à prova quem fora o grande vencedor dessa *caçada aos cogumelos*!

Barriga-Azul era experiente. Os demais pequenos não haviam notado, mas os outros guias perceberam que o colega mostrava um semblante deslumbrante, e puxando-o de lado, logo perguntaram:

– Irmão, há algo que precisamos saber?

– Não, não agora! Amanhã tudo ficará claro – respondeu Barriga-Azul, dando um sorriso bobo –, vamos todos repousar! Podem ir para seus ninhos! Amanhã será um dia memorável!

Os *irmãos-guaxinim*, naquela noite, ficaram mais quietos, não sei bem dizer o porquê; claro que zombaram de Len e lhe deram bofetadas na cabeça, mas logo todos dormiram sem grandes questionamentos. Nada fora dito sobre o *cogu-*

melo-ermitão – era um segredo apenas de Len e Barriga-Azul. Assim terminara aquele dia.

A manhã seguinte surgiu com um aroma diferente, eu diria doce como mel de abelha. O céu estava em sua costumeira cor vermelho-arroxeada, mas parecia ainda mais intensa e alegre. Logo todos se reuniram no centro do acampamento. Estavam completamente agitados, ansiosos em saber quem seria o grande vencedor, aquele que levaria o almejado prêmio surpresa.

– Meus queridos filhotes, primeiramente gostaria de agradecer a todos pelos gostosos dias em que passamos juntos. Certamente ficarão gravados na memória deste velho pássaro aqui! – dizia Barriga-Azul. Ele estava muito elegante, ao modo dos pássaros; repousava sobre uma grande pedra, que o deixava acima dos pequenos. – Espero também que esta minha colocação seja recíproca, e que vocês possam tirar muito proveito de tudo que lhes fora ensinado no *Acampamento dos Cogumelos.* Sem delongas, agora façamos nosso aguardado *encerramento*! Meus colegas – agora se dirigiu aos outros pássaros –, queiram ficar, cada um, diante de sua equipe e passemos então a contar os cogumelos!

Nova ansiedade brotou naquela manhã, e apenas aumentava à medida que os resultados começavam a sair. De um modo geral, os guaxinins não queriam perder para os felinos, e os felinos não queriam perder para os guaxinins, mas ambas as raças não se importariam se os faunos passassem à frente.

Foi Barriga-Azul que contou os cogumelos dos quíntuplos, e quando chegou a vez de Len ele o olhou com um sorriso e falou:

– Nada de cogumelos, não é pequeno?

O caçula assentiu – mas tudo fazia parte do combinado que haviam feito. Barriga-Azul voou de volta para a pedra ao centro e anunciou:

– Tenho aqui os resultados... A maior coleta foi feita por, por... Meôn, da equipe dos felinos, que apanhou trinta e sete cogumelos. Meus parabéns!

Gritos de alegria e urros de raiva estouraram; era um som desagradável, para ser bem sincero. Os pássaros imediatamente levaram as asas aos ouvidos. Os faunos foram os únicos a cumprimentar os felinos.

– O segundo lugar vai para... para... Thor, da equipe dos guaxinins, com trinta e três cogumelos. Minhas congratulações! – exclamou Barriga-Azul. Novo alvoroço irrompeu no acampamento. Os quíntuplos comemoraram freneticamente, mas ainda assim não tanto, pois não admitiam ter perdido o primeiro lugar para um felino. – E o terceiro lugar vai para Balin, da equipe dos faunos, que recolheu trinta cogumelos. Meus parabéns também! No entanto – continuou o pássaro, agora mais sorridente –, tenho algo completamente inesperado, eu diria até se tratar de um momento histórico a que todos aqui serão testemunhas e farão parte. Por favor, queira vir até aqui, pequeno Len.

O silêncio era total, ninguém ousava se mexer; estavam mais ansiosos que a própria ansiedade, se isso for possível. O caçula aproximou-se; carregava sua mochila nas patas.

– Este pequeno – Barriga-Azul apontou para Len – tem algo a lhes mostrar!

Logo o jovem guaxinim apanhou de dentro da sacola o *cogumelo-ermitão* e todos ficaram boquiabertos. Os outros pássaros, que ainda nada sabiam daquela surpresa, dispararam a cantar, maravilhados e ao mesmo tempo estupefatos. Os irmãos de Len ficaram quietinhos naquele momento, apenas se olharam, quase chorando de raiva e inveja. Foi assim que o nome de Len foi marcado na memória de Marshmallow: o único a conseguir a proeza de agarrar um *cogumelo-ermitão*, a espécie mais rara de todas.

O prêmio – a pedido de Len – foi entregue ao primeiro colocado. O caçula dissera: "Não tem por que este prêmio ser meu. Afinal, eu só apanhei um cogumelo!". E os pássaros caíram na gargalhada; mas concordaram com a atitude do pequeno, embora achassem que o prêmio – dois barris cheios de alimento – devesse lhe ser entregue. Para variar um pouco, os irmãos de Len o injuriaram a valer por ter recusado o prêmio. Mas o pequenino nada disse.

Logo que os quíntuplos voltaram para a Casa-Abóbora foram amavelmente abraçados e beijados pela mãe. Barriga-Azul se despediu, em especial de Len. Não revelara aos pais sobre o gigantesco feito do filho deles (achava que aquilo deveria ser contado pelo próprio Len); saiu voando, esboçando uma melodia, que se tornou depois uma conhecida canção – onde falava sobre um pequeno guaxinim a apanhar o mais raro cogumelo de Marshmallow!

– Que bom que estão de volta! – exclamou Anabel, exibindo uma feição ainda mais jovial.

– Quem apanhou mais cogumelos? – logo indagou Timor, o pai, com um sorriso sincero.

Os pequenos se entreolharam. Foi Amél que falou:

– Foi o Thor, pegou trinta e três!

– Mas que ótimo! – vibrou Timor. – Mas por que estão com essas caras de enterro? Digo, com exceção de Len!

– Ah – começou Thor, sem jeito –, é que fiquei em segundo lugar!

– Mas é uma boa colocação, meu querido! – consolou a mãe.

– O problema é que foi um felino que levou o primeiro lugar! – explicou Áliz, rangendo os dentes e coçando as orelhas.

– Hunf! Compreendo, compreendo! – falou Timor, mas Anabel logo o censurou e assim ele consertou: – Nem sempre seremos os primeiros, não é?! Estou orgulhoso de vocês!

– E você, meu lindo, quantos cogumelos apanhou? – a mãe perguntou para Len.

Os irmãos arregalaram os olhos e fizeram uma cena ridícula, tentando chamar a atenção e desviar o assunto, mas a voz de Len se sobressaiu:

– Apanhei apenas um, mãe! Um *cogumelo-ermitão*!

Os pais vibraram mais do que nunca com o feito do caçula. Jogaram-no para cima em um gesto de vitória, de comemoração. Os irmãos seriam assombrados por eles mesmos com toda aquela história para o resto da vida.

Certo dia, Len, do lado de fora da Casa-Abóbora, abrira a sua sacola e agarrara o cogumelo, fitando-o com os olhos brilhantes, e então o largou sobre a terra dizendo:

– Parta, *ermitão*, está livre!

O cogumelo nem acreditou, achou que seria prisioneiro para sempre. Seria se tivesse sido apanhado por algum dos irmãos de Len, mas não era o caso. O caçula o viu mexendo os olhinhos, pestanejando – sentiu que ele o agradecia pelo bom gesto –, e então se distanciou, sumindo na floresta. Em seguida, o pequeno respirou fundo e sorriu. Depois, numa outra ocasião, haviam questionado o porquê de ele ter soltado o *cogumelo-ermitão* após tanto esforço para apanhá-lo. Os irmãos o xingaram até a morte por ter feito aquilo, mas ele apenas respondeu:

– A graça não é o final, mas sim como chegamos até ele! Minha felicidade foi "a longa caçada pelo cogumelo" até apanhá-lo. É isso que importa, e, outra, não poderia ficar com ele... Ele é um *ermitão*, precisa ser livre, precisa ser uma raridade, precisa ser procurado por outros. Talvez eu o encontre novamente, talvez não!